芳华颂

石钟山 著

CNS 湖南文艺出版社

图书在版编目（CIP）数据

芳华颂 / 石钟山著 . -- 长沙 : 湖南文艺出版社 ,
2023.2
ISBN 978-7-5726-0966-4

Ⅰ . ①芳… Ⅱ . ①石… Ⅲ . ①长篇小说 – 中国 – 当代
Ⅳ . ① I247.5

中国版本图书馆 CIP 数据核字 (2022) 第 228585 号

芳华颂

FANGHUA SONG

石钟山 著

出 版 人　陈新文
责任编辑　汤亚竹　张文爽
责任校对　胡伟英　郭　瑛
书籍设计　谢　翔　钟灿霞

出版发行　湖南文艺出版社
（长沙市雨花区东二环一段 508 号　邮编：410014）
网　　址　http://www.hnwy.net
印　　刷　长沙超峰印刷有限公司
经　　销　新华书店
开　　本　710 mm×1000 mm　1/16
印　　张　14.5
字　　数　200 千字
版　　次　2023 年 2 月第 1 版
印　　次　2023 年 2 月第 1 次印刷
书　　号　ISBN 978-7-5726-0966-4
定　　价　52.00 元

目录 Contents

上　部

第一章

一

中秋节一过，树木的枝叶就变成了深色，过不了多久，便开始枯黄，再刮几场风，树叶就会飘落一地。夹皮沟的秋天就真的来临了。

夹皮沟地名的由来比较早了，早到当地村民都说不清楚这名字是从何年代而来的。人们揣测夹皮沟名字的由来，是因为地形是两山夹一沟，每到秋天，自然界的各种野物便活跃起来，野兔、野鸡、麋鹿、狐狸、狍子等。以前附近十里八村的村民，每到秋冬两季——就是狩猎的季节，夹子、套子、火枪齐上阵，在夹皮沟里和动物们斗智斗勇。两季下来总有收获，所得的猎物先吃肉，后又把皮子剥下来，侍弄清爽，来年开春，会有皮毛商走街串巷来收购这些动物的皮毛。附近村民的酱、醋、油、柴以及生活用品，就指望这些皮毛的收获了。夹皮沟因此而得名。后人们形象地这么揣测着。

自从这里开进来一支部队——代号51385，进驻到了夹皮沟，先是搭帐篷，后来又大兴土木，建起了平房和楼房，夹皮沟焕发出了另外一种生气。军号声伴着整齐的口号声不时地从新建好的院落里传出来，人气就一浪一浪的，高昂得很。渐渐地，人们知道这个部队是个边防团，在此处建军营，守卫着一段边防线，更守护着身后百姓的一方平安。

也许是因为高昂的人气吓退了那些动物，长着皮毛的动物渐渐少了起来。因为有了军营，夹皮沟变成了禁地，村民们便不能到此狩猎了，动物们迁移到他处。从那以后，村民们在此路过，只能远远地站在军营外，怀着崇敬又好奇的心情打量着这座军营。军营有个大门，门上有部队的代号“51385部队”的字样，白底黑字。门前有两个士兵站岗，荷枪实弹的样子。从大门处修出一条水泥路，和山外的大路连通，再往前走个二十几公里，就是附近最大的城市，林海县的县城了。

军营内外树上的秋蝉开始鸣叫了，先是一声试探性的鸣响，然后就连成一片，虽然声音还显稚嫩，但也有了气势。

此时是下午，操课的军号刚刚吹响，三营三连的连部里，正在召开支部会议，议题很严肃也很重大。前两日三连接到团党委的通知，今年给三连两个提干名额，今天的支部会议就是商讨这两个提干名额的人选。

会议由邱天长指导员主持，他是连队支部书记。林满坐连长吸着烟，眉头紧锁，似乎发生了人命关天的大事，一副愁苦又紧张的样子。了解林连长的人都知道，这是他的招牌表情，有事没事他都是这样一副神态。终于，他把烟掐死在面前的烟灰缸里，身子向椅背靠了一下，道：那我就提个人选吧，炊事班的董红梅。连长说这话时，所有人的目光都投在了他的脸上。他谁也不看，目光折射出去，望着窗外一棵树，树叶肥厚，呈深绿色，它们在丰茂中不知不觉即将走到生命的尽头。

理由有三：其一，董红梅超期服役，是第四年的老兵了，一年前又入了党；其二，自从入伍就到炊事班工作，后山坡上猪圈里的猪为证，哪一只不长得膘肥体壮？凭这一点，我认为董红梅功劳苦劳都够格了；其三，她是高干子女，不娇气不傲气，比咱们一些工农子弟还朴素。说到这，林连长从座位上站了起来，身子推着椅子向后移了一下，发出一阵刺耳的响声。他还把拳头擂到桌子上，眼前的茶杯发出一连串的动静。这一切，人们都见怪不怪，都知道林连长每每讲话，就是喜欢营造氛围，把所有人的注意力都吸引到自己的身上。制造完一系列动静之后，林连长又拉了下椅子坐回原处，补充道：这样优秀的战士不提干，天理不容啊。他讲完最后一句话，才把目光从窗外收回来，逐一地在每个人脸上扫过，每个被扫过的人，都在他的目光中留下肯定的神情。最后林连长的目光落到了邱指导员的脸上。

邱指导员从打开的日记本上把笔拿在手里，用笔尖点着日记本，低下头道：林连长说得中肯，董红梅是够优秀，自从入伍，吃苦受累的活没少干，一个女兵做出的这些，比我们许多男兵还要优秀几倍。前两点我都赞成，第三点，董红梅是不是高干子弟，我觉得还不要过早下结论。我的理由也有三：第一点，董红梅从来没承认过自己是高干子女；第二点，咱们谁也没见过她的父母；还有第三点，她是超期服役的老兵了，到了这个节骨眼上，有谁为她的前途打过招呼吗？

邱指导员讲完，也把目光投向了在座的每个人，人们又是一脸真诚而信服地把目光齐聚在邱指导员脸上。

林连长又要站起来，最后还是坐了回去，轻咳一声说：邱指导员说得没错，我强调董红梅的身份，不是因为她是高干子女，我们就要照顾她，而是通过她这么多年的努力，吃大苦耐大劳，让我们连队逢年过节都有猪肉吃，四年了她没休过一天假，有谁能做到？假设说她不是高干子女，她就是个工农女儿，这一票我也要投给董红梅。

三连后院的山坡上，修了两个猪舍，一个猪舍里圈着小猪，另一个猪舍里圈着膘肥体壮的大猪。小猪参差不齐，两三个月、五六个月不等；另一个猪舍里，猪们都长成了，个头差不多一般齐，胖瘦也相差无几。此时，它们在中秋后的阳光里晒着暖阳，舒服得哼唧着。

董红梅蹲在两个猪舍间的空地上，目光望着猪们，耳朵却谛听着连部里传出的声响。连部离猪舍不远，只有一墙之隔，以前安静的时候，连长、指导员的说话声都能隐约地听到，现在却被早熟的秋蝉们的鸣叫声淹没了，耳边是一团又一团的秋蝉之声。她知道，下午的支部扩大会议是研究连队两个提干名额的大事。早在几天前，她就曾听连部小曾文书说过，今年连队有两个提干名额。据传，这应该是部队最后一次从优秀士兵中选拔军官了。明年，部队提干方式进行改革，要通过考试再送到军校学习才能提干了。

当了四年老兵的董红梅，望着秋天西斜的太阳，阳光虽然不那么刺眼，但依旧火热，几个小猪崽拱到猪舍门前，冲她哼唧着，一副吃不够的样子。她随手向猪舍里投了把草，小猪们疯抢着。她拿起了镰刀和装草的筐，向后山走去，她要为猪们再割些猪草。走到高处，她回望了一眼营区，操场上训练的士兵们，正在热火朝天地列队训练，口号声被蝉声淹没了。连部的一扇窗半开着，隐约地能见到一些人影在晃动。董红梅明白，这对她来说是最后的机会了，要么留在部队提干，要么过上一阵子，等树上的叶子泛黄，她就要退伍了。她当满了四年兵，已经送走三茬老兵了。被宣布退伍的老兵，摘去领章帽徽，不知怎么，就变成了夹皮沟里的深秋树叶，不再鲜亮了。老兵们排成队，走出连队院子，到团部门前的操场上集合。他们背着行李，提着包，和来时似乎没什么两样，唯有他们的年龄又长了几岁，目光和脸色比来时黯淡了一些。然后坐上卡车，司机鸣一声长笛，缓缓地驶出营院，驶出夹皮沟，奔向二十公里外的林海县城。那是火车的停靠站，这些老兵陆续地乘上火车，奔向自己的家乡，沙子似的又回落到他们的出生地。在未来的日子里，只有他们曾经的身份和部队沾亲带故了，一切便成了回忆。

她从参军那天开始就想过复员那一天，如果自己不能提干留队，也会和这些复员的老兵一样，背着行李，穿着已经不新的军装，乘着火车，回到家乡。她当初就是这么来的，一来一往，四年的军旅生涯，她就又回到了出发地。此刻，她想到了家乡，秋高气爽，蒿草打蔫，树叶渐渐变黄，故乡的秋天和夹皮沟本来也并无二致。四年的军营生活，早就让她习惯了这一切，如果自己就此离开，所有的一切将和老兵们一样，过往都成了回忆。她再扭过头时，不知怎么，眼睛潮湿了。她向夹皮沟山岭走去，她知道哪里的草嫩，也许属于自己割猪草的日子也不多了。

二

连队支部会议的三天后，早饭过后不久，董红梅正在猪舍里打扫卫生，连队文书小曾东张西望地找来了。文书小曾是四川巴中人，个子不高，脸孔白皙，一张嘴就一口浓郁的四川巴中话。小曾的样子似乎无意路过这里，却有意地把身子停在猪舍前，又东张西望一番，满脸喜色，压低声音道：红梅姐。董红梅看见了文书小曾，把铲粪的铁锹收起来，靠近小曾两步，抹了把脸上的汗水道：文书弟弟，你咋来了？小曾是今年的新兵，满打满算在部队服役时间还不到一年，来部队时，身子比现在更加瘦小，私下里总是喊她姐。董红梅虽然在连队就是个喂猪的，但编制却在后勤的炊事班，每次开饭时，她也抽空帮炊事班的人忙活，把刚出屉的馒头热气蒸腾地端上来。连队每周会吃上两次馒头或白米饭，因为细粮少，馒头、米饭是定量地分发给战士们的。每次轮到文书小曾到窗口打饭时，站在窗口内的董红梅就给小曾递眼色，小曾自然明白董红梅眼色的含义，在饭后拐弯抹角地找到董红梅，董红梅便从兜里或者自己宿舍的某个角落，拿出两个用报纸包着的馒头，递给小曾。小曾就一脸喜色，一边接馒头一边说：谢谢姐。小曾的头发毛茸茸的，董红梅总想上前去摸一把，但她一直压制了自己这种冲动。久了，她就和小曾建立起了某种默契和信任。小曾从没问过，她为什么对自己好，董红梅也不知道自己为什么要对小曾这样。也许是因为小曾年龄小，长得还像个孩子，也许是其他原因，总之，她一见到小曾，就生出了许多爱怜。小曾自然也投桃报李，连队分发信件时，只要有她的信件，小曾总是第一个送来。或者连队研究一些什么大事，小曾作为文书，给连首长端茶倒水的，总会有意无意地听上几耳朵，如果有涉及董红梅的，小曾就会囫囵半片地学给她听。这次不一样了，小曾给她带来一条重大消息，这次提干名额中有她，还有一排的马平阳以及三排的李来权。在早晨的阳光下，小曾迫不及待地把这条好消息告诉了她。她手里握着的铲猪粪的铁锹掉落在地上，一瞬间，她竟然不知自己身在何处，四周到处都是明晃晃的初秋阳光，晃得她有些睁不开眼睛。

小曾的话又把她拉回现实，小曾在阳光下晃着一口白牙道：姐，你提干了，可别忘了我呀。

她想冲小曾笑一笑，竟发现鼻子是酸的，喉头也有些发紧，半晌，她冲小曾道：文书弟弟，你说的话可是真的？小曾就拍了下大腿说：姐，这么大的事，我能骗你啊，文件是我送到团部的。她这次真心地冲小曾咧开嘴笑了，欢快地说：姐下次给你留四个馒头。小曾满意地笑了，挥下手才道：姐，莫说是我说的。小曾谨慎起来，又东张西望一番，确认没有人看见他，才没事人似的走了。

小曾走后，她发现自己脸上是湿的，摸了一把，才发现是泪。

午饭过后，整个营区都安静下来，正是午休时间，她拿个马扎坐在猪舍前，翻阅着从炊事班带来的报纸。每天在相同时间里她差不多都是如此，可不知为什么，今天报纸摊在她的眼前竟一个字也看不下去。她游离的目光一副不知如何安放的样子，最后定格在猪的身上。猪刚喂过，正懒散地卧在猪舍里晒着太阳，发出满足又幸福的哼唧声。她心里漾过一丝暖流，在她眼里，猪们从来没有像现在这么亲切。从参军到现在已经四年了，她养了一茬又一茬的猪，是它们给自己带来了好运气。要是没有这些猪，自己能有如此运气么？她在心里这么问着自己。她胡思乱想着。

再次清醒过来时，马平阳已经站到了她的面前。马平阳一只手插在裤子口袋里，斜歪着身子，很没有正形的样子，还把食指、拇指、中指扭在一起，打了个响指，吹一声口哨才道：猪劳模，听说了吧。不仅马平阳称呼她为“猪劳模”，几乎连队所有士兵都这么称呼她。喂了四年猪，每年都获连队嘉奖、各种口头表扬。连长、指导员给她定了劳模的调子，“猪劳模”就成了她的外号。

马平阳自然也这么称呼她，但他称呼的和别人又有所不同，比别人多了几许亲昵的成分。马平阳也是第四年老兵了，和董红梅是一批兵，两个人在新兵连就在一起，后来又被分到同一个连队。马平阳的父亲是某守备区的司令，有一次到镜泊湖休养，结束后还专门到连队看望过马平阳。一辆越野吉普车横冲直撞地开到连队门口，车上下来的不仅有马平阳的父亲，还有参谋、干事，两人是专门来接休养结束的马司令回守备区的。

那次马司令不仅看望了马平阳，还在连长、指导员等人的陪同下视察了连队。走向猪舍方向时，马司令在离猪舍还有一段距离时停下了脚步，但连长还是三言两语地把猪舍介绍了。那次她不远不近地看见了马平阳的父亲，不高不矮，不胖不瘦，很有威严的一个中年男人。连长介绍她时，她还看见马司令朝她这边挥了挥手，她立在猪舍前只能用敬礼回应着马司令。

那次马司令停留了少顷之后，便被一干人等簇拥着离开，远远地她还看见团长和政委匆匆地跑过来。虽然守备区的马司令不是团长、政委的顶头上司，但部队历来讲究个职务顺序，迎接首长是基本的礼节。

马司令在连队停留了大约两个小时后，在参谋、干事的陪同下便踏上了归程，吉普车一溜烟地驶离了连队，驶出了团部大门口，连队的骚动渐渐地才平息下去。从当新兵开始，许多人都知道，马平阳的父亲是守备区的司令，但都没有见过，只是传说，这次他亲自来到连队探望马平阳，传说才落到实处。战友们的目光落到马平阳身上就变得深信不疑起来。马平阳在班里、排里似乎没什么知心朋友，不是别人不想和他交朋友，是他有意无意地把其他人拒绝于千里之外，平时都是独来独往、我行我素的样子。

马平阳曾亲口告诉她：我和他们没有共同语言。马平阳说这话时，用下巴朝连队方向努了努。在马平阳心里，连队唯有她才算是朋友，他有事没事就会到猪舍里来转转，说些话，然后拍拍屁股走人。每次都是马平阳说得多，她只是听，但不知为什么，却给马平阳留下了他们是知音的感觉。

马平阳这次说到了提干名额，两个名额，连队报上了三名候选人。马平阳又说到了李来权，李来权也是第四年老兵，上半年刚刚入了党。在她眼里李来权无疑是优秀的。马平阳却对李来权不屑一顾，一提起李来权，他头摇得像拨浪鼓一样。

马平阳每次来找她，提出最多的问题就是她父亲到底是干什么的。她每次都说：我父亲不在了，我是从农村入伍的。每次她这么回答完，马平阳都露出诡异的笑，抬头望着天说：董红梅，看来你真没把我当成朋友。她说：真的，不信你问连长、指导员，我的档案就在连队档案室放着。马平阳把目光又投到她的身上，摇摇头，笑道：董红梅，你可真深，深不见底，连我都瞒。她越不说，马平阳越觉得她深不见底，越有了对她探寻的欲望。

在连队，不仅马平阳这么认为，几乎所有干部战士都这么认为。她越离群索居，越努力把猪养好，在别人眼里就越加神秘。每次有机会她都解释，自己不是高干子女，就是农民出身的一个初中毕业生。她越解释，人们越不信。因为她是全团连队中唯一的女兵。

她不知道，这次连队把她当成破格提干的骨干，是因为高干子女的身份，还是她这四年来努力的结果。

三

她是全连唯一的女兵。他们这批新兵在新兵连集训时，加上她一共有八个女兵，正好编制了一个女兵班。新兵连一结束，其他女兵就像生了翅膀的燕子，纷纷飞到军部、师部，就连最差的王燕也去了团部卫生队。她自己都说不清楚，这些女兵哪里来的门路，她原以为她们这些女兵，最后都会留在一个团里。

新兵连结束，新兵分配时，当操场上女兵队列里就剩下她一个人时，她感到了前所未有的孤单。马平阳已分到了连队，站在几个人的队伍里，在冲她招手。马平阳在新兵连也是最活跃的，经常到她们女兵班里来串门。他和王燕熟悉，听王燕说，她的父亲和马平阳的父亲是战友，两个人一起在守备区长大。渐渐地，马平阳和她们这几个女兵都熟悉起来。马平阳每次到她们女兵班，从不空手，不是带一把糖果，就是一袋炒瓜子，大方地分发给她们。几个女兵也总是叽叽喳喳热情地把马平阳围住，说着感谢的话。每当这时，她从不主动上前，而是躲在人后，观察着她们和马平阳的热闹。她越是这样，反而越引起了马平阳对她的注意，经常越过女兵们的身子，把手伸到她面前，强行把几颗糖果塞到她的口袋里。

军务股长是个高个子男人，姓张。看到女兵队伍里一个又一个被宣布分配到了新单位，最后孤零零地只剩下她一个人时，军务股长的眉头皱在一起，把她上下打量了一番。各连队接新兵的领导，都满意地接到了分配到自己连队的兵，等分兵的军务股长一声令下，他们就会把新兵带回各自连队。

整个操场上，就剩下了她一个人，也就是说，她被人遗弃了。遗弃她的不是前来接兵的人，而是连队的编制——全团就没有一个女兵编制，更不用说基层连队了。但每年接兵，又总会接几个女兵回来，领导们都心照不宣，这些都是后门兵，有部队首长关照的，也有地方领导打过招呼的。每年女兵接到团里，都让团首长很头疼，能放女兵的地方就那么几个岗位，比如卫生队、话务班，或者机关的打字员、公务员什么的。接了一年又一年的后门女兵，团部这几个单位已经超编，人满为患了。这些后门女兵各有所求，参一次军，总要在部队混到一些什么才肯回去，为的就是复员回去找工作能增添砝码。有的满了三年服役期，还没入党，便通过各种关系留队，超期服役，为的就是争取入党或者提干。久了，这些女兵就积压在了各个单位。

军务股长看着她孤单地站在那里就很发愁，嘬着牙花子，又把目光投向各连队前来接新兵的干部。接新兵的干部知道，眼前这女兵怎么也不会轮到他们连队，因为以前，还没有任何一个基层连队接收女兵的先例。他们都一律同情地望着军务股长。

前来接新兵的林连长，当时还是名副连长。他站在马平阳的身前，因为马平阳在向董红梅招手，把军务股长的目光吸引了过去。林副连长误以为这是军务股长传递给他的信号，便向前迈了一步道：张股长，要是把这个女兵分给我们连，你说行，我们就要。林副连长这句话引起一阵笑声，都是队列里接新兵干部的笑声。在他们看来，女兵分到基层连队那是天方夜谭。不料林副连长这么说完，张股长真的把目光定在了林副连长脸上，中气十足地说：那就这么定了，董红梅同志就分配到你们三连。张股长的话一出，全操场上的人都屏住了呼吸，谁也没料到，天方夜谭竟变成了事实。

林副连长的脸白了一些，董红梅看见林副连长的脸色尴尬，额头上还冒出了一丝碎汗。这是个早春的季节，官兵们还穿着棉衣戴着棉帽，碎汗顺着林副连长的帽檐处，晶莹着。她还看见马平阳又大幅度地冲她招手，还说了句：股长都说了，你还不快过来。那一刻，马平阳成了她心中的太阳，又温暖又光明。

军务股长的命令，让林副连长没了退路。随林副连长和几个同分到三连的新兵来到三连时，她的心才踏实下来。在没有新单位接收时，她总觉得会被首长宣布退回到入伍之前的所在地。就在他们刚入伍十几天时，部队组织了一次身体复查。所有新兵参军前，都会有严格的身体检查，每年征兵的名额有限，报名参军的应征青年很多，于是身体检查就很严格，因为这会淘汰掉一大批应征青年。到部队后的身体复查，就是担心会有漏网之鱼，拖了连队这个战斗集体的后腿。有个姓李的新兵，在身体复查时被查出患了肝炎，于是部队决定，退回原籍。新兵李被送走的前一夜，男兵宿舍里传出了撕心裂肺的哭声，绝望的哭声断断续续响了一夜。第二天一早，她看见一辆吉普车停在了新兵连院里。负责新兵李的排长和一名班长，几乎是架着把新兵李带到了吉普车上。车一溜烟地开走了，哭声又从吉普车里传来，洒了一路。

当站在操场上，所有女兵都被接新兵的领导带离时，董红梅孤独恐惧，以为再也没人要她了，她又想到了因患肝炎被送回原籍的新兵李。那一刻，她几乎绝望了。

连队听说自己连新分来一名女兵，几乎所有人都挤到了门外，没走出宿舍的，也把脸贴在窗子上，新奇地打量着她。几个男兵，包括马平阳，很快被各自班长接到了自己的宿舍。

她被留在了连部门外，连队干部紧急召开会议，研究解决她的问题。她听到连部传来老连长的声音，先是拍了桌子，又怒斥一声：简直是胡闹，这张股长安的什么心，别说宿舍，连队连个女厕所都没有，还给我们分来一名女兵，简直就是异想天开。

然后是沉默，她还听见几个男人的脚在地上踱步的声音。接着她听见林副连长的声音：目前看，只能到炊事班了，连队的训练、巡逻更不适合她。接下来，她又听到了连长怒气冲冲的声音：那几个去地方接兵的人呢，他们有本事把这些后门兵接来，就该有办法把她们安置了，把带刺的球踢到我们这算什么？我们连队是训练、执勤，是战斗连队，这个包袱我们不背。接下来，就是无边的静场。

她站在连部门口，看着眼前的背包，她想哭，没想到自己到了部队成了包袱和多余的人，她委屈、孤独。她又看到了马平阳从自己班宿舍走出来，她把涌在眼角的泪抹去。马平阳探头向连部里望了一眼，说了句：我去找他们，不信了，这么大个连队，还没你待的地方。说完欲往里走。她伸手拉住了马平阳，她担心在这关键时刻，不管不顾的马平阳给自己添乱。

她又听到了林副连长的声音：宿舍问题我想好了，猪舍旁的杂物房，收拾一下，还是可以当宿舍的。就是怕让她在炊事班工作，她能不能想得开。听到这里，她终于看到了一丝希望，就像看到一缕阳光从乌云里露了出来。她放下行李、背包，一头闯进了连部，没头没脑地说：首长，只要连队肯收留我，让我干什么都可以，让我做饭、喂猪都行。所有人的目光都齐聚在了她的脸上。

先是林副连长命人把猪舍旁那间杂物房收拾了出来，她暂时有了自己的宿舍，后来连队又在男厕旁建了一间小厕所。厕所建成，林副连长在上面用白油漆大大地写了个“女”字。

不久，负责喂猪的老兵复员了，在她的申请下，她接管了猪舍，成为一名饲养员。她接手时，猪舍里只有几头猪，后来发展到了十几头，大小参差；也由原来的一个猪舍，变成了两个猪舍。参差的猪们，依据月份、年龄，都有了各自的归属。

那会儿林副连长分管连队的后勤工作，隔三岔五地就会到猪舍里看一看，问她工作上的困难和适应情况。久了，林副连长看着茁壮成长的猪们，长长地吁了一口气，望着她说：董红梅同志，你不容易，你为连队做出的贡献，我们全连每个人都看在眼里。她明白，这是林副连长对她的鼓励和认可。她觉得自己并没有做什么，夏天去山上割草，每次把草背回来，扔到猪舍里，看着猪们大口吃着青草，她心里都有说不出来的喜悦。冬天，山上没了草，连队就在炊事班房后设了一个食品垃圾缸，她每天都会把垃圾缸里的猪食用两只水桶担到猪舍里。

每年春天，在司务长的带领下，她都要去县城的集市上买猪崽，买回来的猪崽就像自己的孩子。有一年，她买回来一头黑色的小猪崽，黑得单纯，没有一丝杂色，她给这头黑猪起名为小黑。后来，这头猪长大了，又成了大黑。因为喜欢，她就有了偏心，每次投喂食物时，都会给大黑多投一些。

有一年年底，团后勤处组织了一次后勤交流参观活动，当后勤处长带着全团分管后勤的副连长来到她的猪舍前时，所有人都发出惊叹的“啧啧”声。后来，她听林副连长说：她侍弄的猪舍和养的猪，被全团评为第一名。不仅猪舍干净，猪的数量和膘肥体壮的样貌，都超过了其他连队的猪。

不久，全团后勤部门在她的猪舍前召开了一次先进经验介绍会，后勤处长还点名让她做了一次现场发言。她看着首长，还有各连队的饲养员，其他连队的饲养员都是男兵，所有人的目光又一次齐聚在了她的脸上。她一时不知说什么好，红头涨脸地站在人群中，只说了一句话：把猪舍当成自己的家，把猪当成战友，就一定能把猪养好。

她讲完这句话，先是看到了一片惊诧、愕然的目光。突然，她听到后勤处长叫了一声：好，董红梅同志讲得好，把猪舍当成家，把猪当成战友，多么朴实无华的思想呀。接下来她又听到了掌声。

那次后勤交流活动之后，林副连长把一块写有“先进猪舍”的牌子，钉在了猪舍的墙上。为此，她受到了连队给她的第一次嘉奖。

春节前，那头叫大黑的猪被杀了。她心里难过了好几天，看到猪舍里少了大黑，她心里也空空荡荡的。杀了大黑那天，连队会餐，吃杀猪菜，她没有吃，只在炊事班拿了两个馒头，回到了自己的宿舍。想象着大黑在时，她每次走向猪舍时，总是大黑第一个迎过来，喉咙里发出亲昵的哼唧声。那天晚上，她为那头叫大黑的猪流下了眼泪。

也是从那以后，每次连队过年过节来猪舍里挑猪去杀时，她总是会躲开，来到山上，找到一棵树旁坐下。听着从连队方向传来被宰的猪发出撕心裂肺的声音，她都会难过好一阵。她知道，她的工作就是喂猪、养猪，为了给连队干部战士改善伙食，猪必须养，也必须杀。虽然明白了这些道理，她还是会难过伤心，为那些被宰的猪。

四

支部会开过三天后，林连长来到了猪舍。林连长经常会到猪舍里转一转，这是当副连长时养成的习惯，副连长分管后勤工作，连队的后勤工作主要是围绕炊事班、一个猪舍，还有一块菜地。菜地只有等到春天才会翻地种菜，炊事班一日三餐也就是老样子。为提高连队伙食水平，副连长也经常到炊事班里转一转。每次来他都会把司务长和炊事班长叫到一起，皱着眉头说伙食问题。改善伙食，他们一律会想到猪舍里的猪，副连长就会从炊事班来到猪舍。每次见到林副连长，她都要高声地叫一声：副连长好。林副连长先是看到她，然后才看到猪。他盯着一头黑猪道：这头快长成了，你给它多开一些小灶，五一节咱们就把它杀了。枪打出头鸟，猪杀个大的。她怜悯地望着那头黑猪，莫名地，她竟然盼这头猪长得慢一些。

不论当副连长还是升任连长后，林连长每次来到猪舍，心情都是愉快的。他趴在猪舍的护栏上，看着那些活蹦乱跳的猪，然后就眉开眼笑，说得最多的一句话就是：红梅，我没看错你，当年把你接到连里，看来我的决定是对的。然后拍着手上的灰尘，打量着整洁干净的猪舍，又补充一句：红梅，你工作不容易，全连官兵都看在眼里，你辛苦了。每次听到林连长这么说，董红梅总是笑一笑，并不说什么。每周都有晚点名，董红梅站在队列最后一排最末尾一个。不仅因为她个子比男兵小，全连就她一个女兵，站在哪儿都显得与众不同，最后她选了最末尾这个位置，不显山不露水，低调得很。每次连队干部总结这一周大事小情时，总会表扬一些突出的干部和战士，她差不多每次都是表扬对象。开始时她身子会努力挺起来，接受着这荣誉，虽然口头表扬是连队最低级别的奖励方式，但毕竟是一种奖励。久了，虽然她不像最初那么激动，但心里仍然是满足的。她懂得集腋成裘的道理。每到年底，连队干部总会研究立功受奖的人员，和平年代，立功不容易，比例也很小，但嘉奖是少不了的。按照比例，每年总会有几个战士受到连嘉奖。刚参军第一年年底，林副连长把她的名字提了出来，有人就说：咱们连就一个女兵，又在做喂猪的工作，嘉奖是应该的。从那以后，她在养猪上摸出了门道，猪们也很争气，雨后春笋似的疯长。不知是她比以前的饲养员多打扫了几遍猪舍，还是多割了几筐猪草，总之，对比她来之前，猪的数量和个头都长势喜人。有时林副连长来到猪舍，望着里里外外就说：红梅呀，我到猪舍来，每次都很开心，你把猪舍打扫得比有些班宿舍还要干净整洁。说完他就呵呵地笑。她知道，林副连长的话是一种夸张的修辞手法，也并不当真，只是把嘴抿了抿，并不多说什么。也就是从第一年后，她每年都会毫无悬念地获得连嘉奖。在立功受奖人员中，她总会名列前茅。

这次林连长来到猪舍，并没有去看那些猪，神情有些郑重，目光投在她脸上足有三秒。在连长来到猪舍前，关于提干人选的事，已经在连队传开了。林连长把目光从她脸上移开后就说：董红梅同志，名单我们已经上报到团干部股了，你作为提干苗子，要做好两手准备。林连长这么说完，她本以为自己会很平静，因为这个结果，小曾文书已经偷偷告诉她了，结果心脏仍像擂鼓一样狠狠地敲了一阵子。

林连长顿了顿又说：红梅同志，你很难得，一个高级干部子女，在咱们夹皮沟喂了四年猪，凭这一点，我们所有人都应该向你学习。

她每到这时都想解释几句自己并不是什么高干子女，林连长每到这时就摆下手说：红梅，你低调，把自己置身于普通家庭子弟，这是你的优点，也许是首长要求的，这很好。你做到了一个普通士兵应该做的，我作为连长也要感谢你，你给高干子女带了一个好头。

林连长那次又在她猪舍前站立了一会儿，告诉她，如果团党委批准了她提干，之后还要进行外调、政审什么的，这是组织程序。她入党时，连队支部似乎也走过这样的程序。连长走后，她站在猪舍前突然流泪了，止也止不住的那种。回想起这四年的努力，就是为了这一天，所有的付出都值了。

按连队条例规定，参军满一年后的士兵，会有十几天的假期，也被称为探亲假。由士兵自己向连队打报告，连队再根据工作安排，确定战士的休假日期。全连的新兵都轮流回去探了亲，只剩下董红梅一个人了。林连长那会儿还是副连长，又一次找到了她说：红梅，该你探亲了。她在这之前已经想好了，她不休假。因为姐每次来信都说：小梅，部队就是你的家了。以后你就别回来了，农村就这样，你还没待够吗？她觉得姐说的话在理，与其回去受次罪，还不如踏实在连队里待着。自从她入伍到部队，觉得自己终于有了家，有了容身之地。

开始她解释自己不休假的理由是不放心这些猪交给别人。林副连长感动地拍着大腿保证道：这猪我来养，不就是十几天么。后来林副连长又找到她说起休假的事，她干脆说自己不回去了，在部队能干多久就多久。她的保证听得林副连长一愣一愣的，林副连长的眼睛里有了水汽，半晌，又是半晌才道：首长对你要求太严厉了。我们在首长面前，蚂蚁穿豆腐简直不值一提。对老革命我真是服了。说完，他一唱三叹地走了，走了几步，还不停地回望她。在别人眼里，她是高高在上的高干子弟，她越解释，别人越是不信，越把她当成高干子弟。

马平阳探亲回来时，给她带回来一盒点心，点心很高级的样子，包装盒印刷得很精美。糕点吃完，那只装糕点的盒子一直在她宿舍的床头放了很久，最后被老鼠咬破了半边，她才不舍地把糕点盒扔掉。

马平阳，这个守备司令的儿子在全连只把她当成了朋友，经常找到她，坐在猪舍门前的石头上，毫无顾忌地讲自己的成长史。小时候和父亲去深山老林里打猎，那会儿，他就学会了打枪。还说小学时，他带着几个同学离家出走，找到了一个要塞的地硐，在里面待了三天，学电影里的游击队员打游击，被父亲派出的警卫连战士找到，回到家遭到了父亲的暴揍。上中学时，又一次离家出走，去了珍宝岛，在珍宝岛当年的战场上，找到了几枚炮弹壳。在马平阳的叙述中，她心里对马平阳有了一个模糊又清晰的认识，这是个典型的部队干部子弟，阳光透亮，天不怕地不怕，所有危险困难在他眼里都不是个事。她一面羡慕着马平阳的成长经历，又暗自和马平阳拉开了距离。她知道，自己和马平阳不是一路人，只能把这种欣赏埋在心底。

当得知她放弃了休探亲假时，马平阳流露出难以置信的神态，惊讶得半晌才把嘴巴闭上，磕磕巴巴地说：你老爷子可真够狠，看来你也是个狠人。她之前和马平阳说过：我和你不一样，我不是干部子弟，更不是高干子弟。她说过父亲不在了，母亲也不知去向，可没人信她的话。如今马平阳又旧事重提，她只能笑一笑，不想说也不想解释什么。刚到连队时，每个新兵都在全连军人大会上介绍自己，她已介绍了自己的身份，可没有人相信，都把她当成高干子弟。在以后若干场合下，她几次重申自己的身份，在别人眼里，她越描越黑。最后她索性什么也不说了。

马平阳对她守口如瓶的态度深感不满，急了就说：你讲了又能怎么样，我又不求你老爷子什么。

不信拉倒。马平阳这么说完，她只能这么回答他。

马平阳就研究着她说：你老爷子肯定不是一般人物，是在中央还是干保密工作？

他越是这么问，她越是不知说什么好。逼急了她又说：你看我这样，像高干子女吗？

马平阳又从上到下把她打量了，摇着头说：人不可貌相，海水不可斗量。

她知道自从参军后，她的样貌已经发生了天翻地覆的变化。参军前，她长得又瘦又黑，军装穿在她身上总是显得肥大。自从参军后，生活不仅规律，一日三餐还有了保障，身体也像变了一个人似的，该鼓的地方鼓了，人就滋润起来，风吹日晒的脸孔总是容光焕发。

她知道马平阳把她当成了朋友，很知心的那种，每次见到她，说自己的成长，说父亲如何要求他，不能给军人子弟丢脸。马平阳在连队训练刻苦，表现积极，因为自小生长在部队的环境里，总是比其他人先知先觉一步，不仅成了部队训练的标兵，在参军第二年后，就入了党。两年前，在一次训练中，一个新兵投手榴弹，因为第一次参加实弹演习有些紧张，手榴弹没扔出去，丢在了后面人群中。当所有人不知所措时，他冲了上去，一脚把冒烟的手榴弹踢开，手榴弹在远处爆炸了，所有人都木在那里，他却像没事人似的露出一口白牙冲众人笑。

马平阳经常学着父亲的腔调说：你是军人子弟，不要丢人现眼，在部队要是干不好，立马给我滚回来。每次马平阳这么学父亲，他们就会一起笑。

她知道马平阳的父亲马司令参加过抗联，在深山老林里打过游击，也参加过四平战役、塔山阻击战。朝鲜战争爆发，马司令在第三次战役中英勇负伤。珍宝岛反击战打响时，马司令是边防的副团长，他带着一个连参加了战斗，硬是把敌人的一辆坦克车炸到了江里。她崇敬马司令，也羡慕马平阳有这样根红苗正的出身，难得的是，马平阳仍然像那些工农子弟出身的士兵一样，在部队努力奋斗，积极上进。

看到她在猪舍里忙碌的身影，马平阳感慨最多的一句话就是：董红梅，你比我能吃苦，全连我谁也不服就服你。

第二章

一

董红梅的身世在部队是个谜，但她清楚地记得，自己两岁失去了父亲，三岁多亲生母亲又离她而去的事实。

两岁前，她对父亲没有任何印象，姐留下了父亲生前唯一的一张照片，照片是父亲参加抗美援朝前的一张照片，他站在老屋前，穿着新军装，表情拘谨地留下了一张影像。父亲那会儿很年轻，二十出头的样子。听村里人说，父亲是第一批进入朝鲜的，在部队里当炊事班长，第三次战役时，父亲和几个战友在一块林地里生火做饭，前方的战友正在和敌人激战。生火的炊烟被敌机发现了，在林地上空丢下了两颗燃烧弹。父亲在那一次战斗中整个人几乎被烧焦了，运到国内，一年以后才出院，父亲不仅失去了一条腿，整个身体也留满了被烧伤后的疤痕。同村有个和父亲一同参军的战友，叫胡叔，他的耳朵在阵地上被炮弹震聋了，须对方大声喊叫，才能听见别人说的话。第四次战役胡叔大难不死，只炸聋了耳朵。就是那次回国休整，胡叔也复员回到了村里。

父亲和胡叔参军前就是从小一块长大的，参军又在一个连，父亲做了炊事员，胡叔拿枪去前线打仗。父亲虽然不在了，胡叔却对她很亲。每次见了她，胡叔都爱抚地摸着她的头说起父亲。小时候在她的印象里，胡叔说话声音像打雷一样，他总是大着声音说：丫头哇，你爸是个好人，在朝鲜时，每次打饭，你爸的勺子里总会给我多盛一块肉。每每说到这，胡叔的眼泪就在眼圈里打转，然后又感叹一声：好人命不长啊。

父亲是在她两岁那年走的，也是听胡叔说，父亲下地劳动，弯下腰去割黄豆，一垄还没割到头，便一头栽倒了，人们发现父亲时，他嘴里和鼻子里都是血。父亲倒下，再也没有起来。父亲走了，家里剩下母亲和姐姐，还有她。

父亲走的时候，她两岁出头，姐姐十岁。父亲参军前就和母亲结了婚，姐姐就是那会儿出生的。后来朝鲜战争爆发，地方组织便动员青壮男人参军，父亲也报名参了军，和本村的胡叔一起，跨过了鸭绿江。

父亲回来时，因为浑身上下的烧伤，和参军前的样子已经判若两人，一条腿残疾了，父亲就经常拄着拐，艰难地移动着身体。胡叔那会儿就经常来找父亲说话，父亲说话很没底气的样子。在胡叔的眼里父亲的嘴一张一合的，他听不清父亲说什么，胡叔就安慰父亲：咱们死里逃生，该知足了。想想那些牺牲的战友，啊，咱们还有什么苦不能受的。父亲听了胡叔的话，就默默地流泪，不知是为自己还是为那些牺牲的战友。

父亲虽然死里逃生，身体却落下了残疾，那会儿她还没有出生，听姐说，母亲总是叹气，然后在没人的地方流泪。姐八岁那年，父母才生下了她。父亲嘴鼻流血倒在黄豆地时，她才两岁。两岁的孩子是没有记忆的，哭过闹过，就剩下她和姐姐被母亲一个人拉扯着了。

后来母亲也神不知鬼不觉地在她和姐的生活里消失了。母亲是个孤儿，无亲无故，本以为嫁给父亲就此能过上好日子，结果父亲残疾了，最后竟离她们而去。母亲消失时，她三岁半，对母亲有些模糊的记忆——一张年轻而苍白的脸，脸上经常挂满愁容，然后就是不停地叹气。

母亲走时，姐才十一岁多一点，是姐把她拉扯着长大的。每每回忆起往事，她总是心酸不已。姐后来嫁给了一个比她大十岁的男人。那会儿的她就知道，因为她的拖累，姐才嫁给这样一个男人。姐夫不仅比姐大十岁，还有羊角风，不知什么时候，就会犯病，跌倒在地上，口吐白沫，死过去一般。每每这时，姐的脸上就掠过一层愁容，让她想起小时候母亲那张脸。

她终于离开家参军了，到了部队欢天喜地给姐写了封信，姐在回信中就说：小梅，你走出去了，以后就当没有家吧，把部队当家，别再回来了。从那以后，姐很少给她来信，偶尔有一封信来，姐仍然是那个口气，让她忘记家，忘记姐。她那会儿不明白，姐的态度为什么会发生一百八十度的大转变。

每当想起自己的经历，她心里就不知是个什么味。当别人把她当成高干子女时，她总想找个没人的地方大哭一场。参军前，她羡慕那些父母双全的家庭，觉得那样的日子才是幸福的。每年过春节时，听着外面的鞭炮声，看到邻居万家灯火的样子，姐就抱着她说：有娘没娘都得过年。姐说要给她包饺子吃，有面没肉，白菜切碎了做成的馅，虽然不香，却也有了过年的仪式。每当孤独时，她就会想起姐，想起姐拉扯她长大成人的那些日子。

她初中毕业那一年，胡叔又一次找到了她，和她说，要想办法让她去参军。当年抗美援朝的一个老排长在部队上当了大领导，一定有办法把她送到部队上去。

胡叔说的当年那个排长，就是她所在部队的段师长。胡叔找到当年的老排长并不容易，起初只是听战友们说，当年的排长在部队当了大领导，并不知道是哪一支部队。她第一次参军报名时，也是胡叔带着她找到了公社的武装部。武装部部长是从部队转业的一名干部，对胡叔很尊重，一口一个老前辈地称呼，但明确地告诉她和胡叔，自己当武装部部长后，全公社还没有送走一个女兵，男兵倒是每年都有十几个名额。也就是说，接兵的部队压根不在农村招女兵，女兵都出自城市。即便这样，每年的名额都有限，没有门路连想都不要想。

吃了闭门羹的胡叔开启了寻找当年老排长之旅，董红梅也把自己的希望寄托在胡叔身上。她已经初中毕业了，如果不能从农村走出来，自己的命运将和姐姐一样，嫁个男人，生儿育女，过着面朝黄土背朝天的生活。

功夫不负有心人，胡叔终于在一次又一次的寻找中，找到了当年的老排长。正好赶上他们部队到当地县城来接兵，师长特批了一个女兵名额，她成了当年全县唯一的女兵。到了新兵连之后，她在女兵班里，才知道另外七个女兵的背景都显赫得让她害怕。在其他官兵眼里，所有的女兵都是后门兵，占了男兵的名额。新兵连结束后，果然这些女兵都像燕子一样飞走了，不是到军部，就是到师部的门诊部当卫生员，最差的也会是话务员，坐在总机值班室里，风吹不到，雨淋不着。这些有背景的女兵，参军就是为了镀金，三年服役期一到，她们又会回到各自家乡，通过父母的关系，找到一份体面工作。

她分到三连的第二年，师长到团里来检查工作，师长姓段。她之前从来没有见过段师长，但知道自己能够参军，完全是因为段师长。她很想当面感谢一下这位父亲当年的老排长，可到了部队才知道，自己就是普通一兵，离师长的距离还差十万八千里。师部虽然就在距离团部二十几里路的县城，但是在她心里，遥远得就如天边的星星。她一直没有机会见上段师长一面，段师长似乎也忘了她。她不想给父亲当年的战友添麻烦，也就没和任何人提起自己和段师长这层关系。

段师长带着工作组来团里检查工作那天，已经过了午饭时间。她挑着从炊事班取来的泔水，正往猪舍里赶，林副连长气喘吁吁地从连部跑过来，说是刚接到团值班室电话，通知她，马上去团部招待所，段师长要见她。她被林副连长领到了团部招待所。

她手足无措地立在段师长面前，这是她第一次见到自己的恩人。段师长个子不高，身体强壮，理着平头，先是打量了她几眼，然后说：你是董大林的女儿？董大林是父亲的大名。她点点头，想到了模糊又遥远的父亲。此时，她想哭。

段师长又说：我和你父亲当年是战友，你父亲被汽油弹烧伤了，我就再也没有见过他。显然，段师长知道了父亲的结果。段师长叹了口气，又一次把目光盯在她脸上：你要好好工作，听说你在连队当饲养员？

她又一次点了点头。

段师长走到窗口，目光望向窗外，背对着她说：好好工作。

她立正站好，应了声：是。此时，她觉得师长离自己很近也很远。

段师长再回过身时，冲她挥了下手道：没别的事了，你回去吧。

她冲段师长敬了个礼，她还想说几句感谢段师长的话，终于没有说出口。她转过身去开门，段师长在她身后说：有事就给我打电话，我还记着你父亲。她忙冲出房间，她怕师长看到她流出的眼泪。以前父亲在她的印象里是模糊的，每次想起父亲，脑子里浮现的就是他参军前留下的那张照片，此时，呼啦一下，父亲的形象一下子在她心里生动具体起来。她流泪，不知是因为师长这句话，还是因为对父亲的思念。她冲出招待所门时，林副连长还在门口等她，见她哭着跑出来，忙上前问：你怎么了？她忙摇头，三两把把脸上的泪擦去，轻声地冲林副连长说：回连队吧，猪还没有喂呢，它们一定饿了。

她被段师长召见的事，很快在连队里传开了，再一次坐实了她高干子女的身份。

二

连队文书小曾又一次来到猪舍时，给董红梅带来一条非常不好的消息：林连长接到团干部股的通知，说是全团没有女军官的编制，董红梅提干的事情遇到了麻烦。小曾说得真切，他说，连长接电话时，他就在一旁记录。他还说：林连长接完电话脸色都变了，和邱指导员商量完之后，就直奔团部去了。

她得到文书小曾带来的这条消息，眼前的世界就黑了，山林里传来的百鸟争鸣之声也远遁而去。她呆呆地立在猪舍前，竟不知道小曾是何时离开的。如果自己提干不成，再过两三个月，她就该和以前那些老兵一样，打着背包复员了。久久，猪们的叫声把她唤醒，她忙把担来的猪食倒进猪舍的食槽里，猪们没心没肺地抢着食。以往，这是她最幸福的时刻，猪吃食，就证明猪是健康的，胃口很好的猪不愁不长膘。此时，她却没了幸福的心境，慢慢蹲下身去，泪水再也控制不住，从眼角潸然而下。她望着西边的天空，初秋的太阳仍然热烈，她却几乎感受不到这种光亮。想着自己的命运，当兵之前，胡叔为她奔走，参军到现在，四年吃苦耐劳的努力，都将付诸东流。在那一瞬间，她认命了。自己打小就是个无依无靠的农村孩子，因为参军这个插曲，让她从农村走出来，所有的美好期望都只是昙花一现。

傍晚的时候，小曾又跑到猪舍里，通知她去连部一趟，她知道这一定是最后的结果。她的双腿像灌了铅，又像喝醉了酒，磕绊着向连部走去，从猪舍到连部的距离不过几百米，她却仿佛走了一个世纪那么漫长。

她在连部办公室里看到正襟危坐的林连长和邱指导员，两人都在吸烟，似乎他们在这里已经坐了些时候了，烟不知吸了多少支。她打开门的一瞬间，差点把她熏了一个跟头。林连长起身打开窗子，背着手踱步，神情非常为难，邱指导员把目光投向林连长，林连长黑着脸并不接邱指导员的暗示。邱指导员就说：那就我先说。然后他又把目光投到董红梅的脸上，还拉了把椅子，示意她坐下。她没坐，和刚进门时一样，仍然立在那里。她的目光从林连长身上扫到邱指导员脸上，邱指导员就说：董红梅同志，铁打的营盘，流水的兵，不论发生什么意外，你都要做好思想准备。

不知为什么，她心里一下平静下来。只能做最坏的打算了，最坏的结果一旦在心里承受下来，什么都是小事了。她平静地说：连长、指导员，我都知道了，我已经做好了复员的准备。别人能复员，我也一样。

林连长突然停在她面前说：今天下午我和指导员找到了政治部主任和团政委，把你的情况说了，别怪团党委做出的决定。说真心话，我参军都十几年了，在咱们夹皮沟这个团，还没有一个女干部，包括团机关。

邱指导员又用手指关节敲了敲桌面道：因为你的情况特殊，团党委决定，把你的情况汇报给师党委，请上级首长定夺。

后来连长和指导员又说了些什么，她已经记不得了，既然团里从来没有女军官的先例，自己留下的希望仍是渺茫。她不想再抱有幻想了，这就是命，她在心里反复劝慰着自己。

林连长把她送出连部，陪着她向宿舍走，又说了一些诸如一颗红心两手准备的话，还代表连支部，再一次对她四年来的工作表达了肯定。走到连队院墙，过一个小月亮门，就是通往猪舍的小路了。林连长立住脚说：多余的话我就不多说了，你们高干子女也不一定在乎在部队提干，等复员回去，一定会找到一份满意的工作。

她自从参军到现在，全连上下的官兵都深信她是高干子女，她不知解释过多少次，她越解释，身份就越神秘，后来她也懒得解释了。她曾无数次幻想过，倘若自己真的是高干子女，又会是怎样一番前景呢？

在新兵连女兵班，有一个叫杜红的战友，是副军长的女儿。在新兵连短短两个月时间，她的母亲就来了两次，每次都坐着轿车，带着许多好吃的，引来了众人羡慕又嫉妒的目光。其他女兵的背景自然也是不凡，就算家里没人来，也拐弯抹角地通过战友或朋友来到新兵连，捎来了问候还有礼物。新兵连的女兵班就是一个特殊的群体。每当训练之余，新兵连的文书，每天都要往女兵班跑几趟，通知这些女兵，家里有电话打到了连部，让她们去接电话，往来的信件更是雪片似的飞。

唯有她是个例外，不仅没人看她，就连信件也很少。她没人可以写信，到了部队，她先是给姐姐写信报了平安，又给胡叔写了一封信，她一想起胡叔，就想到了自己的父亲。是胡叔唤醒了她对父亲的记忆——少了一条腿，遍体鳞伤，拄着一支拐的父亲。每次想起父亲，她心里就是另一番滋味了。

胡叔请人给她回了信，信中说：小梅呀，你不是一个人，你是替你父亲和我又一次去了部队，我和你爹九死一生从战场上回来，虽然没混上一官半职，但我们是活着回来的，我们都知足。你如今参军了，你爹地下有知也会高兴的。在部队上好好干，你记住，你是军人的后代……

当别人误以为她是高干子女时，她嘴上一面否认，但心底却承认自己是军人的后代，父亲曾参加过抗美援朝，在炮火连天的朝鲜战争中流过血流过汗。

在新兵连女兵班，她成了一个孤独的看客。熄灯号吹响时，睡不着，女兵们开始聊天，聊得最多的自然是自己的家境，还有自己的理想。她从这些高干子女的聊天中得知，她们几乎都没有留队提干的想法。副军长女儿杜红说：我才不想在部队受苦呢，服役期满，我就复员回家。她还知道杜红有个哥哥，还有个姐姐，哥哥姐姐也都参过军，现在都复员回了省城工作。

她插不上嘴，仿佛自己是局外人。的确，她的家庭压根就没有可比性，说自己的父亲意外死亡，母亲弃她而去？她说不出口，这是她心底的伤痛。她一面嫉妒着她们的幸福，一面又暗下决心，自己一定要在部队干出一番模样，让自己的孩子有朝一日也能炫耀自己美满幸福的家庭。

她是她们之中的局外人。有一天，女兵班在浴池里洗澡，杜红站在她身边的莲蓬头下，隔着水汽冲她说：董红梅，你从来没说过你家庭，你父母到底是干什么的？说出来让我们听听呗。杜红这么说完，引来了众人的目光。董红梅还从未成为所有人的焦点，她紧张地抱紧身体，任水流从她身体上流过。参军之后，她才第一次享受在莲蓬头下洗澡。在农村时，小时候和男孩子们一起下河扑腾，就算作洗澡了。大了一些，只有年节时，姐才会烧上一锅热水，拉上窗帘，她躲到房间里，用毛巾蘸水，在身体上擦拭一番。

当所有人的目光聚集到她身上时，她竟无言以对。不知怎么了，她觉得有些委屈，泪水随之涌出了眼眶，她怕人发现，仰起头，让水流冲到脸上。

当天晚上，熄灯号吹响后，杜红仍就这个话题再一次问她，其他人都翻过身子，做好了谛听的姿势，以为她会滔滔不绝地说起自己的身世。她只说了一句：我的家庭情况档案里都写着呢。然后无话。杜红嘀咕了一句：没劲。她们就把话题岔开了，说自己哥哥姐姐当年参军发生的趣事，引来众人哧哧的笑声。

她们后来给她起了个外号，叫她“黑牡丹”。参军时，她比任何人都要黑，直到两个月的新兵连结束，她的肤色才恢复到了常态。她不知道她们起这个外号的用意。新兵连快结束时，女兵们都说起了各自的去向，直到这时她才知道，她们原来早就有了归属。她们都是带着名额来到新兵连的。

新兵连刚结束，还没有公布新兵去向，一辆辆小轿车便开到了新兵连，把她们纷纷接走了，到了她们应该去的地方。当她独自一人，背着行李和男兵一样站在操场上等待分配时，她心里竟涌出了一种悲壮感。

那天晚上，连队晚点名之后，马平阳找到了她，她在猪舍旁的宿舍里，正打算给姐写信，告诉姐一声，用不了多久，自己就要复员回去了。她正斟酌着词语，如何不让姐感到失望，马平阳敲响了她宿舍的门。以前这间宿舍就是个储存饲料的地方，因为她的到来，才改成了宿舍。她是全连唯一享受单间的士兵。马平阳一脚门里一脚门外地戳在门口，一半明一半暗地说：都这时候了，你怎么还不和家里联系，这可是你的终身大事。对马平阳的话，她一时没有反应过来，怔怔地望着马平阳。马平阳就又补充说：打电话不方便，你就给家里拍电报，只要你家里出面，你提干的事就没人能阻挡。

马平阳是和自己接触最多的人，没事就来找她聊天，两人坐在猪舍旁的石头上，一边看着星星，一边说话。马平阳聊部队，也聊他自己，聊自己的成长经历，每次总是他说，她听。每次得不到她的应和，他就知趣地站起身，拍拍屁股上的土说：你一定听得无聊了，不说了。然后就顺着小路向连队方向走去。他显然误解了她，她对他的童年充满了陌生的好奇，他的经历都是她以前不曾想象得到的。

她又一次面对马平阳，站起身，感激地冲着他说：我个人的去与留是组织决定的，我服从。我已经做好了复员的准备。他有些不理解地望着她：你干吗不和家里说？我告诉你，这是你人生的大事。

她苦笑了一下按着自己的思路说：平阳，你留队了好好干，有机会我会来看你。

说完这句话，她发现马平阳眼圈有些泛红。她又故作轻松地说：没事，这么多老兵复员，人家不也都是好好的么。

她看见马平阳直勾勾的目光落在她的脸上。

三

又是三天后，董红梅和马平阳批准提干的命令从团部下发到了连队。

董红梅作为特殊情况，报告给了师党委，后来相传，是段师长在报告上批示了一行字：咱们是人民的部队，不能有性别歧视，男兵能做的事，女兵也一样能做到。董红梅因为女兵而不能提干的困惑因为师长这句批示，迎刃而解了，是段师长又一次改变了董红梅的命运。

作为提干人选中的第三人，李来权真正做了一回替补，连队只给了两个提干名额，自然没有李来权。李来权得到这个消息时，刚从边防执勤回到连里，枪还没有交到枪库去，他连人带枪便一起摔倒在连队的院里，被人七手八脚地抬回到了宿舍内。

董红梅得知李来权晕倒一事，是在午饭后了。她吃完午饭，没顾得上去喂猪，匆匆跑到军人服务社，买了两罐水果罐头，敲开了李来权的宿舍门。李来权神情似乎已缓过来一些，他躺在下铺，睁着一双眼睛，茫然又绝望地望着上铺的铺板。董红梅的到来，引起一小波宿舍内的骚乱。这是董红梅第一次走进男兵宿舍，男兵似乎也始料不及。有的敞着衣服，还有的准备午休，正四仰八叉地躺在床上。

董红梅的注意力不在这些人身上，而是径直来到李来权的床前，把两罐水果罐头放到了床的内侧，然后半弯下身子，就那么望着李来权。此刻的李来权像一只濒死的鱼，灰白着脸把目光移到她脸上，嘴唇牵动着，又什么也没说出来，抱怨和不甘笼罩在李来权的脸上。董红梅轻声地说：来权班长，对不起。她说完这句话，直起身子，觉得没有必要再待下去了。她伸出手想和李来权握一次手，李来权别过头，并没有和她握手的意思。她只能转身向外走去。

有一个战士给她拉开宿舍的门，热情地说：红梅，再待一会儿呗。她冲打招呼的战士笑了一下，还是毅然地走出了男兵宿舍。

在一天的晚饭后，李来权来到了猪舍。董红梅刚喂完猪，在围裙上擦着手，突然就看见了李来权。她几乎没有和李来权单独接触过。平时没事，她不是去山上割猪草，就是打扫猪舍，几乎不和连队的士兵在一起。只有吃饭的时候，他们偶尔才能碰个面。每次她负责打饭时碰到李来权，他总是会送上一张笑脸，把半个头从打饭窗口送进来，叫一声：红梅好。后来她发现，李来权不仅对自己这样，对其他人也是不笑不说话，态度好得很。

每次晚点名时，李来权的名字也经常出现在连长或指导员的口中，年底嘉奖时，也几乎都有李来权。因为这些，李来权便显得与众不同起来。她同时也意识到，在进步的道路上，李来权是个非常有韧性的竞争对手。

那天傍晚李来权见到她时，笑容是灿烂的，还有些讨好的成分，他湿润地叫了声：红梅。她指着猪舍门前那块石头道：来权你坐吧。这块石头连长坐过，指导员也坐过，炊事班长和马平阳都坐过。凡是来到猪舍的官兵，她几乎都在这里招待，因为全连就她一个女性，又离群索居在一处，不能不敏感。她记得猪舍旁的杂物间刚改成她的宿舍时，连长和指导员在全连军人大会上就郑重地强调过：全连的男干部战士，没有特殊情况，不要到猪舍这里来。言外之意，她成为全连重点保护对象。连队领导的命令阻隔了战士们的脚步，却无法阻断他们望向猪舍的目光。猪舍在连队院墙外，地势比连队高了许多，猪舍就成了一片高地，战士们的目光变成了一枚枚子弹或者炮弹，总是呼啸着落在猪舍的高地上。

董红梅十七岁入伍，当满四年兵后，她已经二十一岁了。她长得不像其他女兵那么娇贵，有一种与生俱来的朴实美——一双饱满健硕的腿，还有一张红扑扑、青春洋溢的脸。她并没有用心琢磨过自己，一切都是顺其自然地生长，她越是这样，她的女性形象在男兵的眼里越是惊心动魄。男兵们的目光就是一面面镜子，照耀出了董红梅的样子。猪舍里很少有男兵来，还有两方面的原因：在男兵的心里，她是高干子女，勤奋努力，成了所有人的竞争对象。几种原因叠加在一起，让她和男兵有了距离。在男兵眼里，她高不可攀，又是竞争对手。

李来权坐在那块石头上，脸上的笑容依旧灿烂，他暖暖地叫了一声：红梅呀，我、我……李来权难以启齿的样子，不仅讨好地笑还搓着手。李来权没有继续说下去，她就意识到一定和连队上报的提干名单有关。果然，李来权支吾一阵之后，就委婉地说了。他的话东拉西扯，但中心目的只有一个，自己在提干候选人名单中排名第三，如果董红梅和马平阳都提干成功，就没自己的份了，入伍到现在所有的努力也将付之东流。后来又说，董红梅能不能把名额让给他，理由是，董红梅是女兵，又是高干子女，不一定在乎在部队提干，回到大城市里，一定会找到可心的工作。最后，李来权从石头上站了起来，收起笑，只剩下搓手了，冲她真诚地说：红梅，你要是答应我，你的恩情我这辈子都不会忘，这辈子报答不了你，下辈子我当牛做马也会报答你的大恩大德。李来权说到这，身子一软，竟给她跪下了。她无措地把李来权拉起来，不认识似的看着他。李来权无助地说：董红梅，算我求你了还不行吗，你是高干子女，还在乎这个？

她有些恍惚，觉得说这话的不是李来权而是她自己。从入伍那天开始，她在心里已经说过无数次了，她要奋斗，留在部队，改变自己的命运。只不过她在心里说这话时，是冲自己的命运，冲向空气或者空气以外的什么地方。

那次李来权自然无果而去，但提干名额毕竟还没落到实处。李来权更加沉默寡言，在绝望中等待着。当团党委对她的提干身份质疑的时候，李来权回光返照了似的，又变得有说有笑起来。似乎隐约间，太阳又从乌云里照射到了他的身上。

她的命运随着师长的批示终于尘埃落定，李来权支撑着的最后一点根基也轰然坍塌了，他终于倒下了，连同他的理想。董红梅同情李来权，理解他的心境，但她又能为李来权做些什么呢？

四

李来权的故乡在四川巴中，他参军前从来没走出过巴中的大山。巴中多山，散落的村户就居住在山的褶皱之间，三两户为一个居住点，一户人家蛰居在半山腰上也不稀奇。闭塞的故乡，练就了李来权的忍耐和吃苦。

他上初中时要走很远的路，路是山路，崎岖着盘绕在半山间。有几次下雨，他亲眼看见走在他前面的同学，不小心滑到了山下，哀号之声也随之跌落在山下的某一处草丛中。在班里，某天突然空出个座位，不用问，一定是在路上出事了。不久，受伤不重的同学拄着拐或者打着石膏又来到了学校，也有的同学再也来不了了，座位便永远空在那里。

大山闭塞，李来权了解大山之外世界的心情比许多人都要强烈。县里的文化站偶尔会来到山里放场电影，这样的日子，便成了山里人的节日。傍晚时分，天还没有暗下来，整个山里都骚动起来，大人们拖家带口，相互吆喝着走出家门，往公社的乡场里赶去。每次有电影播放，第二天总会有某村某寨的某某跌落山崖，轻则受伤，重则亡故。这样的意外并没能阻止山里人观看电影的脚步，每次电影放完后，放映员都会在大喇叭里说上几句，大家回去要注意安全，防止跌落山崖。但天黑路滑，有时走到一半，又赶上了一场急雨，安危与否，只有老天知道了。后来，因为每次放电影都有村民或学生摔死摔伤的消息，公社领导决定，不再放电影了。山里人唯一的乐趣就此夭折。每当夜晚降临，大山里便死一样寂静。

书本给上中学的李来权打开了一方小小的世界，他在书本的世界里摸索着想象外面的天空。年少的世界是浪漫美好的，当征兵的消息传到大山里时，他第一个跑到公社武装部去报名。走出这座大山，当兵是他唯一的选择。他终于如愿以偿地接到了入伍通知书。当新兵专列驶离故乡时，他长吁了一口气。车窗外是大片大片的平原，目光所及之处无遮无拦，一眼望不到尽头。而故乡的大山呢，离他越来越远，被军列甩在身后。下了火车，又被军用卡车拉到夹皮沟所在的团部。这里也是山，但和故乡的大山不可同日而语。这里有楼房，有操着不同口音的战友。在团部的礼堂里，每周都会放一场电影。团部的浴池每周六会开放一次，他们在这一天排着队去洗澡。白面馒头虽然不是每天能见，但每周都能吃上几次。这对他来说，已经满足了，他每个细胞都洋溢着幸福和自豪。留在部队，一直干下去，成为他的目标。

他是全连当满四年兵没回家探亲的第二人。董红梅也没休过假，所有人都说，董红梅没休假，是因为她的父母都是高干，对子女要求严格。他不休探亲假，是他真的舍不得离开部队。巴中的大山成了他的梦魇。他参军的第一天，就计算着离队日期。他看到太多老兵服役期满离队的场景了，不论这些老兵在部队干得好还是坏，离队的那一刻，都会流露出不舍。他珍惜在部队每一分每一秒的时光，可幸福的时光总是短暂的，一转眼，自己就变成老兵了，他申请了超期服役。他是连队的典型，每年都会被嘉奖。一次部队野营拉练训练，他在一条湍急的河里救过两名因洗澡被大水冲走的儿童。四年服役时间，每天每时每秒，他都处于一种昂扬之中，从没止歇过，这给他带来了前所未有的幸福感。他知道，只要自己奋斗，就会有好的结果和收获。

终于，有了收获。他成为连队提干预备人员的第三人。连队只有两个提干指标，他排名第三。董红梅、马平阳都排在他之前，他知道，董红梅因为工作的特殊性，几乎和自己并驾齐驱，而马平阳虽然没有摆出高干子弟的架势，但他总觉得马平阳排在自己前面，完全是因为马平阳的父亲是守备区司令。

连队两个提干名额，前两名都是高干子女，他心有不甘，但又无可奈何。他期待奇迹的发生。在团党委会上，因为团里没有女军官编制，董红梅受到非议之时，他似乎又一次看到了希望。然而，董红梅峰回路转，名正言顺地提干了。他留队的路被彻底堵死了。自己离队的日子已经屈指可数了，等待他的是又一次回到巴中的大山，他四年的努力都将前功尽弃。

他看着董红梅和马平阳以及一些其他连队确定提干的士兵，坐上了团部派出的大巴车——他们要去军区教导队学习三个月，三个月之后，他们就是名正言顺的军官了。

这些未来的军官驶离团部的那一刻，他的心空了。置身在阳光明媚的秋天，却觉得暗无天日，寒风瑟瑟。

马平阳曾无数次对董红梅说过：李来权这人功利心太强。

董红梅是全连唯一的女性，猪舍一带便成了男兵的禁地。最初董红梅住进来时，总有一些老兵或新兵，借口给猪割草或收拾猪舍，来到这里，围在猪舍旁，望着猪，目光却虚瞟着董红梅的一举一动。董红梅没到连之前，猪舍是老兵新兵们经常聚集的一个地方。业余时间，有人去山上为猪割草，有的清理猪舍，把猪粪再运到菜地里。兵们做这些完全是自愿行为，也就是所说的好人好事。每周连队点名时，连首长就会读出一串长长的名单，隆重地把这些人表扬一次。

自从董红梅住在这里后不久，连队就做出规定，猪舍成了男兵的禁地。以前男兵做的好人好事，几乎被董红梅一个人承包了，猪舍被她打理得井井有条。每天傍晚，董红梅都会挑一副担子，把清理出的猪粪担到连队的菜地里。许多男兵看到董红梅劳作的身影，心里总是痒痒的，无端地想参加到董红梅的劳作中来。李来权就是其中一位，以前猪舍是他劳动最多的地方。无论冬夏，他清理起猪舍时，总是奋不顾身。夏天的猪舍粪便的味道弥漫得到处都是，许多城市兵，总是畏首畏尾，想干又不知如何下手。只有李来权这些农村兵，似乎早就习惯了这种气味，毫不畏惧地冲在最前面。冬天，这里早已积水成冰，猪粪被冻结在猪舍里，需要用镐一点点去刨，猪粪被冻得坚硬如铁，铁镐下去，有时只是一个白点，震得虎口都发疼。自从董红梅来到连队，自己把这一切都承包了。在李来权眼里，董红梅便一下子与众不同起来，他知道自己遇到了对手。他接触过一些干部子女，想进步又受不了苦，就是努力也是三分钟热情，只要吃一点苦或者受到一点挫折，便叫苦连天。不仅干部子女，就是好多城里入伍的兵，也大抵如此。李来权总结出了一条真理：这些人吃苦的基因不行。这些干部和城市子弟，因为有退路，并没有把留队提干当成自己唯一的奋斗目标。人一旦有了退路，在前进的道路上就不那么决绝，总会有些犹豫。这就给了李来权这些农家子弟一个千载难逢的机会，他们要在竞争中脱颖而出。

马平阳和董红梅这两名高干子女却成了他前进路上强劲的对手。

马平阳在军事训练上总是把全连的老兵和新兵远远地甩在身后，比如五公里越野，马平阳总是跑在队伍的最前列。李来权有几次暗中决心和马平阳一比高下。在三公里前，他还能靠着毅力和马平阳并驾齐驱，最后的两公里，他拼出了吃奶的劲，只能看着马平阳一骑绝尘。他只感到脚步沉重，胸腔发热。还有在其他军事训练上，比如越障碍、射击比赛等，无论他怎么努力，总是比马平阳差了那么一截。龙生龙，凤生凤，老鼠的儿子会打洞。他又想起了这句民间谚语。马平阳只要认真起来，在这方面就是比他强，谁让人家父亲是守备区的司令呢。

董红梅又让他在吃苦耐劳上望尘莫及。最初的时候，不仅是他，包括全连的人都没有把董红梅当成竞争路上的对手。一个高干家庭出身的女兵，能够下到连队喂猪，这本身就是个奇迹。许多人起初都认为董红梅是下到连队来镀金的，说不定哪一天，一纸调令，董红梅就会离开连队，到大机关去高就。让李来权这群士兵没想到的是，董红梅不仅没有调离，还成了连队最吃苦耐劳的一名士兵，而且又是女兵。

自从董红梅成为饲养员之后，许多战士失去了施展的机会，甚至私自来到猪舍都不被允许。

马平阳是连队所有男兵中唯一没有受到约束的人，他总是大方地来，有时来，还会给董红梅带些礼物，有些礼物是母亲寄来的，有的是他去军人服务社特意买来的，这些礼物大都和吃食有关。然后两人或站或坐地在猪舍旁说上一阵话，有时，马平阳也会帮董红梅忙上猪舍的一些活路。有几次周末，董红梅上山去割猪草，马平阳还跟着她一起进山。小半天之后，两人才从山里钻出来，两人背上都背了小山一样的猪草。

每当马平阳来猪舍时，都会吸引许多男兵的注意，他们把马平阳毫不掩饰的这一过程看在眼里，又嫉妒又羡慕。

最初光顾猪舍时，马平阳和董红梅有过如下对话。

董红梅：连队规定，男兵不经准许不能来猪舍。

马平阳：我和他们不一样。

董红梅：你也是男兵，有什么不一样？

马平阳：我从内心里把你当成朋友了，当然和他们不一样。

董红梅：你不怕连首长批评你？

马平阳：我光明正大找你聊会儿天，谁能批评我？虽然你是女的，但你也是我们的战友，战友的关系就亲如兄弟。

董红梅：你不怕人说闲话，我怕。

马平阳：光明正大，朗朗乾坤，谁能说你闲话？

久了，却一切都风平浪静，董红梅也慢慢接受了马平阳的好意。

在兵们的眼里，马平阳和董红梅是高干子女，说不定，他们的父母相互之间还很熟悉，他们在一起来往天经地义。没有风言风语，连首长对两人的交往也就睁只眼闭只眼。

李来权看着两人的交往，心脏深处，不知哪里疼了一下，又疼了一下。如今的李来权似乎把自己的从军路走到了尽头，深秋一到，他就该告别连队，回到他的故乡巴中的大山里。李来权仰望着星空，一次又一次绝望地叫着：老天爷呀，难道我李来权就是这个命吗？老天爷不回答他的哲学问题。他想到了一批又一批退伍的老兵，此时的李来权并不甘心。

第三章

一

到了军区教导队，董红梅才明白“人外有人天外有天”这句话的真谛。他们这次到教导队培训的未来军官，有两百多号人，也就是说，这两百多号人，就是军区未来军官的队伍。这些人中，有可能出现团长、师长，甚至是将军。

她被分到了女兵分队，二十几位女兵聚集在一起，她突然感觉到不那么孤单了。女兵的宿舍一间四个人，她住在上铺，下铺是个叫江雪的女兵，比董红梅晚入伍一年，以前在军区门诊部当卫生员。母亲在军区卫生部当副部长，听别人说，她父亲以前也是军区一名部长，一年前调到了北京总部，搞保密工作，具体干什么，没人能说得清楚。

江雪不仅人生得漂亮，还很时髦，白色的衬衣穿在军装里面，露出一圈雪白，人就显得更加俏丽活泼。也许是江雪从入伍就当卫生员的缘故，少了风吹日晒，与病人药品打交道，人也很白，一副未经历风雨的样子。

董红梅第一天到教导队报到时，宿舍另外三个人也陆续搬了进来。第一天晚上，距熄灯号吹响还有一刻钟时，她就已经梳洗完毕，躺在了床上。这是她当满四年兵养成的习惯，虽然她住在猪舍旁的杂物间里，没有人来查她的房，但她一直保持这样的习惯。晚十点一到，团部大院扩音器就开始播放熄灯号，几个音符过后，整个营区的灯便稀落地关闭了，她房间的灯光也在这群灯光中熄灭，只剩下暗淡的夜晚。

她刚躺在床上，便被一股奇异的香气所吸引，这是一种她从没闻过的味道。她从床上欠起身，因为在上铺，很容易就把小小的宿舍尽收眼底了。她看见下铺的江雪坐在床沿上，正在往脸上涂抹化妆品，沁人心脾的味道，就是江雪散发出来的。不知是因为这种陌生的香味，还是江雪的举止，她失眠了，这是她入伍以后很少有的。前一段时间，提干悬而未决，她也曾经失眠过，漫漫长夜，她盯着暗夜中的顶棚，一遍遍想着自己的命运和未来。但现在不同了，她被另外一种陌生新奇的味道所吸引了。整个晚上，她不知自己是睡着了还是清醒着。直到第二天早晨，起床号再次吹响，洗漱完毕，准备出操前，她又看到了江雪在往脸上涂抹化妆品。不仅江雪在涂，同宿舍的另外两个女兵也在涂，只不过味道是另外一种而已。只有她一个人素面朝天。

从她们的聊天中，她得知另外两个女兵一个来自军区通信站，另一个是某军军部的打字员。她们一律都漂亮淑女，还把刘海烫了，弯曲在眼前，别有一番韵致。因为她们的不同，董红梅觉得自己和她们有了距离，她不曾主动和她们打过招呼，她不知说什么好。她们相同的身份是未来的女军官，可不同的地方太多了，比如，之前她们不同单位、不同家庭，还有就是说不清道不明的气味。也许是因为气味的不同，让她和她们有了距离。

直到第二天中午，吃过午饭之后，她因为去帮厨，回宿舍晚了一些。她回到宿舍时，江雪和另外两个女兵正热火朝天地说着什么。她推开门的一刹那，同宿舍的三个人都一起把目光对准了她，她有些局促，只能冲她们射过来的目光笑一笑，准备爬到上铺去。她突然听见江雪说：董红梅，你哪个单位来的？她们在报到之初，宿舍的门上就张贴着她们每个人的名字，江雪知道她的名字并不奇怪。听见江雪这么问，她把摸到床栏的手收回来，认真地回答道：我是51385部队的。显然江雪和另外两人对这名字并不熟悉，仍谜一样地看着她。她马上又补充道：夹皮沟的老虎团。这次三个人几乎异口同声地“噢”了一声。“老虎团”这个封号，还要追溯到东北解放，他们团是第一支开赴东北的部队，后来为了解放东北屡立战功，被上级封为“老虎团”，是让敌人闻风丧胆的一支部队。抗美援朝时，老虎团参加了第四、五次战役，尤其是第五次战役，为了阻击“联合国军”，在掩护大部队后撤时，他们几乎全团覆没，只剩下八十人的骨干。她从刚入伍参观团荣誉室时，就知道了老虎团的悲壮和光荣。那几面满目疮痍的不同时期的，烟熏火燎、弹孔密布的团旗，都见证着老虎团曾经光荣的历史。虽然从未上过战场，站在团荣誉室里，看着文字介绍，她仍然热血沸腾。她想到了从朝鲜战场上归来的父亲，就像老虎团的团旗，虽面目模糊，却见证了一段历史。

江雪把嘴巴张成圆弧形状，又重复了句：是夹皮沟的老虎团呢。

她点了点头，为老虎团的著名，她竟有了一丝骄傲。

另外一位姓李的女兵问：那你在老虎团里做什么？

她答：我在连队里喂猪。

三个女兵几乎同时把眼睛瞪圆了，她们一下子对她充满了好奇，她回到床上后，她们仍然从不同方向问这问那，仿佛她成了天外来客。

江雪从下铺探出半个头问：你们连队有几个女兵？

她答：全团的连队，只有我一个女兵。

连队有女生宿舍吗，有女厕所吗，为什么让一个女兵去喂猪，为什么把女兵分到男兵连队？她们的问题一个接着一个，有的她能回答，有的她回答不上来。最后她们集体得出结论，她不是一般的人，一定是有人在她当兵之初就策划好了，先吃人前苦，方为人上人。来自通信站的王姓女兵，又问了她回答过无数次的问题：你是从哪里入伍的？这句话的弦外之音就是问询她的家庭背景，于是她就答：我来自农村。她们就集体沉默了，显然并没有相信她的话，她们暗自交流着眼神。

在军区教导队，她又成为最特殊的那一个；在女兵们的眼里，她又是谜一样的存在。从参军到现在，她已经习惯了。她知道，自己和这些女兵不一样。她们只是短暂地相遇，然后各走各的路。她不在乎别人怎么看她，又怎么议论她，她该干什么依旧干什么。但每次回到宿舍，她都被她们所用的化妆品所吸引，一走进宿舍就香气袭人，这种味道令她向往和沉醉。就是在走廊里，有女兵从她身旁路过，仍然是香气扑鼻。她这才知道，原来所有的女兵都在用化妆品。她的心动了。

在一个周末，她去了一趟教导队的军人服务社，她为自己买了一包叫“映山红”的雪花膏，是袋装的。她看见同宿舍另外三个人的化妆品都是用瓶子包装的，然而军人服务社只有这一种雪花膏。这是她第一次涂雪花膏。晚上睡觉前，她把雪花膏的包装袋剪开一角，挤出一些乳白色液体，涂抹在脸上，果然有一种香味散发出来，但她却觉得这味道和同宿舍另外三个女兵涂抹的化妆品不一样，究竟哪里不同，她又说不出来。

剪开后的雪花膏就放在脸盆里，被江雪看到了，于是吃惊地问她：你就用这个？她很不自信地点点头，目光游离地落在江雪的脸上。江雪就说：这种雪花膏才几毛钱一袋，都是小时候用的。然后弯下腰从自己脸盆里拿出一个精致瓶装化妆品，递给她道：现在都流行用这种。她小心地把江雪递过来的瓶子拿在手里，上面不知是拼音还是外文，印了一行她看不懂的字，产地她看清了，写有“上海日化”的字样。江雪就鼓励她道：你试试我这个。她没有试，又还给了江雪。江雪就说：我妈去上海开会带回来的，上海产的东西就是先进。上海她当然听说过，但在她的印象里，上海遥远而又陌生。

每次洗漱时，她弯下腰从下铺的床下拿过自己的脸盆时，总忍不住多看一眼江雪的脸盆，那里放有一瓶精致的雪花膏，散发着令人着迷的香气。

有一次，她负责宿舍卫生值日，见宿舍无人，她跑到洗漱房，三两把洗了脸，又跑回宿舍，把门插上，拿起江雪的化妆品，犹豫着拧开瓶盖，一股熟悉又陌生的气味扑面而来。她的食指颤抖着伸进瓶口，小心地挖出一点，又用手揉匀，然后擦到脸上。果然不一样，不仅是气味，包括抹在脸上的感觉都是她那袋“映山红”雪花膏不可比拟的。她带着崭新的香气把值日做完，在她们即将回到宿舍前，又跑到洗漱间把脸洗了。然后趁人不注意，把她那袋雪花膏扔到了垃圾桶里。“人比人得死，货比货得扔”，她又想起这句民间谚语。她知道自己无法和江雪她们比，不论是眼下和将来。她又想到了跪在她面前求她的李来权，他们才是一类人，只不过自己的命运比李来权好一点罢了。

二

马平阳第一次来到宿舍找她，是个星期天上午。宿舍里另外三个女兵，一大早就张罗着要去城里逛街。军区教导队距离省会不远，门前有两路公共汽车可直抵市中心。以前这里驻扎着一个营，后来部队提干制度改革，通过教导队培训才能提干，这个营就迁走了，留下营房，便成了培训未来军官的地方。周围有一些工厂，还隐约可见几个村落。这里是典型的北方城乡接合部，但比起夹皮沟要热闹繁华了许多。

马平阳立在她宿舍门前时，她正要去水房里洗床单，不仅把自己的床单抱在怀里，连同江雪等人的床单她都一并抱在了怀里，这对她来说就是顺手的一件事。两人在门口差点撞个满怀。马平阳闪了一下身，看着她怀里抱着的白床单，吃惊地问：大星期天的，你就干这个？

闲着也是没事，打扫一下自己的内务卫生吧。她望着马平阳。在教导队这些人里，她只和马平阳熟悉。前一阵子，她和马平阳在教室、训练场，还有在食堂里，有意无意地碰过几次面，马平阳总是说：你还好吧？她用点头或者“嗯”来回答。从夹皮沟连队来到省城近郊的教导队，有着天上人间的变化，她却对夹皮沟的连队牵肠挂肚，确切地说，是对猪舍里那些猪不放心。离开连队时，她对炊事班新接替她的饲养员叮咛又嘱托，把每头猪的习性都做了交代。不了解猪的人，认为每头猪表面上都差不多，可和它们接触了，就会知道猪也和人一样，是千差万别的。小花有些调皮，小白稳重，小黑容易闹情绪，诸如此类，它们都有着自己的个性和风格。她离开前两天，小花有些蔫，每次吃食胃口都不好。她给新来的饲养员详细地交代了十几头猪的情况。她背着行李离开猪舍时，那些猪似乎意识到她要离开了，齐齐地挤在猪舍门前，嘴里发出哼唧声，在她听来，是它们在向她送别。她走了一段，回过头，看见猪们仍然聚在猪舍门口，小花似乎还长叫了一声。喂了四年猪，她知道猪是通人性的。她再回过头时，忍不住眼圈湿润了。

有几次，她夜半时分在教导队的床上醒来，以为还在猪舍的宿舍里，以往每到惊醒时，她都会打着手电到猪舍里看一看，看着猪们睡得香甜，她才放心地走回宿舍。可她刚披衣准备下床才意识到，自己已经不在连队了，这里是教导队。她坐在床上愣了一会儿神，才悻悻地躺下，却久久睡不着，思绪回到了夹皮沟，回到了猪舍。在连队的四年时间里，她只去过一次县城，还是为了去新华书店买一本《养猪大全》，关于养猪的一切方式方法，书里应有尽有。有许多士兵，一到周末，都喜欢请假到县城里转一转，即便什么也不买。马平阳管这个叫散心，她没有心可散，猪舍里的猪一日三餐都在等着她。她离不开猪们。即便没有猪，军人服务社的日用品，完全能够满足她的一切所需了。在她看来，出门又不购物，去县城转上大半天，完全是浪费时间。有一次林连长在周末来到了猪舍，她正把割来的草往猪舍里扔。林连长站在她身后，一直等到她忙完，望眼她，又瞅眼猪说：红梅，快四年了，周末你几乎没有请过假。她淡淡地笑一笑道：我没有事，也不需要外出。你这样的兵，尤其是女兵，真是太难得了。林连长那次意味深长地看了她一眼，又说了几句别的话，才离开。

那个星期日的上午，她在水房里洗床单，马平阳就立在水房门口，半边身子倚在门框上有滋有味地看着她洗床单。洗衣粉的泡沫在水池里涌动着，在太阳光线的照射下，晶莹的一坨。突然马平阳在她身后说：董红梅，你一定是个好女人。他这句话让她一惊，偏过头去望他，他冲她微笑。在这之前，她还没听见过别人这么评价她，这话又出自马平阳之口，她瞬间脸热了起来。她为了掩饰自己，把头深深地低下，用力地搓洗着。

四件床单，洗起来并不需要多长时间。她把床单晾晒到楼下，甩着湿淋淋的手，马平阳又从这些床单中穿过来，望眼太阳说：今天本来想请你去城里吃饺子的，今天就算了，等下次吧。

她随着他离开晾衣场，向操场走去。那里是他们每天出操和训练的场地，此时正有两个女兵在一角打羽毛球，还有几个男兵在踢着足球。

他说：前几天，我发现三经街有一家饺子馆的饺子特别好吃，下周我请你去吃。他回过头，望着她，她没回答他的话，心里却涌出一丝慌乱。在这之前，她还没和马平阳有过这样的交往。在连队时，男兵中她接触最多的就是马平阳，其他男兵，因为有连队特殊规定，虽然有事没事都忍不住向猪舍方向张望，却没人越雷池半步。唯有马平阳并没有把连队的规定当回事，隔三岔五就会来到猪舍，和她说上几句话。马平阳和她聊得最多的是小时候的事，那会儿他父亲还是边防团长，他和两个哥哥经常闯祸。有一次大哥带着他偷了来队家属养的一只鸡，爬到山上，点燃干树枝把鸡烤熟，吃了。后来被父亲发现，拎着他和哥哥的耳朵去家属门前道歉，还当着他们的面，赔了人家三元钱。还有一次，是二哥闯的祸。二哥把父亲的枪偷了出来，说要带他上山去打猎。以前父亲经常在周末带着其他人去山里打猎，每次总有收获，野兔、山鸡什么的。二哥偷了枪，学着父亲也上山去打猎，结果那天什么也没发现，他和二哥两人却学会了打枪，你一枪我一枪，一直把枪里的子弹打完。那是他第一次打枪，虽然是手枪，他却觉得威力四射。射击时，枪响的一瞬间，似乎枪都要从手里飞出去。二哥就抱着他的腰，一边叫一边说：老三，你把枪拿稳点，我怕你飞出去。枪声的鸣响和硫黄的刺激，让他差点尿了裤子。那天晚上，二哥和他偷偷溜回家，迎接他们的是父亲抡圆的皮带。那次，父亲还把二哥绑到楼外的树上，说是要把二哥喂蚊子，还是他半夜偷爬起来，解开了捆绑二哥的绳子。那一次他印象深刻，屁股疼了好几天，不敢坐下，他就站着上课。马平阳讲述着童年往事，津津乐道，她也听得忍俊不禁，一个调皮的少年形象在她眼前栩栩如生。

她和马平阳走在阳光很好的操场上，陌生而又美好，又紧张又有些不安，她的身子和马平阳拉开了两步的距离。马平阳说：你和其他女兵不一样。她笑一笑，想起了同宿舍的江雪等人，她们的衬衣洗得很白，头发用发夹卷了。有几次晚上，临睡前，江雪和小李、小王她们一直坐在床上，相互帮着把刘海用发夹固定住，她们还鼓励她也这么做，被她拒绝了，然后她们带着固定好的发夹睡觉。第二天一早，她们的头发果然不一样，蓬松着弯曲着，很媚的样子。她也学着她们的样子，偷偷试过，还在镜子前看了效果，最后还是把头发捋直了，恢复到和原来一样，她才安下心来。她们走在她的身边，总是香香的，她们身上有着和她不一样的东西。她羡慕这些不同的东西，可她又做不来，于是就矛盾着。听马平阳这么说，她低下头，自惭形秽地说：她们都是大城市里长大的姑娘，她们洋气时髦，我和她们比，就是个土老帽。

马平阳又说：董红梅，你是能成就大事的女人。我佩服你。

马平阳立住脚，真诚地望着她。她招架不住他的目光，很快把自己的目光游移到操场尽头。那两个女兵的羽毛球在天空中飞舞着，她认出了那两个女兵，是隔壁宿舍的罗小娟和王薇薇。她的心跳又一次加快了。她不知道，自己是如何给马平阳这种感觉的。那天，她借故告辞，回到宿舍，躺在床上许久，心脏仍乱跳个不停。

三

教导队的学习生活很规律，晚上八点一到，便结束了政治学习，距离十点熄灯号吹响，有两个小时的自由活动时间。学员们有的躲在宿舍里写家信，有的到娱乐室打乒乓球或者看电视。电视正在播放热门电视剧，片头音乐一响，电视机前总是聚集了一批人。马平阳经常在这个时间点光顾董红梅的宿舍。马平阳的宿舍在楼下，走上一层台阶，便来到了女兵这层楼的楼道里。他每次都轻轻敲门，下铺的江雪刚把门打开，马平阳的一张脸便挤了进来。她们已经认识了马平阳，只要他那张脸一探进来，江雪总是头也不回地说：董红梅，找你的。董红梅一看到马平阳，心跳不由自主地加快了节奏，她也说不清自己为什么会这样。马平阳出现几次之后，她就和江雪、小李、小王等舍友解释：他叫马平阳，我们是一个连队出来的。每次马平阳总是会把她带到操场上，或营区的甬路上，散步聊天。他总有说不完的话，天南海北，滔滔不绝的样子。每次她就是他的听众，不论他说什么，她总是会被他的话所吸引，哪怕他发出一些声音，她听起来也是有情有趣的。有许多时候，她听着他说话，目光投向了天际，天穹之处清澈见底，星星洒在天幕上，在那一瞬间，她的脑子会放空，似乎想了许多，又似乎什么也没想。他的声音变得遥远而又模糊，但却是那么亲切，就像他的影子，一直伴随着她。

有一次她回到宿舍，江雪坐在床上，迎面对她说：董红梅，你是不是和马平阳谈恋爱了？

她一惊，张口结舌的样子，她想辩解，小李和小王也插嘴道：董红梅你就承认了吧，马平阳一周会找你好几次，你们在黑夜里走来走去，这不是恋爱是什么？

她无言以对，好在熄灯号很快就吹响了，灯熄了，夜便暗了下来。她躺在床上，身子紧张得怎么也放松不下来，手贴在脸上，竟然是烫的。她在这之前，从来没有想过自己会和马平阳谈恋爱，恋爱又是什么东西。她之前也想过马平阳来找她的理由，她的解释是，因为他们是一个连队出来的，他们是最熟悉的战友。在连队时，马平阳也这么找过她。大多数时间里，他坐在猪舍旁那块石头上，和她有一句没一句地聊天，说连队，说猪，也说自己小时候的好玩的事。有一次，马平阳突发奇想，冲她说：我帮你割猪草去吧。他说完拿起她放在猪舍前的镰刀和绳子，便向山里走去。猪舍在连队院外的半山坡上，穿过猪舍后面那条小路，就进山了。她每天都要去山上割猪草，不过那都是白天，马平阳说走就走，她担心他迷路，或者遇到动物。她每天晚上睡在宿舍里，夜半醒来，都会听到山里传来一些叫不出名字的动物的叫声。她只好跟上他。

山里的夜晚，到处都是虫鸣之声，眼前黑漆漆的一片。她以为他心血来潮，走上一阵就会折返，没料到，他竟然越走越远。终于他停了下来，因为看不见，他胡乱地收割着身边的草，她立在一旁怔怔地感受着他的忙碌。半晌之后，他又拿出绳子，把割下的草用绳子捆起来，然后背在背上，说了句：咱们可以走了。她又随着他往回走。她模糊地看着前方他背着草的身影，觉得马平阳就是个怪人，想起一出是一出。这么想着，她脚下被什么东西绊了一下，她“呀”的一声倒下。他定住脚，又转过身，伸出手要把她扶起来。他的手触到了她的脸，最后还是她的手找到了他的手，他把她拉起来，并没有放开她的手，一直攥在自己的手心里。她想挣扎开，又担心自己再次摔倒，就任由他那么攥着。直到两人走出树林，又回到了猪舍前，她才长出一口气，收回了自己的手，发现手心里竟涌出了汗珠。他把那捆草从肩上卸下来，喘了口气说：明天你就可以歇歇了，这草足够猪吃一天的了。原来他不是心血来潮，是为了帮她。

从那以后，他经常来帮她割猪草，大多都在晚上，她只能跟着，她没再摔倒过。每次走出树林时，他总是让她走在自己的前面，还用刀砍了一根树棍，让她拄在手里。他走后，她总是会站在那堆草前，闻着新割的草散发出的阵阵草香，而迷离上一阵子。

马平阳又一次把她叫出宿舍楼，她这次站在灯影里，望着半明半暗的他道：马平阳，这样不好吧。怎么了？他不解地问。她犹豫着，支吾道：我们宿舍的人都说我和你关系不正当。她只能含蓄地说，故意把谈恋爱换成了“不正当”这三个字。他“嗤”了一声，转身向前走去，见她仍立在原地，又转回身，两步走到她面前，拉了她一把道：她们爱说就让她们说去。他拉着她向前走了两步，他的手像钳子一样钳在她手臂上，她只能随他而行。路线还是以前走的甬路，最后又绕着操场走了一圈。不知为什么，他一直没有说话，仿佛就是为了走路。她脑子里起初是空白一片，后来精力又回到了身子里。她偷眼去看身边的马平阳，夜色下的马平阳脸上的棱角分明，以往夸夸其谈的那张嘴，深深地抿着。她不知他在想什么。在树影旁，他突然立住脚，先是看了她一眼，然后从兜里掏出两块包装完好的东西递给她，她不知是什么，没有接。他抓起她的手，塞到她的手里。这是他第二次拉她的手，不由分说的样子。她把两块硬硬的东西抓在手上，下意识地问：什么？他说：巧克力，我大姐寄给我的。她听他说过，他大姐是军区总医院的一名护士。他大哥二哥和大姐都是军人。“巧克力”这名字她听说过，江雪她们在宿舍里也吃过，当时她们要分给她，被她拒绝了，谎称自己吃巧克力过敏。不是她不想尝，是因为“巧克力”这名字她很陌生，不知道是糖还是面包。第二天，她打扫宿舍卫生时，只看到了几张花花绿绿的巧克力包装纸。她想象着，巧克力一定是个新奇的东西。没料到，马平阳塞给了她两块，被她满满地抓在手里。后来两人又向前走了一阵，这次他开口道：红梅，你想过没有，教导队结束，我们就是军官了。

她“嗯”了一声，她当然想过，到教导队学习，就是奔着提干而来的。

他立住脚认真地望着她说：咱们连队没有女军官编制，你应该借机会，申请去机关，或者别的什么单位。

当连队确定她来到教导队学习时，她也曾想过这个问题，在他们老虎团，别说女干部，就是女兵也凤毛麟角。因为她是个女兵，差一点提干之路就堵死了。到了教导队认识了江雪这些女兵，才知道她们都是大机关的，不是医院就是通信站的。她们从入伍起就在大机关生活，当她们听说她来自老虎团，还在连队当饲养员时，都惊得差点把下巴掉在地上。在她们的观念里，女兵是稀有品种，理应在大机关工作，风吹不着，雨淋不到，这才是女兵应该有的样子。因为她不仅来自基层，还是饲养员，确切地说就是喂猪的，她在她们眼里一下子就另类起来，也神秘起来。

她不知道大机关是个什么样子，就是团部机关她也很少去，不是因为这次提干，干部股的人找她谈话，她都没有机会走进团机关。团机关和他们连队都在夹皮沟的营院里，她去军人服务社路过门前几次，那是个三层红砖小楼，进进出出的不是团首长就是机关的参谋、干事，显得高不可攀的样子。

关于教导队结束之后，她的去向，她真的没有想过，连队既然让她来学习，将来也自会有安排。当马平阳说出这话时，她犹豫道：组织一定会有安排的，我服从分配。

马平阳摇了摇头，欲言又止的样子：实在不行，我给我爸写封信，让他帮你联系一个机关单位。

她忙摇头道：这怎么行，我服从分配。以前在马平阳嘴里，马司令是个严厉又正统的老头，马平阳这么说了，才唤醒她对马平阳父亲的认知——守备区的司令。她由此又联想到，马平阳的身份不仅是眼前的马平阳，他还是守备区司令的儿子。这么想着，她和马平阳一下子又拉开了距离。素昧平生，自己凭什么麻烦人家。她又想到了段师长，自己参军到提干，如果不是段师长，就不会有她的今天，也是因为自己和段师长这种遥远的关系，而让所有人误把她当成高干子女。

虽然她拒绝了马平阳的好意，但马平阳对她的态度，再一次让她心里起了波澜。那天她带着他送给她的两块巧克力，躲在被窝里，小心地撕开精美的包装纸，把巧克力放到嘴里，一种从没有过的味觉传遍了她的全身，原来巧克力是这样一种味道。这种味道在她的口腔和肠胃里经久不散。她把巧克力的包装纸叠成一个方块，放到了枕边，包装纸仍散发着巧克力好闻的气味。她忍不住流泪了，她又想到了江雪她们用的擦脸油，那丝丝缕缕好闻的气味，两种气味混合在一起，她莫名地有些悲哀，眼泪止也止不住了。

又一个周末，她请假去了一趟省城，买回了瓶装的擦脸油。她没看到江雪用的那个上海产的牌子，她这瓶是天津产的，从包装上看，不如江雪用的精美。她还买回来一个假领，雪白的那种，学着江雪她们的样子，把假领穿在军衣里，露出白白的一截。她偷偷地照了一次镜子，觉得自己一下子洋气起来。每天晚上睡觉前，她也用发卡把刘海卷曲起来。第二天一早，卸下发卡，虽然还是自己的头发，但整个人立马就不一样了。

有一天，江雪望着她，惊奇地说：董红梅，你这个老正统终于不一样了。她冲江雪等人笑一笑，非常心虚的样子。她不知道自己的变化是因何而来，是江雪她们影响了她，还是因为马平阳，她说不清楚。

四

董红梅和马平阳几乎同时看到了军区报上，关于李来权救火的事迹。军区报几乎订到了每间宿舍。

那天中午董红梅吃完饭，就去炊事班帮厨了。从小到大，她曾听胡叔无数次说过，父亲曾经是名参加过朝鲜战争的军人，父亲的工作就是炊事员，每次轮到胡叔打饭时，父亲总多打半勺饭、一块肉什么的，为此，胡叔和父亲建立起了坚不可摧的情感。如果不是胡叔在她当兵之际，一次次寻找昔日的战友，最后找到段师长，不可能有她的今天。每次在炊事班忙碌时，她总会想起父亲，甚至想起某种叫宿命的东西，然而她却没找到当年父亲和胡叔的友谊。全连官兵，唯一和她走得近的便是马平阳了，她也尝试着每次打菜时，多给马平阳一块肉、半块豆腐什么的，后来马平阳私下里对她说：我不喜欢吃肉，肉太肥了。他还曾对她开玩笑说：红梅，要是有一天，你能把猪养成全身都是瘦肉，你就是神人了。虽然，他是在无意中半开玩笑说的话，她却记住了，每次再轮到马平阳来打菜时，她用勺子在菜盆里扫荡着，努力找到瘦肉。即便没有瘦肉，也会多给他打几片菜叶，或多半勺菜汤。马平阳自然心领神会，每当有哥哥姐姐给他寄来一些好吃的，总会颠颠地跑到猪舍，分给她一部分。

也许是马平阳家里的子女都参军的缘故，他父母并没把他参军当回事，只有刚参军不久，马司令疗养路过，在连队参观了一下，算是见了马平阳，然后就像没事一样，让马平阳自生自灭了。有一次马平阳还拿来父亲写给他的一封信，让董红梅看，那是只写有半页纸的信，除了称谓、落款，正文压根没有几个字，大意是：你参军就要把部队当成自己的家，保家卫国流血牺牲是你的责任，当初你哥参军，我也是这么教育他们的，如今他们都成才成人了，各自在部队上提干，你哥你姐就是你努力的目标……诸如此类，口号式的家信，没有亲情，甚至连一句客套话都没有。

按着马平阳父亲的希望，他要成为流血牺牲的英雄，才对得起军人的称谓。还没轮到马平阳，李来权却成了救火的英雄。

那天她帮完厨一回到宿舍，江雪等舍友正在研究着军区报纸，她们大呼小叫地冲她说：董红梅，你们夹皮沟出了个英雄。平时，她们在一起聊天时，总会说到自己的单位，她们称呼她单位时，不说老虎团也不说番号，直呼夹皮沟。在她们看来，“夹皮沟”这个名字，又土又落后，不像她们的单位，比如军区门诊部、通信站什么的。这次不同以往，江雪把军区报递给她，首先映入眼帘的是李来权的一张照片，似乎是一张头像标准照。这种照片样式她见过，老兵复员时，都会拍这样一张标准照，贴在复员证上。然后看到了李来权的事迹。团部军需仓库在一天夜里突然燃起大火，在值最后一班岗的李来权，奋不顾身地冲进了火海里，一包又一包军需品被他从火海里抢救出来。当救火的官兵们赶来时，李来权已经成了火人，浑身上下的军装都被烧焦了。他奋不顾身又一次冲进了火海，就在这时，军需仓库被大火烧塌了，官兵们大叫一声冲了上去……

她读着李来权这篇英雄事迹时，莫名其妙地又想到了父亲。据胡叔多次描述，父亲在朝鲜一片林地里生火做饭，炊烟引来了敌人的飞机，一颗凝固汽油弹落下来，忙碌在临时灶台前的父亲就被大火吞噬了。

傍晚的时候，马平阳又敲响了她宿舍的门。这一次，她随马平阳走出宿舍时，他们聊了一晚上李来权。马平阳感叹最多的一句话就是：没想到李来权这小子，还这么厉害。她读过李来权那篇报道后，李来权的形象一下子在她心中高大了起来。李来权是四川巴中人，个子不高，被战友们戏称为“锤子”。她不知“锤子”确切的含义，她首先想到的是李来权不高的个子。此刻在她的心里，李来权变成了又坚又硬的锤子。

那天傍晚，马平阳还告诉她，李来权在军区总医院烧伤科住院，他决定在周末时去探望受伤住院的李来权。

这是她到教导队后，第二次请假到省城。她随在马平阳身后，换了三次公交车，他们终于来到了军区总医院。军区总医院离军区不远，在一个闹市的路口旁，规模很大，有好几栋楼，他们打听几次才找到烧伤科李来权的病房。他们进门时，李来权的样子确实有些悲壮，他浑身上下缠满了纱布，只有眼睛露在外面。李来权见到他们时，嘴里含混地“呜哇”了一声，然后就示意小曾把床头摇起来。连队文书小曾现在成李来权的专职陪护了。李来权见到他们显然很兴奋，因为缠满了绷带，他动弹不得，语言似乎也受到了影响，他嘴里吐出的每个字也都是含混的。后来还是小曾又重新描述了一遍当天晚上发生的事件：李班长第二天就要复员了，可他还是坚持要站最后一班岗，时间是凌晨的一点到两点钟，就是他在上岗期间，发现了从军需仓库窗口里吐出的火舌，李班长义无反顾地冲了进去……当全团官兵冲到火场时，李班长已经被倒塌的房屋淹没了，他们七手八脚地把李班长抢救出来……军区报上那篇李来权的光荣事迹是小曾写了初稿，后来又被团机关的宣传干事润色之后，才发表在军区报上的。小曾后来又强调说：李班长很坚强，他被抢救出来时，人已经昏迷了，一直到醒来，还在关心仓库的火势，身上那么多处烧伤，他哼都没哼一声。小曾描述这些时，眼圈都红了。后来被李来权制止了。

她在李来权的床头上看到了住院人员的卡片，上面写着名字、床号，还有“二度烧伤”的字样。她不知二度烧伤意味着什么，当年父亲伤残算是什么样的烧伤呢？

他们在李来权的床前说了许多安慰和鼓励的话，李来权一直“呜噜”着应和着。后来，医生护士来到病床前要为李来权换药，他们才被赶出病房。

两人回来的路上，马平阳说得最多的一句话就是：真没想到，李来权这个锤子，还能做出这样的事情来。而她的心里有种说不出来的忧伤，因为这次烧伤，李来权也许会成为残疾，就像当年从朝鲜回来的父亲，虽然顶着一个伤残退伍军人的名头，但日子还得自己过。他能找到女朋友吗，找到了会不会和他离婚……她把父亲遇到的所有困难，又在脑子里想了一遍。到最后，父亲模糊的形象不断地和李来权的形象叠加在一起。想到了父亲痛苦的经历，又想到了李来权的未来，她开始有些心疼李来权了。

后来她和马平阳单独相处时，问过马平阳：李来权这个样子，还会复员吗？团部军需仓库着火的第二天，老兵们还是如期复员了。铁打的营盘流水的兵，来了一茬又走了一批，这是部队的常态。

马平阳也未置可否，只是含混地说：这个锤子起码现在还是连队的一员，也许以后他伤养好了，还会复员吧。她听了马平阳的话，心还是又疼了一次，莫名地又想到了父亲。

周末时，她独自去了一次军区总医院。这次她轻车熟路地找到了李来权的病房，还给他带来了两瓶水果罐头。李来权似乎比上次状态好了许多，已经能说出完整的话了，他一遍遍地冲她说：谢谢你，红梅战友。然后他又不无羡慕地说：你和马平阳马上就是军官了，真羡慕你们。她又想到前不久李来权单独找她时，向她提出把提干名额让给他的请求。此刻，她深深地同情着他。最后他们又聊到了李来权未来的去处，李来权顿时无语了，望着天棚长长地叹了一口闷气，久久才说：谁知道呢。

她自己也说不清，从此她开始了为李来权操心，不仅担心他的烧伤，还有他未来的命运。从那以后，她每周都要请假去军区总医院，李来权的身体也一日好过一日，先是脸上的纱布拆去了，那张脸不比以前光洁了，留下了一道疤痕。她从各种角度把李来权脸上的疤看了，觉得并没有想象的触目惊心，如果再恢复一阵，也是可以接受的。李来权也乐观起来，她告别时，还冲她笑了笑，笑容牵扯着脸上的疤也在动。李来权笑着说：你和马平阳马上就是军官了，真羡慕你们。她听了这话，心又沉了下去。她为李来权未来的命运伤感起来。

五

她又一次从军区总医院回来，走进教导队大门时，看见马平阳正斜着身子靠在门口院内的栏杆上，双手交叉地抱在胸前，似乎在这里有些时候了。不知为什么，见到马平阳她又想起了躺在医院病床上的李来权。

他打量着她的脸，待她走到他身边时，他随她向宿舍楼方向走去。她没有说话，沉默了一会儿，他终于说：你又去看李来权了？她“嗯”了一声，她的心绪很复杂，不知说什么是好。她径直走向教导队值班室，他知道，她要去销假，便止住了脚步。

晚上，他们又如约地走到了操场上。关于两个人散步、谈天说地这件事情，她一直是被动的，每次她都随在他半个身位的侧后方，他是车头，她就是尾随的车厢。他先是沉默着，没有了往日的欢愉，终于说：李来权的伤势现在怎么样了？她说：好多了。他又沉默着向前走了几步，又说：这几周你都去看李来权，为什么不叫上我？她不知如何回答，的确，自从第一次两人看过李来权之后，她再去军区总医院时没有想过他，甚至连征求他的意见都没有。她也说不清自己是出于什么心理。她一时不知如何回答他的问话，半晌她才说：李来权不容易，还不知道他伤好后，部队要怎么对待他。

他并不看她，望着远处的天空说：下周如果你还去总医院，就叫上我。

三个月的教导队学习生活已经过了一大半，有些课程陆续开始进行结业考试了。又一个周末到来时，她没有请假去总医院，而是留在宿舍复习。另外三个人，都在自己的床上，潜心复习。她觉得室内有些闷，便拿着复习资料走出宿舍来到了操场。她看到有一些学员散落在操场四周正在复习，她也选了个角落，开始背题。不知过了多久，马平阳出现在她的身边，手里也拿着一沓复习资料。太阳又升高了些，虽然是深秋了，照在人的身上仍然热烘烘的。她把复习题放在身边，长长地伸了个懒腰。他这才说：前一段时间我给你的提议，想得怎么样了？

她一时想不起他的提议了，怔怔地望着他。

他就又说：就是教导队毕业后，你的去向呀。

她呼啦一下想起来了，他向她建议过，说她不适合在连队工作，应该找一个更适合她的单位。她想起了同宿舍的另外三个人，江雪一直在军区机关门诊部工作，小王在通信总站，小李是军部的打字员，她们也经常议论自己未来的工作。江雪的母亲是卫生部的副部长，因为她到教导队学的不是护理专业，提干后不可能在门诊部工作了，她说自己可能调到机关。小王回到通信总站给女兵当排长。小李是打字员出身，当然也不会打字了，军部下属单位，也没有女干部编制，自己何去何从，还在等她家帮忙运作新的工作。她们都是高干子女，自然不会为自己的工作发愁，每次她们畅想自己未来时，她总是沉默着。她们说到热闹处，江雪就会敲一敲床板冲她道：董红梅，你呢，还回夹皮沟呀？

她只能说：我服从分配。

小李就说：你不会毕业后还去当饲养员吧？

三个人就嬉笑着。

她不接她们的话茬儿，但在心里，她觉得当饲养员没什么不好。如果当初她不到猪舍里喂猪，也许就没有她的今天。刚来到教导队时，她一时回不过神来，总觉得自己还在连队的猪舍里。有几次半夜醒来，正是给猪们加草的时间，她翻身下床，才发现这里不是猪舍了，便怏怏地去了一趟洗手间。回到了上铺的床上，却久久睡不着，她又想起了小花、小黑和小白……不知它们现在什么样子了，又长大了多少，胃口好不好……在这期间，她还给新饲养员写了信，又交代了一些注意事项什么的。她离开连队时，其实该交代的都已经交代了，可她还是不放心。新饲养员姓崔，今年刚入伍，是炊事班的一名战士，两人之前就熟。很快，小崔给她回了信，告诉她，猪们都好，十一的时候，把那头叫老黑的猪杀了，全连会了餐。最后小崔又说：姐，你是我心中的偶像，我要向你学习，把猪喂好，有朝一日也能进步……她相信小崔一定会尽心尽力把猪养好。

当马平阳又提起她的工作去向时，她表里如一地说：我觉得回连队也没什么不好。

马平阳就失落地叹口气道：真不知你父母怎么想的，把你扔到部队，就不管不问，他们真的不为你的前途想一想？

他的话又一次勾起了她的身世，模糊的父亲早就不在世界上了，清晰可辨的母亲却抛弃她而去。倒是姐姐，成了她在这个世界上唯一的亲人。她一直记着姐姐的话，那是她参军走时，去公社和新兵会合的路上，姐姐扯了一遍又一遍她的衣角，说得最多的一句话：红梅，这次走出去，就别再回来了。她每次听了姐姐的话，都用力点头。当部队还没有确定她提干时，她还没有想好自己的去处，是远走他乡，还是再次回到姐的身边。每当江雪等人聊起自己未来的工作，聊起各自的家庭，她又羡慕又嫉妒。夜晚睡不着时，她偷偷地躲到被子里，抹了多少次眼泪自己也说不清了。有时她望着天棚在想，如果自己真的是高干子女该有多好哇，也许自己也会和江雪等人一样，打扮时髦，无忧无虑地生活。

马平阳这么说，她只能回答：我的家庭，不是你想的那样，我觉得回连队也没什么不好。除了她熟悉的连队，她真的不知道该去什么地方，江雪谈起的大机关生活，她听了觉得又遥远又陌生。

又一个周末时，她和马平阳结伴又一次去看望李来权。他们得到了两个好消息，第一件好事是李来权已经能够下床走路了，虽然他还需要小曾文书的搀扶，但立在床下和躺在床上的李来权仿佛是两个人，他不停地冲他们微笑，话也多了起来。第二件好事是小曾冲他们说的，前两天团首长到医院看过李来权，通知他团党委研究决定，给他申请二等功一次，已经报到上级等待批准，同时号召全团官兵学习李来权英勇无畏的精神。

听到小曾介绍这些，她真心地为李来权感到欣慰。也许是这些好事的刺激，李来权精神状态很好，他的嘴角一直抿着，脸上烧伤处新长出的嫩肉也跟着一起绽放。

回教导队的公共汽车上，马平阳冲她说：这下你不用操心李来权将来的命运了。她知道，按地方民政的优抚政策，凡是在部队荣立过二等功以上者，不论户籍，一律优先安排工作。

之所以为李来权的命运牵肠挂肚，她一下子明白了其中的原委，她担心李来权，实则是在忧心自己。不知何时，自己的命运已和李来权联结在一起了。如果部队不让她到教导队来学习，她的命运将和那些农村兵的命运一样，哪儿来回哪儿去，这是明文规定的。李来权的命运落地了，她的心也随之踏实下来，仿佛自己当初接到了提干的通知。中间换车时，她看到路边小铺子里有卖汽水的。以前她也路过这里，也看到过路边的小商铺，却从来没有走进去的欲望；这次她毫不犹豫地走进去，不由分说买了两瓶汽水，一瓶递给了马平阳。两人站在商铺前，不紧不慢地喝着汽水。她发现汽水是那么爽口。她看了眼马平阳，马平阳一瓶汽水已经喝光了，她接过马平阳手里的空瓶，转身又进了商铺。她再出来时，是满心欢悦的。他们又向下一个汽车站点走去，她突然冲他说：咱们毕业之前，抽空到城里看场电影吧。他听了她的话，眼里有两簇火苗在燃烧。他还从来没有见过她如此主动，于是心情大好，一路吹着口哨哼着歌回到了教导队。

第四章

一

三个月的教导队学习，很快就结束了。结束之前，教导队组织大家合了一次影，全军区两百多个学员，整齐地站成了四排，然后就是各区队合影。轮到女兵区队合影时，江雪成为召集者，站在前排的几个女兵，父母的职务都是最高的，董红梅知趣地躲到后排最远的一个位置上。大家都按部就班地站好，正准备拍照时，江雪从站好的位置上走了出来，她在人群中搜寻着，终于看见了董红梅，过去一把拉过她，径直把她拉到自己的身旁。她有些无措，推拒着，并小声地说：江雪，我站在哪儿都行。江雪不说话，不容置疑的样子。她站在合影的队列里，看见了小李、小王，还有邻宿舍的罗红。罗红的父亲是军长，几乎在所有女兵的父亲中职务最高，因为江雪的父亲调到了北京的总部任职，是总部的首长，罗红平时才让江雪半分。平时董红梅和这些高干子女没什么交际，碰到一起，顶多就是打个招呼，她们对她也客客气气。刚入教导队时，女兵区队开会，相互介绍自己，她几乎把每个人的名字和父母的职务都记住了。女兵们轮流介绍了一遍，她有个惊人的发现，她们父母职务最低的也是副师职干部，还有两个女兵的父亲是地方上的厅长。她是最后一个站起来自报家门的，因为她是最后一个，几乎所有人的目光都盯在她的脸上，她的脸顿时红了，因为她了解了在座的所有女兵的家庭，身子不由得软了下去。她盯着黑板上自己的名字，“董红梅”三个字，突然刺目地扎进她的眼里，再看别人的名字，不是娜就是菲，还有柳叶风雪什么的。她突然感到自己的名字是那么土气，父母随意中赐予了她一种大自然的植物。她在余光里看到，一双双落在她脸上的目光，像一枚枚小太阳，她不仅脸红，浑身也炙热起来。她先是小声地说：我是来自农村的董红梅。她看见有人捂嘴在笑，她不满意此时自己的表现，不知哪里来了一股力量，她把腰杆挺了起来，大着声音说：父母双亡，我是随姐姐长大的，初中毕业入伍，汇报完毕。然后她又直挺挺地坐在自己的位子上。参军时填写履历表，写到“母亲”那一栏时，她犹豫了，母亲在哪儿，她不知道，索性和填写父亲一样，也把母亲填成了亡故。母亲抛弃她和姐姐，一走了之，起初她因为找不到妈妈而放声大哭过，后来，她似乎习惯了没有母亲的日子。再大一点，在姐姐和其他人嘴里知道母亲是弃她们而去了。母亲的形象和曾经给予她的温暖，早就淹没在记忆深处。她偶尔会想起母亲，曾经期待，突然有一天母亲会出现在她的身旁，把她接走。从小学到中学，她一直这么期待着，甚至走在外面，迎面碰上一个陌生的中年妇女，她的心都会跳，用眼神死死地把对方盯了，希望陌生的妇女大喊一声她的名字，然后紧紧地把她抱在怀里。母女相认，是一件多么让人激动的场面啊！可惜，幻想永远是幻想，再大一些，她就彻底断了这份念想，她甚至想，也许母亲早就不在人世了。这么想过了，心里反而干净了，心如止水的那种。履历表里母亲那一栏填写上“亡故”字样时，母亲真的在她心里死去了。

她介绍完自己，发现有几个女兵在交头接耳，有几双眼睛还神秘地瞥过来，落在她的脸上。之前难以说出口的家庭身份，现在她说出去了，反而坦然了。她目视前方，目光落在自己的名字上，莫名地觉得自己的名字也没那么土气了。

不久，在整个教导队，关于她身世的另外一个版本却传开了：她的父母是做保密工作的，有可能在北京，也许在国外，曾经是李克农将军的部下，现在双双在执行特殊的保密任务。她不知道，这是谁创造出来的版本，比小说都要夸张。有一天，宿舍里就剩下她和江雪时，江雪突然拉过她，郑重地给她敬了一个礼道：你的身世我听说了，你父母做出这么大的牺牲，把你一个人丢在农村，你受苦了。江雪说完还捉住她的手，软绵绵地握了握，眼里竟然闪过少许的泪光。她挣脱开江雪的手道：你们是听谁说的，根本不是那么一回事。我就是农村兵。江雪听了她的话，还把手指竖在嘴唇上，做出了嘘的手势，小声地说：我们会替你保密的，你现在做得对，是我党的好儿女。说完还温暖地拍了拍她的肩膀。

江雪此时以总部首长女儿的身份把她拉到自己身边，周围的人纷纷给她挤出一个空当。女兵区队的合影，她也有一张，她经常看着这张合影，发现自己几乎站在前排最中间的位置，左面是江雪，右边是罗红，自己的姿势很不自然，目光游离，一副不知所措的样子。

照完毕业照，当天晚上，江雪还单独把她约出了宿舍，站在操场旁的一棵树下，从兜里掏出一支钢笔，递给她道：红梅，这是送你的礼物，请收下。她不知如何是好地把那支钢笔收下。江雪又说：我爸爸的命令已经下了，过几天，就会派人接我妈去北京了。以后，我父母就要在北京安家了，以后我也会去北京，咱们说不定还能在北京相见呢。江雪依旧把她的父母当成了做保密工作的。她想辩解，从一开始她就一直辩解，可越辩解别人越不相信。每每这时，她便什么也不说了。江雪在自己的下铺住了三个月，虽没有交过心，但也是朝夕相处的战友，真的要分别了，她也动了感情，便真诚地说：江雪，你好好努力，你在大机关工作，以后的机会比我强。江雪又问：你真的还回夹皮沟老虎团吗？她点点头。在这之前马平阳多次和她说过，让她想办法离开老虎团。马平阳的理由是，老虎团是个基层单位，女兵少得可怜，况且她又在连队，连队是备战打仗的基层单位，她一个女兵，又有什么发展前途？她承认马平阳的话有道理。到了教导队认识了这么多女兵，她们几乎没有来自基层的，大都在大机关工作，可选择的职业也多。她何尝不想调到大机关工作呢。每次说到这时，她都沉默不语。马平阳甚至说出让自己的父亲帮忙，她知道马司令员对马平阳向来要求严格，他的话马司令员不一定当真，但是马平阳是真心替她着想，在心里她还是记住了马平阳的这份情谊。在她心里，马平阳是她唯一的朋友。

江雪见她没回答，便吁了口气说：你是纯粹的无产阶级革命子女，我们的父母做不到。我真心地敬佩你的父母。

望着江雪在月光下那张生动的脸，她第一次觉得江雪心底是纯真的，也很可爱。她也真诚地说：江雪，以后我们做好朋友吧，苟富贵，勿相忘。突然，江雪笑了，露出一口白牙，张开双臂，她们彼此拥抱在了一起。江雪在她耳边说：红梅我佩服你做出的牺牲。她又闻到了江雪身上那股好闻的化妆品气味。她想到了自己的化妆品，虽然从袋装的“映山红”雪花膏换成了瓶装的，但味道还是比江雪她们用的化妆品差了不少。

离开教导队回老虎团那天，她和马平阳又去了一次军区总医院，探望李来权。李来权的伤势好得很快，拆掉了身上的纱布，穿着肥大的病号服，拄着一支拐，正在屋内练习走路。小曾文书随在他的身后，做出随时保护的架势。李来权见到两人，还是怔了一下，看着两人背着行李，提着提包，怔怔地说：你们教导队毕业了？

马平阳就说：来权，以后我们就不能来看你了，今天我们就回团里了。

李来权点着头，目光从马平阳的脸上又移到她的脸上，她看见李来权眼圈似乎红了。她的心顿了一下，就是从那一刻开始，她内心对李来权的感情发生了微妙的变化。父亲是在美军的凝固汽油弹中落下了残疾，李来权是为了抢救部队财产而受伤，他们的命运如此一致。也许就是这种命运的一致，她莫名地对李来权有了一种看不见摸不到的亲近感。她单独到医院探望过李来权几次，每一次都在心里默念着希望李来权别落下残疾，能够平安地出院。

李来权低下头，沉默一会儿又抬起头说：你们俩真好，马上就是军官了。

马平阳又恢复到了以往大大咧咧的性格道：来权，你小子也行了，你是二等功的功臣，以后不论到哪里，都前途无量。说完还伸出手拍了李来权一掌，不知触动了李来权身上哪块伤口，李来权龇牙咧嘴了好一阵子。他们又说了一阵子话，马平阳和她向李来权告别了。她鼓起勇气冲李来权说：来权战友，我们在连队等你。两人走出病房，李来权拄着拐，站在门口，一直看着两人离开。她快走到楼梯口了，觉得有一双目光一直盯在自己的后背上，她回了一次头，发现李来权正盯着自己，发现她回头，又把目光慌乱地移开。她回过头瞥了眼身边的马平阳，他一直在微笑，似乎什么也没发生一样。

他们要在省城坐长途汽车到林海县城，然后从林海县城搭公共汽车，才能回到夹皮沟的老虎团。

二

董红梅和马平阳回到连队，三天后，团党委便给两人下发了任命，董红梅担任连队司务长，马平阳为排长。

司务长的工作是主管连队生活的职务，以前的司务长姓章，江西人，炊事班长出身，每周都会骑一辆二八自行车去附近的集市上买菜，连队缺东少西的，他也会随时骑上自行车外出购买。他在司务长的职务上已经干五六年了，是个名副其实的老司务长。连队的副连长以前就是司务长出身，小时候生过天花，脸上留了一些斑斑点点的疤痕，人看上去就很凶，不苟言笑的样子。章司务长兵龄比林连长、邱指导员还要早上两年，副连长半年前就打了转业报告，一直相传，章司务长会接副连长的班。

董红梅被下令当上了司务长，章司务长名正言顺地当上了副连长，以前的副连长被宣布转业了。司务长也是名排职干部，正儿八经的军官。她回到连队，又住进了猪舍旁的那间宿舍里。她去教导队学习这三个月，那间宿舍一直锁着门。当她又一次把行李放到床上时，虽然只离开短短三个月时间，竟有了一种恍若隔世的感觉。猪还是那些猪，小花、小白、小黑等，它们又长大了一些。她又想到了教导队宿舍，还有江雪等人——香气缭绕信心十足的女兵们——心里就别样起来，她们的命运一定和自己不一样，自己只能坚守在这里了。她回到猪舍的第二天，夹皮沟下了今年的第一场雪，雪不大，却也是白茫茫的一片。

接替她做饲养员的战士小崔，是今年初刚入伍的新兵，一张娃娃脸，被风吹得红通通的，终日里在腰间系了条白围裙，不知天冷还是鼻炎犯了，他总是不停地吸溜着鼻子。见了董红梅，他显得分外高兴，吸溜下鼻子道：姐，你看我这猪喂得咋样？董红梅在教导队学习时，一直放心不下的就是这些猪，有几次做梦还梦见了它们。她给小崔写过几次信，反复交代注意事项：小花爱撒娇，小黑爱抢食，一定看着它们吃食什么的。小崔每次都会给她回信，叙述这些猪的成长，以及自己摸索到的一些体会，每封信的结尾处，都会说上一句：姐，你放心吧，不会给你丢人。小崔果然没有丢人，猪们茁壮成长着。

董红梅每天还是习惯性地走到猪舍旁，见小崔担着泔水担子过来，她提起泔水桶便往猪的食槽里倒，小崔在一旁就叫：司务长，这活是我的，怎么让你干，你现在是干部了。

她发现自己果然是军官了，她现在穿的军装和以前已经不同了，由原来的两个兜变成了四个兜。军装是她到团临时被服仓库领取的，以前的被服仓库被烧了，还没有修好。干部按规定是要发皮鞋的，轮到给她发鞋时，服装助理员脸上笼了一层愁容，抱歉地对她说：红梅司务长，上级没给咱们配发女士皮鞋，只有男鞋。她听了这话怔了一下，才想起团里只有她一名女军官。上级配发服装和鞋帽时，似乎也没有想到她，她只好选了一双男鞋，最小号的，试了试还是大。没有多余选择了，她只能把鞋领了回来。回到宿舍后，在鞋里垫了两双鞋垫，勉强把鞋穿上了。在宿舍的空地上，她试着走了两圈，果然和以前不一样了，皮鞋底是有硬度的，随之，她的腰似乎也坚挺起来，个子似乎也比以前高了一些。最后她还是把皮鞋脱掉，放到床下的最深处。

她接替了章司务长的工作，每天给连队买菜的任务就落到了她的身上，因为她就是炊事班出来的，对章司务长每天的工作流程并不陌生。当早饭结束之后，团部大喇叭里传来集合号声，各连队便集合队伍，开始了一天的训练工作和巡逻任务。她推出那辆有了些年头的二八自行车，走出连队，走出营门，向附近的集市上赶去。每个连队的司务长，也大致在这个时间里出门。集市离团部不远，是附近农民自发成立起来的一个贸易点，除了一些青菜，还有一些农副产品，因为有驻军，这个集市就很热闹。

董红梅推着自行车，她会骑车，但是不想骑，陆续地有其他连队司务长赶上她，认识不认识的都会和她打声招呼。她是全团唯一的女军官，她不知道别人，别人早就知道她。一连的司务长，和她一起在教导队学习的学员，算是和她很熟悉了，追上她后，从自行车上下来，一边陪她走，一边可惜地说：红梅，你不该回团里，咱们在这山沟里，能有什么出息。董红梅就淡笑一下说：你不是也一样吗？一连司务长就说：你可和我不一样，你父母都在北京当大官，调到大机关那还不是一句话的事，何必在这里受苦受累，又没个前途。

关于她的身世，从连队到教导队，一直到现在，也不知是谁传出来的，总之越传越神，起初是她父亲在北京任职，后来变成了做保密工作的。她人到哪里，她的传奇身世就被传到哪里。听得多了，她也无力辩解，越辩解，人们越说她谦虚，保密工作做得好。她又一次想到了江雪，一直传言，江雪一提干就会调到北京去工作。父亲调到了总部工作，母亲的工作也要随之调动。果然没几天，她收到了江雪的来信，信封上寄信地址就是北京一个叫西三旗的地方。她刚拿到信时，还纳闷，这是个陌生的地址，她隐约地想到了江雪。信果然是江雪来的。江雪在信中热情洋溢地告诉她：自己从教导队毕业后，便调到了北京总部的一个单位，现在做的也是保密工作。信中又一次提到了她的父母，还开玩笑地说，现在自己和董红梅的父母是同行了，说不定某一天还能见到她的父母。从认识江雪那天开始，她就知道她和江雪她们不是一种人，她们总是距离她很遥远。前一阵子，她们还上下铺住着，此时江雪已经去了北京一个叫西三旗的保密单位。她彻底和江雪拉开了距离，她想给她写封回信，最后提起笔，还是打消了回信的念头。她觉得和江雪她们从教导队分开，她们就各自走上了不交叉的轨道，她们是她们，她是她。

一个周末，她去了县城。当战士时，就连县城她都很少来。不是因为请销假，而是她到县城没有具体的事。生活用品，在军人服务社完全可以解决，比如牙刷、牙膏、洗衣粉、香皂，甚至信封、邮票都可以解决，她还有什么必要为此进趟城呢？这次她到县城就有了目的，她选择了第一百货商店，这是全县城最大的一家百货商店。她来到了化妆品柜台前，从上到下，从左到右，寻找着江雪用过的擦脸油。那是上海日化生产的一个牌子，从江雪身上发现了那股淡雅的幽香后，她便忘不掉那个味道了。因为化妆品的缘故，江雪在她心里就香得高雅而又神秘。在教导队学习时，她也去过省城的商店，有意无意地去寻找江雪用过的那个牌子，几次她都没有找到。虽然她离开了教导队，更远离了江雪，但那股幽香一直陪伴着她。令她失望的是，在第一百货商店也没能找到江雪用过的擦脸油，她退而求其次，也选择了一款上海生产的擦脸油。她还看到了卷发用的卷发器，又买了个雪白的假领。假领是用的确良制作的，白得刺眼。

从那以后，连队的干部战士突然发现，司务长董红梅和以前不一样了，以前的董红梅和男兵似乎没有什么区别，军衣肥大，离远看去，几乎发现不了她是个女兵。现在不一样了，只要她走过来，身上就会散发着女性的芬芳，还有那截白得耀眼的假领，衬托着她一张年轻的脸红润无比。还有她的头发上的刘海，总是弯曲着，走在路上也跟着一跳一颤的，人就妩媚了许多。干部战士们就纷纷开始对她注目了。

因为是司务长了，董红梅的活动范围扩大到连队的角角落落。以前她是饲养员，大部分时间在小小的猪舍周围，要么就上山打猪草。只有在连队开饭时，或者全连军人大会、晚点名什么的，才能看见她从后院的山上走下来。现在，她买菜、购物都要出入营门，有时她会和炊事班长坐在食堂门前，研究连队一周的食谱，还经常出入连部参加干部会议。每次开会时，她手里就多了一个日记本和一支钢笔。董红梅在众人眼里也几乎变了一个人。

马平阳找董红梅也不用再去猪舍里了，官兵们经常能看见董红梅和马平阳站在连队某个角落，或者院子正中说话。他们是军官了，再也不受战士条例约束了，就是两人谈恋爱结婚，也是名正言顺的事了。战士们有了这一发现之后，突然觉得两人是天造地设的一对佳人。

业余时间，连队总会招来一些机关或者其他连队的年轻军官。有的打着到连队探望老乡或者熟人的幌子，他们一走进连队，便开始寻找董红梅的身影，见不到董红梅，就站在连队院内四处乱瞟，只要发现董红梅，他们总是找各种理由上前搭讪。林连长和邱指导员是过来人，显然把这一切尽收眼底了。有一天，两个人把董红梅叫到了连部，林连长还亲自给她倒了杯水。邱指导员开口道：红梅呀，你如今是军官了，个人的事有没有考虑呀？董红梅自然明白指导员嘴里“个人的事”指的是什么。她顿了一下，犹豫地摇了摇头，此时她心里闪过马平阳，又闪过仍在住院的李来权。自从教导队培训结束之后，马平阳对她的态度和以前不一样了。以前马平阳经常找她聊天，讲一些连队新闻，还有自己的童年趣事，他那会儿只把她当成能说心里话的朋友，目光是透亮的，举止也单纯得很。自从两人提干后，双双回到连队，她发现马平阳的目光中多了些复杂。就在中午吃完饭之后，马平阳还向她发出了邀请，周末约她去县城看电影。她没回绝也没答应，只是回答到时再说。

林连长就敲着桌面道：红梅，你觉得马平阳怎么样？你们也知根知底，当战士时，你们就是好朋友，你们又一起提干，又在连队工作。

林连长的话已经说得很直白了，她看一眼林连长，又望一眼邱指导员，一时竟不知如何回答。在当战士时，马平阳不是不吸引她，马司令员的儿子，身上总有一股其他士兵没有的劲，不仅见多识广，什么事在他眼里都不是个事的样子，让她望尘莫及。她那会儿就想，人站在一定高度之后，看什么都变小了吧。她那时就知道，她和马平阳不是一路人，他是山上的一棵树，她就是山底下一棵小草。她只能远远地羡慕着树。

林连长见她犹豫，又说道：马平阳从教导队学习结束后，军机关本来想调他去的，可他还是写了报告回到了连里，你还不明白他的意思吗？

马平阳被军部看中的消息，她第一次听到。教导队学习结束后，许多高干子弟都纷纷调离了原单位，奔着更好的单位去了，一个好单位就是一个好前程。这她明白，军机关和连队怎么可以同日而语。原来马平阳回到连队竟是为了自己，她有些张口结舌，后来林连长和邱指导员又在她耳旁说了些什么，她似乎都没有听到。

走出连队的门，她发现自己的腿都是软的，脑子里翻来覆去的想法都是，马平阳竟为自己放弃了军机关的工作。可马平阳从没和自己提过，如果他提了，她肯定支持马平阳去军机关。这么想着，她觉得自己欠了马平阳无论如何也还不完的情。

三

周日的时候，她如约和马平阳去了县城，两人看了一场电影，电影的名字和内容她都不记得了，只感觉到在电影放映过程中，马平阳牵了一次她的手，她手心里全是汗，脑子里仍然想着马平阳放弃去军机关这件事。电影散场了，马平阳一直没放开她的手。他们随着人流站到了大街上，马平阳才放开她的手，她发现自己的腿是软的，大脑一片空白地望着站在门前的马平阳。

望着她脑门浸出的汗珠，马平阳咧开嘴坏坏地笑了一下，打了个响指道：走，咱们溜旱冰去。说完牵着她的手向另一方向走去。

旱冰场地被一圈铁栏杆围住，里面有许多青年男女风驰电掣地从她眼前飞过，耳畔回荡着隆隆的响声。当马平阳把两双旱冰鞋摆到她面前时，她才清醒过来，大声说：我不会。马平阳熟练地穿上了鞋，又帮她把旱冰鞋换上，牵着她的手向旱冰场而去，顿时她觉得天旋地转，花花绿绿的青年男女像一阵风似的从身边飞过去。她死死抓住马平阳的手，马平阳似乎驾轻就熟，他带着她，她磕磕绊绊地随着他，她的身体几乎伏在他的身上，直到汗湿了全身，他才停了下来，耳旁的轰鸣声仍在回荡着。走出旱冰场，她仍然心有余悸的样子。此时，日头已经偏西。她意识到，应该回去了，她向汽车站方向走去，马平阳又一把拉住她道：急什么，咱们在这里吃完饭再回去。她知道部队有请销假制度，便惊讶地看着马平阳。马平阳明白过来，拍一拍身上穿的军装，手落在干部服两个小兜的位置上道：咱们现在不是战士了，用不着像战士一样。这句话似乎又提醒了她，自己已经是军官了，她只好随马平阳向前走去。

这是她有生以来第一次在外面的饭馆吃饭，虽然吃的都是连队不曾见过的饭菜，她却没吃出任何味道，总觉得不如在连队食堂吃得踏实。两人走出饭店，马平阳似乎并不急着回去，带着她走在县城的街道上，路灯依次亮了，一切都变得朦胧美好起来。她觉得憋在心里的话应该问一问马平阳了，她立住脚，认真地望着马平阳说：我听林连长说，你本来有机会调到军机关工作的，为什么不去？马平阳并没有像她想象的那样，反而淡淡一笑道：因为你不走，所以我也不想走。这回轮到她发怔了，她想起在教导队，马平阳几次和她探讨离开老虎团的话题。她还是虚虚地问：为了我？他又欲过来抓她的手，她躲开了，目光探寻地望着他。他并不气馁，把手停在那：当然，就是为了你。她在心里为马平阳惋惜着。犹豫的当口，马平阳这次果断地拉住了她的一只手，她挣扎了两下，他的手反而抓得更紧了。两个年轻军官走在傍晚县城的街道上，吸引了许多人的目光。她小声地冲马平阳说：这样不好，别人都看着呢。马平阳不说话，嘴角处只留下一丝得意的笑容。

马平阳和董红梅谈恋爱的消息，很快就在连队传开了。她发现战士们投在她和马平阳身上的目光一下子就不一样了。有一天，她陪着饲养员小崔在喂猪，她都把泔水桶提起来了，小崔忙从她手里夺过去，说道：司务长，这活怎么能让你干，我来。说完把泔水倒进了猪槽里。她发现，小崔这些新兵平时都叫她姐，自从当了司务长之后，便没人喊她姐了，而是直接称呼她的职务，弄得她心里怪怪的。小崔的目光从猪身上收回来，投在她的脸上，羡慕地说：司务长，听说你和马排长好了。在这之前，她还没听过别人的议论，只是感受到了暧昧的目光，她吃惊地望着小崔道：你听谁说的？小崔咧开嘴道：全连人都知道，不过，人们都说，你们在一起真般配。

虽然她明白马平阳的心思，自己和马平阳的关系也半推半就着，但被小崔这么直接地说出来，她的心更乱了。中午食堂开饭时，她故意留在厨房里，马平阳打饭时，目光透过窗口在寻找她，她不敢和他对视，把目光投向了另外的地方。

傍晚的时候，马平阳敲开了她宿舍的门，她打开门，并没有让马平阳进来的意思，斜着身子把马平阳堵在门口。马平阳就说：咱们出去散散步吧。她只好随马平阳走出来。马平阳走在前面，并没有走向连队，而是向后山走去。初春的山丘，草还没有发芽，到处都是光秃秃一片。以前，马平阳帮她割猪草，他们曾经走过这条小路。他们站在一处高地上，回望着连队方向，战士们在操场上，有的在跑步，有的在打篮球，没有声音，眼前的一切就像默片。

马平阳和她站在一起，风吹开他们的衣角。马平阳说：我记得你参军到现在还没休过假呢。五一节咱们休假吧，我带你去我家。

她心里一紧，咬着嘴唇望着他的侧脸，他说这话时，目光并没有离开山下连队方向。一切都来得太突然，自从去了教导队，她觉得自己和马平阳的关系发生了微妙的变化。现在他对她的关心是男人对女人的那种，她能够体会得到。她甚至一度陶醉在他的关心呵护之中。随着身份的转换，他们的关系终于透明了，这反而让她有些焦虑和不安。她不知自己的不安来自何处，但她明显地体会到了这种焦灼。

你父母是干保密工作的，没法关心你。我和我父母说了，他们欢迎你来我家做客，我敢保证，他们会像亲人似的接待你。马平阳终于转过头，直视着她说。

她听了他的话，整个人似乎悬在了半空，她和他说过，自己来自农村，为什么他也不相信她的话。她刚想解释什么，他把手搭在她的肩上，用力把她的身体揽在怀里道：你什么都不用说，你就是农村姑娘我也喜欢你。

那一晚她失眠了，耳畔不停地闪过他说过的话。他的话只是一种假设，如果马平阳真的知道自己的家世，他还会喜欢她吗？她以前听说过马平阳的家在另外一个城市里，守备区司令员的家是什么样子，她好奇而又纠结。从她和马平阳认识那天开始，她就暗自欣赏着他，他和其他士兵不一样，做事大胆又心细，从不怕别人说什么。他是走近她的第一位高干子弟，他朴实率真，别人不敢说的话，他敢说；别人吃不了的苦，他也能吃。有一年夏天，连队淘厕所，旱厕粪便积在一起，连队每年都要组织淘两次厕所，她看见马平阳第一个跳进了粪池，连口罩都没戴。她看到他的吃苦不是装出来的，似乎与生俱来。也许是军人子弟的缘故，他在军事训练和执行巡逻任务时，总是无师自通，年年被连队评为军事训练标兵。这一切都让她对他刮目相看。她和他都是连队的典型，而且是高干子女的典型。林连长和邱指导员经常在军人大会上把他们俩并列起来表扬，每次表扬完都总结似的说：董红梅和马平阳都是高级干部子女，他们为我们做出了表率，我们还有什么理由不努力？说完把目光扫向每个人，直到把每个战士看得腰板挺了起来。最初她找过连长和指导员，想澄清自己的真实身份，可话还没说到一半，就被连长、指导员打断道：红梅呀，你不用解释，段师长对团首长都关照过，我们心里有数。她还想解释自己和段师长的关系，看到连长和指导员一脸神秘的样子，她又把话咽了回去。她在失眠中就又想，倘若马平阳知道自己的真实身份，他还会如此吗？想到这，初恋带给她的兴奋劲便一扫而空了，只剩下空空荡荡的失落。

突然有一天，连队宣布，李来权出院了，马上就要归队了。李来权归队那天，团里很重视，在团部大门口拉起了一条横幅，上面写着：热烈欢迎救火英雄李来权同志归队。还组织了人马列队欢迎归来的李来权。当去火车站接李来权的吉普车驶入团部大院时，所有人都给李来权敬礼，董红梅看见车内的李来权一脸笑容。李来权从车上下来，便被接回了连队，负责陪护他的文书小曾提着他的洗漱用具，跟在李来权身后，也张开嘴骄傲地笑着，似乎也跟着沾了光。

李来权的样子似乎恢复得不错，骨折的地方长好了，脸上的疤痕被他的笑容淹没了，不再明显，人们都被他的笑容所吸引。连队当晚为李来权召开了欢迎归队的军人大会，林连长和邱指导员都很兴奋，他们激动地说：李来权同志，是我们连队的骄傲，也是全体同志学习的榜样。此时的李来权就站起身冲大家敬礼，全连的掌声也随之响了起来。

李来权在住院时，就被授予了二等功，是全团学习的标兵，他回到连队不久，便被全团安排做报告，他几乎走遍了全团的每个连队，其间，还被安排到师里演讲了一次。李来权的演讲稿是团部的宣传干事写好的，李来权用了两天时间背诵下来。在团里时，董红梅听过一次李来权的报告，他的事迹在她听来既熟悉又陌生。关于救火的事迹，宣传干事深挖了李来权的思想动机，被李来权讲出来，闪闪发光。有动因也有高度，董红梅被感动得红了眼圈，她观察到，听报告的人都为之动容。生与死一瞬间的决定，不是每个人都能够做出相同的选择。做报告的李来权，被舞台的灯光笼罩着，他像换了一个人似的，让董红梅觉得，此时的李来权是个熟悉的陌生人。

一个多月后，做完报告的李来权回到了连队。他已经是服役第五个年头的老兵了，因为救火立功，他复员的命令被团里撤了回来。

四

回到连队的李来权，似乎还是他，又似乎不是以前那个他了。兵们的眼里，他是二等功臣。他做报告时，二等功奖章就挂在他胸前，熠熠生辉。尤其是刚入伍的新兵，每次见到李来权都要恭敬地敬礼，然后小心地从他身旁绕过去。他已经是第五年老兵了，他们那批同年兵，除了马平阳和董红梅之外，其他的人都复员了。也就是说，在全连，李来权成了资格最老的兵，虽然他回到连队，又把旧军装换上，努力让自己恢复成以前的样子，可在战士们心里，他已经不是以前那个李来权了，连队的脏活累活再也轮不到他了。比如，春天一到，正是连队播种菜地的时节，每年这个时候，经常可以看到李来权担着粪筐，一趟趟勤奋地奔走在猪舍和菜地之间。还有，每天早晨起床号吹响前半小时，李来权就已经早早起床了，手握一支扫把，轻轻地在连队院子里扫过。当兵们起床时，看到的是一尘不染的院落。还有，每到周六晚上，连队都要象征性地加一个菜，名曰会餐。每到周六傍晚，都能看到李来权在炊事班忙碌的身影。凡此种种，从新兵到老兵，李来权在连队内外留下了不可磨灭的光辉足迹。

连长经常站在全连人面前说：人呢，难就难在一辈子做好事，我们的李来权就是这样一名战士，几年来他一直坚持做好事。嗯，这样的士兵，就是我们身边学习的榜样。有许多新兵，刚入伍时，急于表现自己，也会坚持做一阵一时的好事，但过不了多久，热情就消减下来，把每日做好事改成隔三岔五、三天打鱼两天晒网的态度了，唯有李来权几年如一日，风雪无阻。于是，李来权有了今天，所有新兵都景仰着他。没事可做的李来权就很失落，便努力在训练场展示自己，毕竟受过伤，在医院里又住了几个月的院，战士的基本功有些荒废。了解他的人，还看到了他体形的变化，也就是说，李来权发福了。以前精瘦的脸，变成了满月脸，小腹也有些凸起，训练场上的动作就经常做不到位，他的眼神里经常闪过英雄迟暮的遗憾。虽然他仍住在六人一间的战士宿舍里，因为战士们的恭敬，让他离群索居起来。

他去得最多的是马平阳的宿舍，马平阳现在是排长了，住在一间单人宿舍内。他经常走到马平阳宿舍前，用手轻敲一下马平阳宿舍的门，脸上泛起笑容，叫声：马排长。李来权和马平阳、董红梅都是同年兵，马平阳在连队时和李来权交往并不多，只是点头打招呼而已。李来权一直认为马平阳是守备区司令员的儿子，走的和自己不是一条路，他总是喜欢远远地审视马平阳。马平阳从来不跟他抢着做好人好事，但在训练场上从来都是拔尖的。有几次五公里越野比赛，李来权暗中憋了劲，想把马平阳压下去，结果到四公里时，还是被马平阳落下一截。还比如，射击比赛，这是实打实的，来不得半点虚假，结果仍是他每次都会有三四环之差落败给马平阳。他验证了民间结论：龙生龙，凤生凤，老鼠的儿子会打洞。在前进的道路上，两人各自展示着自己的本事。一直到他去军区总医院住院，马平阳和董红梅结伴去看望他几次，他才发现，马平阳是个很随和的人，把之前马平阳高高在上、我行我素的结论推翻了。当了排长的马平阳比当战士时低调了许多，似乎一下子平易近人了。他每次来到马平阳宿舍，马平阳不是看书，就是在写训练日记。他一来，马平阳总会停下手里的工作，叫一声：来权呀，坐。李来权就欠着身子坐在马平阳的床沿上，上下打量了，然后就感叹一句：当了排长待遇就不一样。马平阳不说什么，把训练日记本合上，盯着李来权说：来权，什么时候还出去做报告？李来权就笑一笑：该做的报告都做了，一切都结束了。做报告期间，李来权偶尔会回到连队，那会儿他满面红光，整个人都处于亢奋之中，目光所及之处，都噼啪作响，这就是一个人的精气神。现在李来权又回到了日常，亢奋的浪潮已然消退，他又回到了以前的样子。李来权就问：平阳，听说你和董红梅恋爱了？从前一阵子开始，这种传言已经在连队传开了。马平阳气定神闲地一笑，不说是，也不说不是。李来权啧了嘴就又说：你们都是干部子女，在一起般配。

李来权偶尔也去猪舍转转，他来到猪舍就站在那块石头前喊着董红梅的名字，在名字后面又加了职务。喊了两声之后，董红梅就从宿舍里推门出来，亲切地叫一声：是来权呀。两人或站或坐地说上一会儿话，董红梅每次都关心地问：来权，你立完功又受了伤，这事就到此为止了？李来权苦笑一下，牵着他脸上不深不浅的一道疤痕，叹了口气道：还能怎么样，我也知足了，部队待我不薄。在董红梅的心里，李来权一直很亲切。他们是一批新兵到的连队，李来权所有的努力她都看在眼里，她自己又何尝不是如此呢，凡是吃苦受累的活，能想到的，能干的，自己都干了，也是几年如一日。那会儿，马平阳经常找到她说：李来权能吃苦，能受累，这一点我服气，可部队是为战争准备的，光吃苦受累有什么用，还得军事上过硬，战时才会少流血。马平阳最后这句话，她很熟悉，团里操场上就有这句标语：训练多吃苦，战时少流血。马平阳每次这么评价李来权时，她总觉得连带她也捎上了，她是连队唯一的女性，又是名饲养员，平时她还有些作用，战争真的打响时，她一名饲养员又如何去消灭敌人？她当新兵时，在新兵连打过两次靶，到了连队后，组织训练射击，那是战斗班的事，压根没他们炊事班什么事。每次射击打靶，他们炊事班就会煮一锅绿豆汤送到靶场，为训练的士兵消暑解渴。她也去过两次，看到士兵们伏在靶位上认真训练的样子，心里也痒痒的；当听到响亮的枪声从山谷里传来，她也心潮澎湃。这就是战争的味道。她又想到了父亲，在一片松树林里生火做饭，敌机一枚凝固汽油弹落下，一声巨响，然后是火光弥漫。她是亲耳听胡叔说的，而且不止一次。胡叔描述这些时，她的鼻孔里满是焦煳味道。靶场上的枪声，让她联想到了父亲，那个浑身上下带着烧伤疤痕的父亲。她去探望在军区总医院住院的李来权时，脑子里也无数次闪过父亲当年被烧伤的情景。她一度认为，李来权也会留下残疾，然后回乡，他是不是也会和父亲的命运一样？那一阵子，她有些心疼李来权。不知多少次，她一想到病床上的李来权，心里都是怜悯丛生，真希望能为李来权做点什么。后来李来权被上级追认二等功一次，成了全师学习的标兵，又完好地出院，她悬着的心才稍安了一些。

她有时就想，李来权的命运比父亲强百倍，如果当年父亲没落下残疾，也许就不会猝死，母亲就不会离她们而去，父亲也许会和胡叔一样，仍然健在。如果父亲在，那又是个什么样子呢？她想象不出，但还是忍不住一遍遍幻想。因为李来权的经历和父亲相似，她从内心觉得李来权又亲近了几分。每次李来权过来找她聊天，她都忍不住关心李来权的前途和命运。

李来权每次离开，都感叹道：你和马平阳在一起很般配。你们在一起，将来一定错不了。他在马平阳面前这么说，在她面前又复述了这样的话。

她望着李来权离开的身影，就想起马平阳说过的话：五一节休假，我带你去见我的父母。她当时未置可否，到现在也没能想明白，五一节是去还是不去。现在全连人都知道她在和马平阳谈恋爱，在别人眼里，他们也是如此般配的一对，但在整个过程中，她一直是被动的。从教导队回到连里，在和马平阳交往的过程中，她就像他手里的一支指挥棍。她被动是因为他们之间看不到的距离。

大约又一个月之后，林连长去团机关开会，带回来一张破格提干的表格给了李来权。连队便开始传言，李来权因为立功受奖，师里破例给了李来权一个提干名额。李来权填表后不久，真正的任命终于下达了。李来权破格提干，被任命为排长。因为连队的排长是满员的，他成了一名编外排长，和马平阳在一个排。任命下来之后，李来权搬出了战士宿舍，和马平阳住进了同一间宿舍。

中　部

第五章

一

五一节转眼就到了，马平阳带着董红梅乘上了通往马平阳居住城市的火车。这是董红梅第一次真正走出军营。她第一次坐火车，是在四年半以前，她参军到部队，然后就是去省城教导队学习，这次她又坐上了火车，仍掩饰不住兴奋，还有一丝一缕的紧张。她从上火车开始，手心便不断地出汗，也许是因为兴奋和紧张，脸上挂着的笑容都是僵硬的。坐在一旁的马平阳似乎看出了她的心思，便安慰她道：你的情况，我早就给家里写信了，我父母对你没有意见。她怔了一下，侧过头，把目光落在马平阳的脸上，马平阳正开心又得意地笑着。从教导队归来，马平阳便向她发动了一连串的攻势，简捷而又迅速。几乎每个周末，马平阳都会约她去县城里转一转，看电影溜旱冰，然后在饭馆里吃顿饭。有时什么也不干，就是在大街上转一转，看看大街上的热闹。有几次，他还让她换上了便装，他们去了县城唯一的公园。周末的公园到处都是恋人的身影，因为他们穿上了便装，和其他恋人并没有什么区别。他们坐在排椅上，有时什么也不说，感受到早春悄然临近，享受阳光照在脸上热烘烘的感觉。她说不清，自己是什么时候接纳了马平阳，从开始到现在，她一直是被动着的。当马平阳第一次说出五一节带她回家的话，她就开始有些魂不守舍。她问过自己，到底喜不喜欢马平阳？答案是肯定的，可她又觉得马平阳离自己很远。她从他嘴里了解了他的家庭，大姐、大哥、二哥还有二姐都是部队的军官，母亲是地方医院的副院长。马平阳的家庭让她羡慕。从马平阳的家庭又联想到了自己，父亲离她而去，母亲出走，她就是个弃儿，她又想到了为她忍辱负重的姐姐。她偶尔会接到姐姐写来的信，姐每次都在信中对她说：红梅，你如今走出去了，就别再回头了，外面再吃苦受累，也比家好……每次读到姐姐的信，她总是忍不住流泪。姐姐还说：红梅，为了你，每月的初一、十五，我都会到土地庙去给你烧香，让看不见的天老爷保佑你在外面好好的。她提干后把这一消息告诉姐，很快就收到了姐姐给她的来信，她先是看见满是泪痕的信纸，泪水让信纸变得有些褶皱。在信纸的中间，姐姐只写了一句话：你终于出息了，对得起咱爸咱妈了，以后再也不用看别人的脸色了！！！她读着只有一句话的姐的来信，忍不住，泪水也滴落在信纸上。

那天在公园里，傍晚的时候，马平阳说了句：走，咱们吃饭去。说完伸出手来拉她，她递出一只手，不料马平阳用了力气，一下子把她拉到怀里，她还没有反应过来，马平阳快速地在她的嘴唇上亲了一口，潮湿温热的感觉让她瞬间像过电似的。她没想到马平阳会在这一瞬间亲她，她毫无防备，一瞬间，她的双脚仿佛踩在棉花上。马平阳的手仍紧紧攥着她的手，和其他恋人似的，相扶相携地向公园外走去。因为被动她似乎都来不及消化自己的心情，更不知怎么去考虑她和马平阳的关系。马平阳无疑是优秀的，四年战士身份的磨砺，仍然没有让他失去天真。在她面前，他就像一个没长大的男孩，梦想着在战争中当英雄。他时常说，自己如果像父亲一样，参加过那么多次战役，一定也能成为一个将军，说不定会比父亲干得更好。挂在他嘴边的座右铭是巴顿将军那句话：不想当将军的士兵，不是好士兵。他的雄心是当一名将军。他现在是兵头将尾的一名排长，他正在努力朝这个方向前进。想到马平阳，她就想到自己，在有惊无险中，她提干了，成为一名司务长，是全团唯一的女干部，可她的出路又在哪里？她又想到了调到北京总部工作的江雪，江雪在给她的信中感叹道：不到北京不知机关大，不到机关不知首长大。江雪在信中描述，以前经常在报纸上才能看到的总部首长，经常到他们单位视察，有几次她还负责接待，给这些首长端茶送水。还和她说，有机会自己一定和首长们合几张影，然后寄给她……在教导队一起学习的二十几个女兵，几乎都进了机关或者适合自己发展的单位，只有她待在最基层。每个连队的司务长，最后的前途都是努力当上连队主管后勤的副连长。全团司务长中，也有许多直到转业，仍然在这个岗位上。司务长是后勤干部，他们是边防团，只有军事干部才有前途。从提干之初，她似乎就看到了自己的未来。无论怎样，她现在是排职军官了，按姐姐的话说，她是吃公家饭的人了，不论何时离开部队，按部队的转业政策，国家都会为她安排工作。也就是说，她再也不用回农村了，她是公家人了。想到这样的结果，她的心又踏实下来。一路能走到今天，她要感谢的人太多了，含辛茹苦一手把她拉扯大的姐姐，胡叔、段师长、林连长，还有邱指导员……她又想到了面目模糊的父亲，如果父亲当年没有参军，就不会和胡叔结下生死友谊，更不会有段师长。她又想到离她而去的父亲，伤残的父亲，以男人的姿态倒下。由此，她又想到了母亲，母亲能毅然决然地抛弃她，让她和姐姐成为弃儿，又是怎样的一个母亲才能做出来的呢？凡此种种，使她在马平阳面前，总是自信不起来，她几欲把自己的真实身份说出来，可每次刚开口，马平阳总是打断她的话说：好了，不管你是什么人，我喜欢的是你董红梅。面对马平阳决然的态度，她只能把自己的话收回去。

五一节的前一天，她还是随马平阳踏上了回家的列车。他俩探亲轰动了全连官兵，他们出门相送。林连长还挥着手说：希望早日吃上你们的喜糖。他们在官兵们羡慕的眼神中离开了连队。随着列车一站又一站地驶过去，距离马平阳居住的那个城市越来越近了。绥芬河这个地名，她以前无数次听说过，认识马平阳后，绥芬河这个地名具体起来。这是一座边境小城，这里驻扎着一个守备区，在军营的某个角落里，住着马平阳一家。随着绥芬河车站越来越近，马平阳也按捺不住地兴奋，一路上他答应她，要带她去看他童年经常去的地方。她在他以前多次的描述中，似乎早已熟悉了那些地方。渐渐地，她的心也开始憧憬起来。绥芬河比他们林海县城应该大上一些。官兵们为林海县城编了一个顺口溜：一个县城一条街，一个公园两个猴，把门的是个女老头，一个红绿灯仨警察，百货商店在路头……就是这样一个小小的县城，她当战士期间，只去过一次，还是为了去新华书店，买那本关于饲养猪的书。她和马平阳恋爱之后，才在马平阳的带领下，几乎走遍了县城的每条街巷，她才发现，县城是很小，放开步子走，半个小时就能走遍。这么相比，绥芬河无疑是个大城市了。临到站下车时，马平阳问了她一句：你到我家里来，告诉过你的父母吗？她怔了一下，不知如何回答他，她还是欲言又止地摇了摇头。马平阳倒是一副无所谓的样子说：那下次，你带我去你家，让你父母亲自过目。说完露出一口白牙，阳光灿烂的样子。她的心又沉了沉，掠过一丝阴影。

绥芬河果然比林海县城大了许多。马平阳父亲派出了公务员和一名司机来接他们。公务员一看就是名新兵，个子不高，长了两颗虎牙，总是笑眯眯的，让她想起接替她的饲养员小崔。公务员姓任，跑前忙后地把他们随身携带的东西放到后备厢里，然后热热地叫了声：哥，姐，咱们出发。小任还把目光特意停留在她的脸上，然后又露出一对小虎牙，冲她明媚地一笑。

从司机嘴里她知道，马平阳的二哥刚休完假离开回部队了。他二哥已经是副连职参谋了，在省军区工作。司机还笑道：你二哥上次回来，也把女朋友领回来了，是哈尔滨姑娘，个子老高了。马平阳似乎对他二哥的女朋友并不感兴趣，扭过头冲她说：你看绥芬河比林海县城强多了吧。她的目光望向车外，首先映入她眼帘的是高楼，还有复杂的交叉在一起的街道。车从这条街道又穿行到另外一条街道上，拐了几拐，守备区终于到了。全国的军营都大同小异，不同的是，守备区大院要比他们的团机关院落大上几倍，办公楼也很气派。车拐到办公楼后，便是一片家属院，司机在一个楼门前停了下来。

因为她的到来，马平阳的母亲，任副院长特意提早回到家里。马平阳带她进门时，母亲扎着围裙从厨房里走出来，目光并没有落到马平阳身上，而是先落到了她的身上，从上到下地把她打量了，这才露出笑容，冲马平阳说：快招呼红梅坐下，拿水果。

董红梅坐在客厅的沙发上，才发现马司令的家很大，因为此时人还没有都回来，整个家显得空空荡荡的。她暗自数了一下，不算客厅，还有四个房间，有两个房间的门是关着的，另两个房间的门半掩着。

晚上吃饭时，马平阳的大姐也赶了过来。大姐在一家部队医院当护士，已结婚另过日子了。大姐一进门就热情地捉住了她的手，长长短短地问候了一番，然后热情地拉着她坐到了自己的身边。她见到马平阳大姐，脑子里就闪过姐姐的音容笑貌。马平阳以前就多次提到过大姐，她知道，马平阳的大姐比姐姐大上两岁，但感觉她的样貌比姐姐还要年轻上几岁。她想到姐姐在田间劳作的样子，心就疼了一下。他们落座后，她才发现马司令还没有回来，桌子前方的位置空着，碗筷都摆好了，却不见人。马平阳似乎看出了她的心思，看了眼表说：五分钟之内，我爸一定会回来。他的话音刚落下，就听见楼道里响起脚步声，然后是开门的声音，虎虎生气的马司令出现在客厅里，她下意识地站了起来。马平阳过去，接过父亲手里的文件包，放到客厅的茶几上。他们刚到连队不久，马司令借休养的机会，到团里来过，视察过连队，她当时就站在猪舍的后山上，看着吉普车驶离，并没有见到马司令。连队许多见过马司令的人都说：这个马司令很严肃，一点笑模样也没有。马司令洗了手，朝饭桌这里走来，马平阳一直随在父亲身后。她仍立在那儿，冲走过来的马司令敬了个礼，马司令的目光似乎只是匆匆地在她身上扫过，自己坐下，挥下手说：坐，坐，开饭吧。然后就端起碗来吃饭，目光只盯着饭桌上的菜。大姐却在不停地劝她多吃，还把菜夹到她面前的盘子里，很热情也很周到。

母亲一边吃饭，一边冲马平阳有一搭无一搭地说：你大哥国庆节就要结婚了。

马平阳答：我知道，他写信和我说了。

母亲又说：你二哥上周刚走，他把女朋友带回来住了几天。

马平阳又答：我听司机小张说了。

母亲的脸色沉了沉，目光又落在她脸上，似命令又似劝慰道：红梅你吃菜，千万别客气。

她只能支吾着答应了，大姐给她夹的菜小山似的堆在她面前的盘子里。

母亲这会儿又叹了口气道：就你二姐，天天疯疯癫癫的，到现在还没找个男朋友。

马平阳又道：妈，我二姐那人你还不知道，她的事你不用管。

母亲不再说话，翻了眼皮瞪了马平阳一眼，马平阳并不理会，用肘捅了她一下道：你吃饭呀。

他们说着话时，马司令已经放下碗筷，抹了一下嘴，头也不回地离开了餐桌，走到客厅，打开带回的文件夹，拿出几份文件，又戴上花镜，看起了文件。她的目光被马司令牵动着，她有些分神。她知道，守备区司令就是师级干部，她还是第一次这么近距离地接触师级干部。第一次见段师长是在招待所里，她只隔着茶几和段师长说了几句话，紧张得连话都不敢说。胡叔介绍过段师长，是他和父亲当年的排长，是个陌生又熟悉的人。陌生是她第一次见段师长，熟悉是因为他当过父亲的排长。她走神的工夫，马平阳在她耳边小声地说：我爸就这样。

吃完饭之后，她争抢着要去洗碗、收拾桌子，她不是想表现，而是习惯。在连队时，她几乎每次都在开饭后和炊事班的人一起打扫食堂的卫生。她被大姐张着双手轰了出来，大姐又招呼马平阳道：平阳，带红梅去客厅吧。她几乎被马平阳拉到了客厅的沙发上。马司令员已经把落地灯打开了，端坐在灯下看着文件。她和马平阳坐在马司令的对面，马平阳又郑重地说：爸，这就是董红梅，我们连队的司务长，和我同年兵，又一起提干。我以前给家里来信说过。

马司令员从老花镜上方抬起目光，短暂地扫了她一眼，嘴里“唔”了一声，收回目光同时道：你们说你们的，我去书房了。然后收起文件向另外一个房间走去，书房的灯亮了，马司令也隐在门后。

晚一些的时候，马平阳带董红梅到守备区院内散步，办公楼和宿舍楼掩映在绿树之间。虽然五一刚到，树梢之间已有了浓浓的春意。甬路笔直，路灯间或地点亮。董红梅是第一次如此近距离地接触部队机关院落，老虎团虽然也有个院落，可和守备区院落比起来，只能算是基层。她就冲身边的马平阳道：你从小就是在这样的环境下长大的。她说这话时，已经有些羡慕马平阳了。由此，她又联想到了江雪，还有那些军长、副军长的子女，想必他们所在的院落肯定比守备区还要大。这么想过了，她有些自卑，甚至无地自容般地难过。她又想到了自己从小长大的村庄，心便戚然。两人站在一棵松树下，仰头看着月亮，虽然月亮还不够圆不够大，清冷的光芒让她有了些寒意。马平阳的手正揽在她的肩头上，似乎感觉到了她的冷，便用力揽了她一下道：咱们回去吧。

再次走进家门时，马平阳的母亲已把她居住的房间打扫好了，一套崭新的被褥铺在床上，任副院长热情地介绍道：前几天，你二哥的女朋友就住在这里。话是冲马平阳说的，却是说给她听的。随后任副院长就把马平阳叫走了，两人在客厅里不知道在说些什么，她隐约地听到，是马平阳的母亲一直在压低声音说着什么。她半坐在床上，隐约地能闻到女人化妆品的味道，想必是马平阳二哥女朋友留下的气味。这么想过了，一个瘦瘦高高时髦俊俏的女孩的形象便浮现在她的眼前。虽然没有见过这个哈尔滨姑娘，可她坚信一定会是这样的，因为化妆品的味道很好闻，她又想到了江雪。最后，这位陌生姑娘的样貌竟和江雪叠合在一起了。

不知过了多久，马平阳母亲敲了下门，便推门进来了。她起初以为进来的是马平阳，见是任副院长，忙立起身，软软地叫了一声“阿姨”。任副院长满脸是笑，走过来，用手拉了拉被子，又扶着她的肩膀坐下。然后拉了把椅子坐在她的对面，盯着她的眼睛问：红梅姑娘，委屈你了，不知来家里，吃住习惯不？她看着任副院长温暖的笑，不知怎么就想到了母亲，浮现在她眼前的是一张母亲的脸，却让她觉得陌生，母亲似乎从来没有对她这么笑过。从她记事起，母亲的脸就是愁苦的，一个早晨，母亲拉着她和姐的手，叹着气说：我得出门讨吃的了，不然家里揭不开锅了。母亲站起来，走出门去，她记得母亲也是在擦泪，那是母亲留给她最后的记忆。母亲这一走，便再也没有回来。

任副院长此时的笑是温暖的，也很真诚。任副院长笑过了，便说：红梅，你能看上平阳我很高兴。任副院长说这话时，脸上一直带着温暖的笑容。她不知如何回答任副院长的话，她又想到下午在列车上马平阳说过的话：等过一阵，我陪你去看你的父母。从那时起，她觉得自己一下子和马平阳的距离远了。随着绥芬河车站的临近，她的心情似乎也跌到了谷底。

任副院长又说：平阳来信说，你父母都是干保密工作的，你也不方便介绍。那什么，我和平阳爸都是有组织的人，受党教育这么多年，知道该说的说，不该说的不说。只希望你以后多担待平阳，他从小就不懂事，成熟得晚。以后咱们都是一家人，不嫌弃绥芬河落后，以后就常来，这里也是你的家。

说到这，任副院长母亲般的又说了一些关心的话，便告辞了，还把她的门带上了。那一夜，她又一次失眠了，任副院长的话一遍又一遍在她耳边回放着。确切地说，她喜欢这个家，包括马平阳的大姐，虽然马平阳的大哥、二哥、二姐她还不曾谋面，在客厅的茶几上放着一本影集，他们的照片都在影集里。马平阳依次介绍着照片上的那些人，他们或认真或微笑地面对着她，从他们的神态上，一眼便知他们出自同一个家庭。此时，她只能羡慕这样一家人。他们一律亲切，从她进门那一刻起，就把她当成了自家人。自从马平阳说过有朝一日去见自己的父母，她才回到现实中来，熟悉的马平阳也变得陌生了。马平阳时而清晰时而模糊地在她的脑海里浮现。马平阳让她熟悉的一面是当战士，又当排长时的马平阳，现在的马平阳是马司令员和任副院长的儿子，是守备区司令的家庭成员，马平阳离她那么近又那么远。她深深地自卑着，她多么希望自己的身份真像传说中的那样呀，父母是国家高级干部，从事着保密工作。如果真的那样，她还会觉得离马平阳遥远吗？她又想到了姐姐一家，在一个普通平凡的小村庄里，过着面朝黄土背朝天的生活。每次姐给她来信，都说自己过得很好，姐夫犯羊角风的次数也越来越少了。但她知道，姐为她吃了太多的苦，也受了太多的委屈。想到姐，她心里如煎似烤地又难过起来，她突然有了回家看看姐的冲动，这种冲动不可遏止，从当兵到现在，她还从来没有过这样想回家的冲动。她知道自己并没有家，她的家就是姐姐。她多么希望此时，一头扎在姐姐的怀里，大哭上一场，为什么要哭她也说不清。她发现自己在流泪，一摸枕头都是湿的，她在暗夜里捂住脸。她不知自己是何时睡去的，她梦见了姐姐，正站在村头路口张望着什么，脸色是苍白着的。

第二天一早，她还是准时醒来了，她走到客厅时，马司令已经不在家了，她隐约又听到了战士们出操喊出的整齐的口号声。任副院长在厨房准备早餐，她梳洗之后，马平阳也起床了。任副院长带着饭盒收拾着也准备出门了。她和马平阳吃过早饭，便急不可待地提出回家的想法，马平阳惊讶得张大了嘴巴。但她的决心不可动摇，她回家的决心，让马平阳张口结舌。

当马平阳把她送到火车站台，火车鸣叫着开动的那一刻，马平阳在车下拼命地向她挥手，嘴里一遍遍地喊着：我在家等你。一路上马平阳不知把这话说多少遍了。她注视着车下的马平阳，马平阳随着刚启动的列车跑动着，一边喊一边挥舞着手臂。她努力地冲马平阳挤出一缕微笑，眼泪却模糊了她的视线，列车越来越快，马平阳已不见了踪影，车窗外是掠过的树木和城市的一角。她扭过头时，已泪流满面。她多次想过母亲离开她时，扭过头去，也一定是泪流满面的，可母亲为什么抛弃她？是母亲狠心，还是另有隐情？这一切都谜一样地装在她的心间。列车在播放着一首欢快的歌曲，可她的心情一点也欢乐不起来。她努力地回过头，让绥芬河再次映入她的眼帘，她要把这段美好记住。她知道，随着列车的启动，她和马平阳的关系已不可挽回了。马平阳离她很近，又很远。

二

董红梅没来得及和姐姐说自己要回来，如果她说了，姐姐一定不会让她再次踏进这个家门。从参军到此时，她离开家五个年头，她给姐姐写过无数次信，姐姐的回信却屈指可数。姐在给她回复的寥寥几封信中，每封信的结尾都会语重心长地说：小梅呀，你走出去了，就别再回头了……她记得自己参军走的那一天，姐一直把她送到村口那棵老槐树下，拉了她的衣角，盯着她的眼睛，红着眼圈说：小梅，你终于熬出头了。又拉着她指着身后破败的村庄说：你今天把它看好了，它就这样，没什么可留恋的。说到这，又把她拽过来，推了她一把道：走吧，别回头。她在姐的注视下一步步向村外走去，有几只乌鸦落在不远处的树上，哀哀地叫着。她的耳畔响起姐带着哭腔的声音：小梅，往前走，就当没有你这个姐。她回了一次头，看见刚才决然的姐，眼里已含了泪光，瞬间，她的眼泪流了下来，她又听姐在身后喊：要想有出息就别心软。她再次转过头，记着姐的话，强迫着自己让心硬起来。烈风吹在脸上，脸上的泪痕很快就干了。

她当满一年兵后，同年兵陆续回家探亲时，她又给姐去了封信，征询姐回家探亲的时间，姐很快就回了信，毅然决然地说：家还是那个家，人还是那个人，你回来，无非就是牵你的心，绊你的腿。姐心硬如铁，她收回了回家探亲的打算。如果不是这次在马平阳家突然让她生出了某种疏离感，让她突然下决心，离开马平阳，离开马司令的家，自己还没有决心再次回到姐姐这个家。她从小到大就听姐的话，姐不让她回家是怕她惦记，分她的心，耽误了自己的前程，她明白姐的一番苦心。

她坐火车，又坐汽车，后来又徒步走了几公里路，终于看见了那个熟悉的村口。那棵老槐树还在，在五月的初春泛着绿色。村头，不知哪户人家盖起了一栋新房，土坯墙面，房顶上盖着红瓦，给沉寂破败的村庄添了几许亮色。

她往前走着，发现腿是软的，心也犹豫起来，她又想起姐的话：你出去了，就别再回头了……她的出现，引来了一群娃，他们聚到她的身边，惊奇地打量着她。这些孩子大的七八岁，小的四五岁，她都陌生，竟一个也认不出来。一个孩子突然大叫一声：女解放军叔叔。说完向村内跑去，一群孩子，哄叫一声也散开了，像一群被她惊飞的鸟。正是农村人劳作的时间，村里几乎不见大人。她来到姐家门前，木栅栏东倒西歪地围起了一方院落，门虚掩着，却不见里面的动静。她喊了一声：姐。仍然没动静，她又叫了一声。门“吱呀”被推开，一个八九岁的男孩子立在门口，害羞又惊奇地打量着她。她俯下身，仔细打量着眼前的男孩，试探地叫了声：小东。她参军离开那年，小东才三岁半，和她熟稔得很，她每天放学回来，带孩子成了她的日常。她记得参军离开家门那天，小东大哭不止，嚷着让她抱。还是姐狠了心，把他关在屋里。她和姐向村外走去，后面还是小东的哭声，一声又一声“小姨”地喊着。眼前的小东显然不再认得她了，错愣地望向她。她在县城换车时，特意到商店给小东买了一把塑料玩具枪。她从挎包里把那把玩具枪拿出来，蹲下身冲小东又叫：小东，我是小姨，你真不认识我了？小东没接她的玩具，从她身边跑过去，边跑边说：我去叫我妈，她在南大地干活呢。小东跑着，身影很快就消失了。

她走进屋内，厨房里冰锅冷灶，几只没来得及刷的碗扔在盆里；一张凳子上，放着小东的作业本，显然刚才小东在写作业。参军前，她并没有觉得这个家有多小，多破败，此时她站在灶间，似乎一个人就把这里塞满了。灶间的两头各一个房间，她参军前，就住在西间这个房间里，她每天都带着小东在这里睡觉。房子还是那间，此时落满了灰尘，灶席上还留有一串脚印。她愣神的工夫，姐张着手跑进院内，小东歪斜着身子随在后面。她忙迎出去，在门口她差点和姐撞了个满怀。姐倒退几步，汗湿着脸，上下把她打量了，随即红了眼圈，一把拥住她，喊了声“小梅”，便痛哭失声了……

姐夫随后也踮着脚跑回来，站在院里，扎撒着手，喊了一声：小梅回来了，姐夫给你杀鸡。说完，随手在院内操起一根木棍，朝几只鸡抡过去，有一只鸡被姐夫挥出的木棍打晕了，在地上扑腾着。姐夫扑过去，把鸡压到身下，剩下的几只鸡显然受到了惊吓，远远地躲开，惊恐地望着姐夫。

晚饭时，她回来的消息就在村里传开了，一群老少齐聚在姐家的小院里，都想看一看离开五年后她出息了的样子。她提干的消息，早就在村内传开了，她从参军到现在还是第一次回来，人们对她充满了好奇。有两个婆婆瘪着嘴，上前把她的军装小心地摸过了，望着她的脸，啧着嘴说：小梅呀，你是真出息了，长得越来越俊了，还穿着四个兜的军官服。有几个半大小姑娘，研究着她弯曲的刘海，满脸羡慕。

那只鸡是姐夫炖的，当鸡肉的香味飘满院子时，村人们散去了。姐又炒了盘鸡蛋，五月份正是农村青黄不接的季节，只有一盘鸡和一盘鸡蛋。吃饭时，姐夫比她还要高兴，不停地给她碗里夹肉、夹蛋，因为笑，脸上的褶皱都堆在了一起。姐夫不会说什么，只是一味地笑。姐夫比姐年长十岁，今年已经过四十了，她暗自计算着姐夫的年龄。

姐长得好看，她从小到大一直这么认为。胡叔也说过：腊梅在十里八村是最漂亮的姑娘。母亲离开她们那年，姐十一岁，母亲离开的头几天，她抱着姐嚷着找妈妈。她哭，姐也哭。起初，她们都以为母亲消失几天就会回来，她最初也是天天盼着母亲，每天都站在家门口张望，她坚信，母亲是给她们找吃的去了。以前，母亲也经常出去一天半天，有时给她们要来几个饼子，或者半袋粮食。可她们这次对母亲的期盼却落空了，母亲再也没有回来。后来有一阵风传，说母亲和那个走街串巷的锔锅匠走了，并言之凿凿，母亲为自己家补那口锅时，曾经和锔锅匠眉来眼去；还有人说，母亲嫁给父亲前，就有一个相好的，她又找相好的去了。凡此种种，关于母亲的传言，她觉得都不怀好意。在村里听到母亲这些传言时，她都会哭着跑回家，一头扑在姐姐的怀里。姐姐一边给她擦泪，一边说：别听他们胡咧咧，咱妈不是那样的人，总有一天，咱妈会回来找咱们的。她信姐姐的话，她期待着，可一直到她参军离开家，都再也没有见到母亲。许多次在梦里，她梦到过母亲，就站在她眼前，泪眼婆娑地叫一声“小梅”，把她拥在怀里。可她每次在梦中醒来，屋内是空的，只有姐姐在拥着她。

母亲莫名其妙地消失了，姐姐又当爹又当娘。姐姐一天天长大了，出落得如花似玉，村人这么说，她也一直这么觉得。开始有媒人给姐姐介绍对象，她见过几次媒人把几个小伙子领到家里，结果却没了下文，那会儿她已经上小学了。她知道，那些小伙子都没看上她们这个家，确切地说，是姐带着她，不论嫁到谁家，都多一个她。不怪村人们现实，哪家都有难唱的曲，又有谁肯娶一个带着孩子的女人呢。她曾经发狠地对姐说：姐，你嫁人吧，我自己能照顾自己。她说完这话，被姐狠狠地拍了一巴掌。姐一边流泪一边说：咱都没妈了，我怎么能再让你没姐。从此，她再不敢这么说了。

她知道，姐有个同学叫鲁生，鲁生对姐很好，总是从家里带出个饼子或者别的什么东西偷偷塞给姐，姐不舍得吃，带回来给她。她问这些吃食的来历，姐告诉她是鲁生给的。她从此记住了鲁生。鲁生一直对姐好，姐也把这份情记在了心里。后来她听说，鲁生要娶姐，被他父母拦住了，请媒人介绍了一个邻村的姑娘。结婚的前一天晚上，鲁生找到了姐，姐出去了，她不放心姐，也偷偷地跟出去了。她看见姐和鲁生走到村外的小河边，两人不知说了些什么，她只看见姐抱住了鲁生，鲁生也抱住了姐，两人就那么死死地抱在一起，后来她还听到了两个人的哭泣之声。那天晚上姐回来，双眼是肿的，夜半醒来，她还能听见姐抽泣的声音。她为姐悲伤着，在暗夜里也流下了眼泪，不知为姐还是为自己。

姐后来就嫁给了姐夫。姐姐出嫁那年二十岁，姐夫三十岁，整整比姐大了十岁，在村里是名副其实的老光棍，还有羊角风的毛病，经常犯病，摔倒在外面，许久之后才能缓过来。也许是频繁犯病的缘故，姐夫的脑子就有些不好使了。姐夫命也不好，在很小的时候父母就亡故了，他是吃百家饭长大的，小学没毕业就参加了村里的劳动。一个男人自己过活，又能过出什么样子呢，没人愿意嫁给姐夫这样的男人。姐带着她嫁给了姐夫。姐夫不嫌弃她，把她当成亲妹妹看，也许是相同的经历，让他们走到了一起。她和姐终于有个家了，可姐嫁给姐夫后，笑容消失了。

姐夫不停地往她面前的碗里夹菜，鸡肉还有鸡蛋——鸡蛋是鸡下的，少了一只鸡，下的蛋也会减少。从小到大，她和姐很少吃鸡蛋，鸡蛋都换了柴米油盐，她上学时，课本费也是鸡蛋换来的。想到这些，她已经没有任何食欲了。她莫名地想到了马平阳，想到了马司令的家，心里就是另一番滋味了。

三

长兄如父，长姐如母。母亲离开她们那年，她三岁半，姐十一岁。在没有母亲的日子里，十一岁的小女孩，是如何一步步把妹妹拉扯成人，又嫁给了比她大十岁的丈夫。参军前，她还没完全理解姐的心思，当她参军后，再回望姐姐时，她就有了一种时时要痛哭一场的冲动。有多少个不眠之夜，她只要一想到姐姐，心就碎了一地。姐很少给她来信，姐也不希望她频繁地给家里写信。当时她不解，以为姐也把她当成包袱甩掉了，她想回家探亲，姐都不允许。此时她明白了，姐是想彻底剪断她的情脉，让她不留一丝牵挂，去奔自己的前程。

那天晚饭后，姐牵着她的手，把她带到了西屋，这是她参军前住的房间。此时的房间里堆放了杂物，炕上已被姐收拾过了，用抹布擦了炕席。姐领她到了西屋后，两人坐在炕沿上，姐这才认真地上下打量着她，伸手在她军衣上，这摸一摸，那捏一捏，手又伸到她上衣的兜里。军官与士兵的军装最大的区别就是多了两个口袋，这多出来的口袋，就是身份的象征。姐仔细地把她看过了，抿着嘴冲她说：小梅，你真的是军官了，没骗姐吧？她望着姐的样子，想哭，却忍住了，用力地点点头。姐又说：前阵子你给我来信，说是提干了，我一直认为你是骗姐的。她的泪终于忍不住，从眼角三串两串地落下来。姐轻拍了她一下道：姐都没哭你哭啥。姐望着她提出一个想法，想要穿一回她的军装。她忙把外套脱下来，姐小心地把军装穿在身上，又从自己兜里掏出一面小镜子，从上到下把自己照了个遍，嘴里不停地说：好看，真好看。最后姐还是把衣服脱下来道：你能当兵，要感谢人家胡叔。她点着头，嘴里说着：我知道，胡叔是我的恩人。

晚上，姐就陪她睡在了西屋，像小时候一样，姐把她揽在怀里。她发现姐哭了，泪水沾在她的脸上，姐一哭，她也忍不住流泪。姐硬着声音说：

小梅，你终于熬出头了，以后不管啥时候从部队离开，国家是不是都给你分配工作？她在姐的怀里点了一下头，姐就用力地把她揽了，还在她背上拍了几下。姐以前也是这么拍她，她因为饿，睡不着，姐就一边拍她一边哄劝道：快睡吧，睡着了去做梦，想吃啥就吃啥，梦里啥都有。有多少次，她就在难忍的饥饿中睡去了，她梦得最多的是吃玉米面饼子。这是她和姐经常吃的食物。第二天，姐开玩笑地问她做了什么梦时，她怪自己命不好，总是做吃饼子的梦。再次睡觉时，姐就一边哄她一边说：你多想白面馒头，还有肉，猪肉炖粉条可好吃了。她带着姐的祝福又一次走进梦乡，可她还是不争气，仍然在梦中吃饼子。她已经差不多把白面馒头、猪肉炖粉条的滋味忘掉了，又怎么能在梦里出现呢？

姐突然想起了什么，推了一下她道：你咋冷不丁说回来就回来了？马平阳的事，她从来没和姐说过，她在坐上火车回家的过程中，曾经想过这个问题，终于捋清楚了，板上没有钉钉的事她是不会和姐说的。当她把马平阳和自己的关系讲给姐听之后，姐坐了起来，围着被子，在黑暗中盯着她，久久没有说话。她有些担心姐，拉了姐一下问：姐，你怎么了？姐叹了口气才道：姐听明白了，不是马平阳不够好，是你觉得配不上人家。姐说的话一针见血，她只能低下头，算是对姐的话的默认。姐又把她拉到身边躺下，手一直没放开。姐满怀心事地又叹了口气道：只怪咱们家的出身，咱们家要真是高干，那又会是什么样子呀。她以前写信对姐说过，自己被误认为高干子女的事。姐又沉默了一会儿道：小梅，你在部队上，见多识广，又比姐有文化，姐也教不了你什么，但你记住，千万别走姐的老路。姐的老路就是在年纪轻轻、如花似玉的时候，嫁给了比她年长十岁的姐夫。然后生孩子，又拉扯她，一直到她参军。此时姐才三十岁的人，已经完全是农村妇女的模样了，穿着随意，因劳作，脸被晒得又黑又红，手脚粗糙。她见到姐时，差一点没认出来。仅仅五年没见，她想象着这五年时间里姐受的苦遭的罪，心里在翻江倒海。她又想到了马平阳的大姐，比姐还大两岁，可人家看上去却像小姑娘一般。这就是家庭的差别。

后来姐攥着她的手睡着了，还打起了鼾。她摸着姐又粗又硬的手，却怎么也睡不着了，她恨自己能力太弱小，帮不了姐姐一把。当战士时，她曾把津贴费攒起来，寄给过姐姐一次，姐姐很快就来信了。姐在信中的口吻很严厉，不允许她再寄钱，并告诉她，你是个大姑娘了，津贴费要留给自己花，离家在外，不要让人瞧不起。最后姐在信中说：你若是再有第二次，姐就把钱给你退回去。从那以后，她就断了给姐寄钱的想法。

不知何时睡着的，她再次醒来时，屋内已空无一人了，姐姐姐夫又下地做活路去了，小东已经上学去了。在厨房里，她看见姐给她留下的一碗稀饭和一只煮好的鸡蛋，还有一张纸条，纸条上写着：姐下地了，吃完饭，你去看胡叔吧。

胡叔住在靠山屯，是她和姐原来住的地方，自从姐嫁给姐夫，便来到了姐夫住的村子。靠山屯离姐家有二十里路，她来到靠山屯时，已经快中午了，胡叔的家自然还记得。当她出现在胡叔家门口时，胡叔拄着拐杖正背对着她，她叫了声：胡叔。胡叔一点反应也没有，她这才想起，胡叔的耳朵在抗美援朝时被炸聋了。她走近一些，又叫了一次，胡叔这才慢慢地把身子转过来，第一眼似乎没看清她，揉了下眼睛。她又大声道：我是小梅呀。胡叔这才把她认出来，摇晃下身子，差点摔倒。后来她才得知，胡叔前一阵子得了脑梗，大难不死，身子却不如以前那么灵便了。胡叔一手拄着拐，另一只手拉着她，只是默默地流泪，竟不说一句话。还是胡叔的老伴，从屋里出来，把她和胡叔拉进屋里，附在胡叔的耳边大声喊着：小梅来看你了。胡叔这次听懂了，目光又落在她身上。她看到胡叔眼里有股火苗在跳动，含混地说了句什么，颤颤地伸出一只手，握住了她递过去的一只手。胡叔说话声很含混，她听不清，每句话都要由老伴充当翻译。胡叔说：你出息了，当军官了，我心里高兴。胡叔还说：你要在部队好好工作。胡叔又说：你父亲在天有灵也会高兴的。胡叔又含混着说了几句什么，胡叔的老伴没再翻译，大声地训斥着胡叔道：你老糊涂了，不要瞎说。后来，胡叔老伴送她离开时，她问胡叔又说了什么，胡叔老伴扯一下她的衣服说：你胡叔这一病就糊涂了，总说部队会派人来接他。她想，胡叔一定又是糊涂了，错把她当成部队来接他的人。她告别胡叔时，胡叔又拄着拐杖，来到了院子里，还颤颤地冲她敬了个礼，说了一句：我要归队。胡叔这句话，她听清了，她冲胡叔认真地敬了个礼。

见到胡叔，她就想到了父亲。父亲的坟头早就荒草萋萋了。父亲和胡叔是同样的年纪，如果父亲还活着，也就是五十出头的样子。以前听胡叔说，段师长只比他和父亲大一岁，如今的段师长，仍然是师长，经常下部队检查工作，一副生龙活虎的样子。如果父亲还活着，又会是什么样子呢？

她走过一个山头，回过头，去望胡叔家的小院时，发现胡叔仍然拄着拐立在那儿。五年前，胡叔为她参军的事，一次次地去老部队，最后终于找到了段师长，仅仅五年没见，胡叔就变成了另外一个人。她立在山梁上，向胡叔又一次敬礼。她临离开时，塞给胡叔老伴两个月的工资，胡叔老伴推让着，最后还是把钱收下了。胡叔老伴一边抹泪一边说：你爸你妈要是在，该有多高兴呀。爸妈离她而去，只有姐姐成了她在这世界上唯一的亲人。在她的心里，胡叔是另外一个亲人。在参军这段时间里，她想象着再见到胡叔的样子，她甚至想喊胡叔一声爸爸。可这一切都没有兑现，胡叔一会儿清醒，一会儿糊涂，甚至错把她当成了部队派来接他的人。她长时间立在山梁上，久久地举着右手，在心里热热地喊了一声：爸！

胡叔就是她的再生父母，没有胡叔，就没有她的今天。她为胡叔此时的样子而感到难过。她放下手时，远远地把胡叔立在院子里的样子记下了。

四

二十天的假期，她提前一周就归队了。离开连队时，她和马平阳一起，可回到连队却是她一个人。她刚回到宿舍，文书小曾就敲响了她宿舍的门，给她送来了几封信，落款处写的都是绥芬河守备区的地址，不用问便知道是马平阳写来的。小曾递给她信时，脸上露出不易察觉的微笑道：司务长，你才和马排长分别几天呢，就来了这么多封信，真羡慕你们。小曾走后，她逐一地把马平阳的信拆开，几封信都是一个内容，对她不辞而别的不解，不知道她这段时间过得好不好……

她离开马平阳，回到了故乡，在这短短的时间里，她的脑海里多次闪现出马平阳以及他的父亲、母亲、大姐，还有那个家。每每想到这些，她的心都会顿一顿，似乎被什么东西重重地撞击了一下，整个人又离马平阳远了一些。后来，她强迫自己不去想马平阳，可还是遏制不住，时不时地会想起他。现实却告诉她，自己和马平阳是两个世界的人，他们不可能走到一起。一想起自己的家，想起劳作的姐姐，心便决然了。

晚饭时，她并没有去食堂，就那么静静地躺在床上，她还听到猪舍方向小崔呼唤猪们的声音，她知道小崔一定在喂猪。她盯着昏暗的天花板，竟发现她离开十几天，天棚上竟有了蜘蛛网，她想去把蜘蛛网清扫掉，身子却懒得动。她又一次想到了马平阳，过几天马平阳就该归队了，她又该如何面对马平阳？新的烦恼纠缠着她。她无力面对，也想不清如何处理自己和马平阳余下的关系。她不知何时睡着了。不知过了多久，她被一阵敲门声惊醒了，她竟不知自己身在何处。半晌，她听见小崔的声音：司务长，大白难产了，快要死了，你快来看看吧。她清醒过来，披衣起床，打开门，冲小崔道：大白怎么了？小崔就着急地说：大白难产了。大白是连队唯一的一头母猪，几个月前，大白就怀孕了。大白已经来到连队几年了，从第二年开始，大白每年都会生下一窝猪崽，省去了连队买猪崽的钱。以前大白生猪崽时，都是她负责接生。不论白天和晚上，她坐在马扎上，守着猪舍里的大白，一直看着它接二连三地把猪崽生出来，直到大白的肚皮空下去，她便一个又一个地把刚出生的猪崽清理好，放到大白的身边。它们开始吃奶，她才会离开。有时，她担心大白把刚出生的猪崽压死，就整天整夜地守在猪舍前，直到猪崽硬实起来，能够独立行走了，她才会松一口气。

她随小崔来到大白的猪舍前，小崔的手电光照在大白的身上，大白侧卧在猪舍中，哼唧地叫着，浸含着痛苦和绝望。大白口吐白沫，奄奄一息的样子。她还是第一次遇到猪难产，以前她守护着大白生产都很顺利。她有些慌乱，想到了几年前在新华书店买的那本关于养猪的书，其中就有一节讲述猪难产的内容。几年下来，她几乎把那本书的内容都装在了脑子里。她一面让小崔去通知连长和指导员，一面自己跳进了猪舍，她开始搬动大白。那本养猪的书告诉她，猪难产的原因大都是因为胎位不正。这时要让母猪变换生产的姿势，让胎位正常起来。在她的努力下，大白终于换了一个姿势。她又用手去捋大白的肚皮，她隔着大白的肚皮，似乎触碰到了大白肚子内的猪崽，它们正踊跃地向一个方向努力着。一番折腾，她已满头是汗，从大白的哼叫声中，似乎感受到大白不再那么痛苦了，她心稍安了一些。几束手电亮光顺着那条小路移动过来，到了近前。来人中不仅有林连长、邱指导员，后面还跟着李来权。她听见林连长问：大白有救吗，用不用去县城接兽医？她说：我帮大白顺了胎位，应该问题不大了。正说话间，大白痛苦地哼叫一声，第一只小猪生了下来。她忙弯下腰把刚出生的小猪崽托在手里，猪崽湿湿的，滑滑的。她终于松下了一口气道：没事了。

连长、指导员又在猪舍旁立了一会儿，她便让连长、指导员回去休息，此时，夜已经深了。林连长、邱指导员见大白脱离了危险，已经顺利生产了，又交代了几句，便晃着手电离开了。小崔和李来权仍然没有走的意思，她又催促两个人。小崔说：司务长，你刚回来，这是我的任务，还是我守着吧。她知道，今夜大白生产完，第二天还要有人值守，便让小崔回去休息。小崔犹豫了一会儿还是走了，李来权却没有走的意思，在暗夜中，她的目光投到李来权的脸上。李来权就说：今夜我值班，刚去查哨了，就听小崔说大白难产了，我就跟了过来。她没说什么，坐在小崔留下的马扎上，把手电放到一个固定的地方，让光线照耀着大白的猪舍。两个人就处在暗影中，李来权想了一下，坐在那块石头上。大白又哼叫一声，第二只猪崽生了出来。大白感觉到了轻松，又舒畅地哼唧几声。她头也不回地说：李排长，你回去休息吧，这里有我一个人就够了。李来权没有说话，她回头看了眼他。李来权就笑一笑：回去也睡不踏实，一会儿还要去查岗。她没再说什么，半晌，李来权才说：你怎么没和马平阳一起归队？我计算着，你们还有几天的假期。她不知如何回答李来权的问题，李来权又一次让她想起了马平阳，她的心又顿了一下。李来权小声地说：你是不是和马排长闹矛盾了？她把目光定在李来权脸上，暗影中李来权是一种无措又小心的表情。她说：你听谁说的？李来权尴尬地一笑道：没、没听谁说，我猜的。

这期间，李来权回到连队查了一次岗，然后又返了回来。他回来时，她正在圈舍里为刚出生的猪崽清理着。李来权在一旁给她打着手电，手电的光束追随着她的动作。当大白生完最后一只猪崽时，李来权又离开了一会儿，再回来时，手上端了脸盆，肩上搭了条毛巾，放在她面前说：司务长，快洗洗手吧。当盛满清水的脸盆放到她面前时，她心里竟多了一丝感动。她洗完手，李来权又不失时机地把毛巾递了过来，她发现这是一条崭新的毛巾，纯白色，她接在手里，有些犹豫。李来权就说：快擦手吧，我特意给你找了一条新毛巾。毛巾柔软地搭在手上，她心里又涌过一缕感动。

两个人坐在猪舍外，天光已经开始发白，映衬得夹皮沟整个山脉也影影绰绰的。她把手电关掉，周围的光线朦胧起来。她终于说：李排长，谢谢你。李来权就说：跟我那么客气干啥，别忘了，我住院时，你看了我好几次。

她听了这话，莫名地又被另外一种心境包裹了，就是从李来权住院那一次，她突然觉得自己和李来权的关系一下子近了许多。李来权是烧伤，脸上的疤痕虽然不明显了，但仍然能看得出来。当时他躺在医院的病床上，浑身上下缠满了纱布，一下子就让她想起了父亲。父亲受伤的过程她是听胡叔说的，显然父亲的伤要比李来权重了许多，但她还是下意识地把两人联系到了一起。也许就是这种巧合，李来权在她心里就多了层亲近。才有了后来，她每到周末就去军区总医院的探望。当第一次看到李来权揭开纱布的脸，她忍不住想哭。她对父亲没有记忆，在姐和胡叔的描述中，父亲那一张被烧伤的脸，不忍直视，从此父亲没再留下过一张照片。因为父亲的经历，她为李来权心疼着。一个来自四川的农村兵，带着一脸伤疤，未来的命运又会怎么样？无端地，她又开始担忧起李来权的命运了。许是李来权和父亲有了这么多的相似之处，她开始为他担忧。后来，李来权脸上的伤疤渐渐地好了起来，没有当初那样触目惊心了，她忧虑的心情才有了一些缓解。

连队的官兵中，相传她和马平阳恋爱了，她能感受到一双又一双投在自己身上的祝福的目光。在这些目光中，她发现了一双与众不同的眼神。有几次，她和李来权相遇，他都将目光快速地躲闪开，慌张地望向他处。后来，不论她走到哪里，只要有李来权在场，她都能够感到射在自己身上一双目光的异样。

当起床号声响遍军营时，李来权才不舍地站起来，搓着手告辞了。他说他要去出操。她注视着晨光中李来权远去的身影，他个子不高，脚步也谈不上孔武有力，可就是这么其貌不扬的一个战士，却能冒死第一个冲进火海里。她追随着李来权的目光中又叠化出马平阳的身影，高高的个子，弹性有力的脚步，就像一缕阳光，洒满了他每到一处的角落。她摇摇头，努力把马平阳的样子在脑海中驱离，可终于还是不能，一高一矮两个男人的形象交替着在她脑海里闪现。

再过几天，马平阳就该归队了，她又该如何面对他呢？这么想着，她又被另一种烦恼困惑着了。

五

马平阳归队的消息是饲养员小崔告诉她的，那天下午她正在给母猪大白洗澡。生产后的大白似乎体力又恢复到了从前，七八只刚出生的小猪崽，在大白身边哼唧着，寻找大白的奶水。给产后的母猪洗澡，也是在她看过的那本养殖书中学到的，说是这样有利于母猪的恢复，对猪崽进食奶水也更卫生。就在这时，饲养员小崔气喘吁吁地跑过来，离挺远就喊：司务长，你快收拾一下，马排长回来了。在兵们的眼里，她和马平阳仍然是热恋中的一对情侣。她听到“马平阳”这三个字，心就揪紧了。她还是坚持给大白洗完了澡，走出猪舍，正要回宿舍换件衣服，就看见马平阳快步地顺着小路向猪舍方向走来。她知道，总归是要面对马平阳的，在这之前她已经设想好了两人再次见面的场面。正犹豫的工夫，马平阳气喘着已来到了她的面前，她怔在那里，一副手足无措的样子。马平阳似乎还和以前一样，似乎什么事也没发生地说：一会儿到我宿舍一趟，我妈给你捎来了许多好吃的。他这句话，又让她想起了任副院长，那位严肃温和的中年妇女。见到任副院长第一面，她就想过自己的母亲，任副院长和母亲的年龄相仿，若是母亲在，又该会是个什么样子呢？她想象不出，努力在任副院长身上找到和母亲的某种联系，后来她终于想透了，除了年龄相仿外，并没有可比之处。母亲就是个农村妇女，怎么能和一个医院的副院长相提并论呢。这么想过之后，任副院长在她心里就又远了，遥不可及的样子。她不辞而别，不知任副院长怎么看她，还有马平阳的父亲和大姐。

此时，马平阳站在她面前，似乎这一切都不曾经历过，还像以前一样，稀松平常地来猪舍看她。她没有说话，转头向宿舍走去。刚给大白洗完澡，她一身水淋淋的，怕弄脏了军装，她又把战士服找出来，随便穿在了身上。她打开宿舍门时，就听马平阳说：我在宿舍等你。不知为什么，她心又怦然跳了一下。

马平阳归队，让连队的干部齐整了。晚饭后，林连长和邱指导员组织了一次全连干部大会，总结通报了前一阵连队的工作，又对下一步工作进行了布置。她和马平阳归队了，下一步就轮到李来权休假了。

干部会议结束后，他们鱼贯着从连部走出来。她想径直回到猪舍旁自己的宿舍去，马平阳却一把拉住她，不由分说地把她带到了自己的宿舍。进门后自顾自地从床下拉出旅行箱，打开，从里面掏出一堆东西，一股脑地塞给她。直到她的怀里都放不下了，马平阳手里又提了一些，才道：我送你回去。

她身不由己地抱着一堆东西走出马平阳的宿舍，看见李来权立在门口，差点和他撞了个满怀。李来权若有所思地看了她一眼。她把东西放回宿舍扔到床上，直起身时，马平阳就立在她的身后，她想躲，却被马平阳一把按坐在床上。他居高临下地注视着她道：为什么那么快就离开？显然，马平阳指的是她突然从他家离开，他送她去车站时也问过这个问题，她没有回答，也不知如何回答。他盯着她，她从没见过他这么严肃。她从床沿上立了起来，躲开他的咄咄逼人，走到门口道：咱们有事去外面说吧，在宿舍影响不好。

他把她拉住，她觉得他用了力气，手腕处火辣辣地疼。他说：怕什么，全连人都知道我和你在谈恋爱，咱们不用偷偷摸摸的。

她知道必须得给马平阳一个说法了，她离开他家时就意识到了这一点。她终于下定决心，目光望向他，却在他的一只耳朵上聚焦了，灯光透过他的耳朵通红一片。她稳住心神说：咱们不合适。她说完这句话，马平阳足足看了她有几十秒钟，嘴唇牵动着，半晌才道：哪里不合适，是因为我的家庭？

他望着她，她不敢直视他的眼睛，仍盯着他那只通红一片的耳朵。

他又说：我父亲就是守备区的，条件艰苦，家里条件有限，我知道我的家庭配不上你，你父母干保密工作的，家里条件一定比我好，可是恋爱是咱们的事，与家庭无关。况且，我还会努力。

她的目光从他耳朵上移到他的眼睛上，她看到了他的真诚和急切，她觉得马平阳的一番话从她嘴里说出来才更确切。半晌，她轻摇了一下头，喃喃道：不是这样的。那又是因为什么，是我不够好？马平阳的声音提高了，脸也开始变得苍白。她不知如何作答，她说：不，我的家庭不是你想象中的那样。他望着她，她又在他的眼神里看到了一丝茫然。她摇着头，在心里告诉自己，不能再这样下去了，她喜欢马平阳是真实的，可他们之间的距离也是真实的。因为这种距离感，让她卑微起来，从进马平阳的家门那一刻起，心就是压抑着的。她快承受不住了，眼下她几乎要哭出来了。

她一把推开他，一直把他推到门外，然后又把门狠狠地关上。她背靠在门上，生怕他破门而入。她听到他在门外说：董红梅，你心真狠。我要是做得不好，你指出来，我一定改正。一会儿之后，她听到了由近及远的脚步声。她缓缓地靠着门蹲在地上，泪水终于忍不住地流下来。她的心在流血，又被一种无形的东西揪紧了，让她有了窒息感。她明白，马平阳这一走，也许再也不会回头了。从她参军到现在，马平阳是她遇到的最优秀的男人，阳光向上，身上永远有一股天不怕地不怕的劲，什么事在他眼里都是小事。多年之后，她才明白，一个人的性格养成，和他的社会地位有关。如果马平阳的父亲不是守备区司令，也许他和李来权也并没有多大区别。可她心底里就是喜欢天不怕地不怕的马平阳的样子。下决心和马平阳分手那天晚上，她第一次感受到了失恋的剧痛。从新兵连结束时，分配新兵的操场上那一刻开始，他的形象就牢固坚强地走进了她的心里。四年的战士生活，如果说她还有朋友，那就只有马平阳一个人。他陪着她在猪舍门前的石头旁，不知看过多少次星星和月亮，两人谈理想说人生，聊好玩的事，他给她带来了无穷的欢愉。那会儿他是近的，他们是无话不说的好朋友、好战友。直到他们一起去教导队学习，他开始追求她，他们之间那层友谊的纸才被捅破，她几乎一直是在被动中完成了他们短暂的恋爱。在这期间她甜蜜又幸福，可她不敢想象将来，他们如此这般，会有将来吗？也许马平阳的家只是让他们分手的一个导火索，她意识到，恋爱之初，就注定了他们之间的悲剧。想清这一些，她开始变得平静了。

那天晚上，她又一次失眠，望着窗外清冷的月光，从马平阳她又想到了李来权，李来权身上有种天然的亲近感，不像马平阳，总觉得和他隔着一层什么。以前她没想明白，现在她终于明白，她和马平阳之间还差着一百个李来权。以前马平阳和她聊天时也评论过李来权，他评价李来权就是个孤注一掷的军人，吃苦、受累、努力向上，吃苦受累的动因是为了改变自己的处境，当有一天失去前进的动力时，这些人会变得很可怕。马平阳如此这般地评论李来权，她有些吃惊，不禁又联想到自己，自己的努力又是为了什么？马平阳这番评论当然也包括她自己。她参军离开家门时，就巴望过自己走得越远越好，她对故乡又恨又怕，故乡除了姐姐还有什么值得留恋的呢？不仅是在当兵之初有这种想法，包括现在，她仍然是如此。她曾问过马平阳：在你眼里什么样的兵才是好兵？马平阳不假思索地答：不论干什么，人必须有信仰，不为了眼前一时一事的得失，朝着自己信仰的目标奋斗。她想问马平阳的信仰是什么，似乎又在马平阳天马行空的话里已经找到了答案。虽然马平阳在她的心里遥远得像天边的星星，却在深深地吸引着她。也是多年后，她终于明白，马平阳真正吸引她的是她生活中所不曾拥有的。

几天之后，李来权找到了她，就坐在猪舍旁的石头上，告诉她，明天他就要休假了。李来权对自己休假一点也不神往，她理解李来权。李来权不知何时学会了吸烟，他点燃了一支烟，烟头在暗夜中明灭着。然后又告诉她，家里来信了，让他这次回家去相亲，女方都找好了，是乡医院的一名护士。李来权说完这些，便沉默了，烟头在暗处更勤奋地明灭着。

她又想到了自己的故乡，姐姐、胡叔，还有安葬在山后的父亲。

半晌之后，李来权把烟头扔掉，又放到脚下踩了踩，哑着声音说：马平阳告诉我，你们的关系吹了。

她望着不远处军营里的点点灯火，突然感到很孤单。她和马平阳的关系结束了，马平阳再也不会像以前那样找她聊天讲笑话了。不知何时，李来权站了起来，就立在她身边的不远处，她能闻到他身上的烟草味道。他似乎在挣扎着什么，终于他说：要是你何时能和我一起回老家就好了。她在暗处盯着李来权，虽然模糊不清，她仍然能感受到他一脸的小心翼翼。她想冲他笑一笑，却只是嘴角牵动了一下。

李来权又沉默了一会儿，转身走了，很快他的身影就融入夜色之中。李来权只是无助地向她暗示，马平阳却长驱直入。记得在教导队，马平阳第一次带她去城里，他已经为她请好了假，把假条放在她的手上，她只能相跟着了。还记得他们从教导队毕业后，他带她去县城公园，第一次拥吻了她，猝不及防又不由分说，那种感觉似乎还在。那个夜晚，她一面回忆着马平阳的无遮无拦，也体会着李来权的拐弯抹角。

第二天，李来权回家休假了，他穿了一身新军装，还把部队发的皮鞋穿在了脚上，整个人显得更加拘谨了。许多干部战士都聚在连队院里给李来权送行。李来权挥着手向人们告别，嘴里一遍遍地说着：回来见。他最后把目光落在她的脸上，她在他的眼神里读到了某种信息，就是昨晚说话的内容。很快李来权侧过脸，又和别人告别，她又看到李来权脸上的那道疤痕，虽然不是很明显了，但依然能感到它的存在。李来权转身走了，矮小的个子，从背影上看越发僵硬。他很快就会回来的，她又将如何面对他呢？她一面觉得自己和李来权是一样的人，又一面排斥着这种人。她突然意识到，马平阳、李来权和自己就是一个等边三角形，终是不能缩短这种距离。

第六章

一

一个周五的下午，她正在和炊事班长制订下一周的食谱，文书小曾气喘吁吁地找来，让她去连部接电话。路上小曾告诉她，电话是北京的长途，打电话的是个女的。她首先想到的是江雪，在她认识的人中，只有江雪从教导队一毕业便调到了北京。电话果然是江雪打来的，通话质量很差，江雪在电话里的声音似乎换了一个人，她隐约地听见，江雪问她愿不愿意到北京来。北京对她来说陌生而又遥远，江雪调到北京后，给她来过几封信，她看着江雪通信地址写着“北京”字样，心里就有种奇怪的感觉，对她来说，北京是神圣而又高不可攀的地方。当江雪突然告诉她这个消息时，她以为自己是在做梦，她把电话听筒从右手倒到左手，确认这不是做梦。她不知是如何放下电话的，也不知自己是怎么走出连部的。江雪的话她还在回味着，总部管理局新成立了一个会议接待中心，正在四处调人，江雪已确定被调到这个新单位工作了，江雪向领导推荐了她。从入伍到现在，她做梦也没想过离开夹皮沟的老虎团，除了老虎团，她也不知道还有哪里能够接收她。接到江雪电话几天后，她就平静了，似乎从来没有发生过这件事。她就是一个刚提干不久的排职干部，全军那么多人，轮到谁也轮不到她，江雪只是一厢情愿地想帮她一把而已。这么想过了，一切就又回到了从前。

在这期间，她收到了一封李来权从老家写来的信，这封信是马平阳转交给她的。每天上午，文书小曾都会去团部收发室取信件和报纸。她的信件，小曾大都会送到炊事班。不知为何这封信却落到了马平阳的手上。马平阳把李来权的信递到她手上时，颇有深意地盯着她的脸道：李来权写给你的。她看了信封上寄件人的地址，只有两个字：内详。她有些讶异地望着马平阳。马平阳就笑了一下道：李来权的字我认识。不信你拆开看一眼。她没有当着马平阳的面把李来权的信拆开，而是回到猪舍的后山上，才把信打开。信果然是李来权写来的，他在信中说，自己虽然回到了四川老家，心里却惦记着连队的战友，尤其是她，还说自己经常在梦里梦见她。后来又说，也许自己的想法不切合实际，连马平阳那么优秀的高干子弟她都没看上，又怎么能看上自己这个农民出身的人呢？又说，自己这种胡思乱想，纯粹就是癞蛤蟆惦记天鹅肉，让她看完这封信就烧掉……

李来权这封自相矛盾的信还是让她心里起了波澜。在李来权负伤之前，他的确在她心里没有留下过多的痕迹。唯一相关的就是他们几乎每周都会被连里口头表扬。在连队众多的战友中，李来权其貌不扬，就是在队列中，他几乎都排在队尾处。李来权也到过猪舍几次，他是想做好人好事，帮她喂猪或清扫猪舍什么的。这是她的工作，她不希望被别人干扰，李来权是来做好事，她又不好一口回绝，有一次她只能说：连队有规定，男兵没有事，不要到猪舍这里来，让人传闲话不好。这句话击中了李来权的要害，她看见他脸涨得通红，半天没有说出一句话，又清扫了一会儿猪舍，便放下扫把走了。

第二天，她在连队食堂见到李来权，他低垂着目光，甚至不敢正视她一眼，小声地说：董红梅，谢谢你呀。从那以后，果然李来权就很少到猪舍里来了。一场突如其来的大火，让李来权负伤入院，她第一次和马平阳去医院看他，完全是因为礼节。当时他浑身上下缠满了纱布，只露出一双眼睛。她一下子就想到了父亲，虽然父亲负伤的样子她不曾看见过，只是听胡叔的回忆。她就是在那一刻心动了。后来她又看到了李来权留在脸上的疤痕，她甚至怀疑李来权就这样离队，以后讨个媳妇都难。好在现在的医生医术高明，脸部做完整形之后，疤痕不那么明显了，李来权就这样离自己又近了一些。她下决心和马平阳分手时，曾经想过李来权。如果是和李来权回家，她还会不辞而别吗？她这么想着，把自己吓了一跳。

马平阳是无法回避的，她每次见到马平阳，心莫名地又被什么东西揪紧了。她曾在心里无数次地想过，马平阳为什么离自己这么近又这么远？李来权在提干之后，来猪舍的次数明显增多了，连队的规定还在，但只是对战士的约束，对干部并没有规定。平时，她经常把洗过的衣物晾在猪舍前的铁丝上，这个铁丝还是马平阳帮她拉起来的，一头连接着一棵树，另一头连接着她宿舍的后墙。因为她是连队唯一的女性，她的一切在青春期战士心中就神秘起来。战士们有事没事还会向猪舍方向张望，目光落在她的身上，包括她晾晒出的衣物，但士兵们的目光和她当战士时相比，已经有了微妙的变化。目光中明显地有了距离，这种距离无形中拉开了她和士兵们的关系。她现在是连队司务长，正排职军官了。她的身份和战士们有了距离，和李来权似乎拉近了。马平阳和自己恋爱时，李来权总是冷眼旁观，每次见了她总是满脸含着深意，见四周没人时，他总会莫名其妙地问一句：怎么样？她不说话，她知道自己用目光把问号印在了李来权的脸上。李来权就不尴不尬地又补充一句：你和马平阳的事呀。她不想回答，也不知如何回答，只能浅笑一下。

马平阳休假回来，连队都知道她和马平阳的关系结束了，为什么结束自然没有人能说清楚。她发现李来权望向她的目光变了，探究变成了亲切。他经常跑到军人服务社买来一些零食送给她，她刚开始是拒绝的，李来权就一脸真诚地说：红梅你这是做啥子，咱们都是战友，你不接受就是瞧不起我。她只好收下。还有一次，李来权在巡逻时，裤子被树枝划了一道口子，他洗净之后，找她帮忙缝裤子，她坐在猪舍旁的马扎上，他坐在一块石头上。他又笑着说：你看我这不是来求你帮忙了吗？说完从兜里掏出一袋山楂片放到她的身旁。两人坐在猪舍前的空地上，引来连队士兵的观望，那是一双双羡慕的眼神。

有一天，文书小曾到宿舍里通知她去连部开会，在路上小曾小声地问：司务长，你和李来权排长谈恋爱了？她立住脚，急切地问：你听谁说的？小曾见她有些生气的样子，忙解释道：连队好多战士都说。她忙说：你是老兵了，别听其他人胡说。小曾笑道：我想也是，你连马排长都看不上，怎么能看上李排长。小曾自知失言，忙用手捂住了嘴。

她不排斥李来权走近她，可她不知为什么却不愿意听到她和李来权的流言，她也说不清自己为什么会有这种心态，是自己对李来权没有感觉，还是怕伤害马平阳？她一时找不到答案。

就在李来权休假归队不久的一天中午，林连长和邱指导员双双走进了她的视线，她正在猪舍里教饲养员小崔如何给猪们喂打虫药。以前，连长、指导员也经常来猪舍这边转一转，和她聊一些工作上的事，两个人同时这么郑重地出现，这不多见，她忙迎了上去。两位领导脸上都挂着笑，还是林连长先开口道：红梅，恭喜你呀。她有点发怔，不知自己何来的好事。邱指导员又补充道：团干部股刚才来电话了，你调到北京的命令已到达了团部。你抓紧收拾一下，马上到北京报到吧。

这个消息让她有些晕眩。她一下子想到了前段时间江雪打来的电话，这些日子，她几乎把这件事忘掉了。没想到，竟然成真了。

她告别连队那天，连长、指导员把全连人集合起来，为她召开了一次送行会。连长、指导员一直让她讲几句告别的话，她站到全连人面前，先是感受到马平阳的目光正火热地投向她，她的目光短暂地和他有了一个交流，她在他的目光中读到了祝福。她也留意到了李来权的目光，她读出了距离。

告别大会结束之后，她和林连长站在操场上，她又想到了新兵连结束时，所有的女兵都被接收单位领走了，只留下她孤零零的一个人。自己快绝望时，是林连长收留了她，让她在连队里从新兵历练到老兵，又提干，她从内心感激林连长。她想说几句感谢的话，不料林连长却先说：红梅呀，你是咱们全团，不，是全师，第一个调到北京总部工作的干部。你从入伍到现在，一直低调，把自己当成普通一兵，真是难得呀！像你们这些高干子女，能吃连队的苦，还能忍受这么多年寂寞的人，真是不多了。希望你以后到了总部单位继续保持，你一定会有大出息。

她从林连长的话中突然明白，自己调到北京工作，一切都是因为她的身份。她从参军到现在一直背着高干子女的身份，一路走过来，让别人不相信她是高干子女都不行，她已经没有解释的必要了。

她告别连队时，团里派了辆吉普车送她去车站。她坐在车上，打开车窗，挥着手和连队的官兵告别，告别的话早已说过了，此时，她觉得还有许多话要对战友们说。她的目光依次在战友们脸上扫过，却没有看到马平阳，她的心忽悠了一下，有些失落，笑容在脸上一点点退去。车启动了，离开了连队，离开了老虎团的营院，她脑子里还在想着马平阳，为什么没见到他，他又去哪了？

她登上列车，找到了自己的座位，刚坐下，看到窗外，马平阳正在冲她招手。她忙把车窗放下来，马平阳不由分说塞进来一大兜水果还有别的吃食，他在车下一边擦着汗一边说：路上吃。她盯着月台上的马平阳，眼圈突然红了。马平阳灿烂地笑道：红梅，你能调到北京是好事，这才应该是你的归宿，我们都替你高兴，到了新单位好好干，有空回老虎团看看。他真心实意地冲她笑着，说着祝福的话。

她用力点了下头，控制住自己的泪水不流出来。列车启动的铃声传来，响彻整个站台，她第一次觉得发车的铃声这么刺耳。列车启动了，马平阳挥着手说：记住，常回来看看。她终于抬起手向马平阳告别了。马平阳温暖的笑容在她眼前定格了。她回过头时，发现自己满脸是泪。

二

傍晚时分，她走出北京火车站，热浪便席卷了她。七月份的北京正如火如荼地燃烧着，她茫然地望着四散的人群，竟一时不知往哪里走。突然，一个熟悉的声音在她耳边响了起来，她循声望去，看到的是江雪的一张笑脸。她没想到江雪会来接她，大半年没见了，江雪似乎比以前更漂亮也更成熟了。江雪走近她，她似乎又从江雪身上闻到了那种熟悉的化妆品气味，淡淡的如一股幽兰，令她有些沉醉和恍惚。江雪替她提起地上的旅行箱，又嫣然一笑道：跟我走，车在停车场。她跌撞着随江雪向停车场走去。江雪穿的是便服，一条裙子，还有一件半袖小上衣，说上衣小，是因为江雪暴露在外的身体有些多，尤其是脖子下那一块，白白的一片，一直连到胸部。她用余光看到这些，都有些脸红，江雪像没事人似的说：我就知道，你家里不会派人来接你的，我特意从后勤要了车。江雪这么说完，她的心一下子沉到谷底，一路上对北京对总部的热情也低落下来。她又想起教导队毕业合影时，是江雪把她拉到人群中的最前列。那张照片就夹在她日记本里，偶尔翻日记本，还会看到那张照片。不知为什么，她看到那张照片，心里五味杂陈。

车是军车，司机姓马，她们一上车，小马一脚油门就让车蹿了出去。

江雪倒是很兴奋，一路聊着教导队那些同学，小李干什么，小王又在干什么，仿佛江雪成了中心，什么都知道。她离开教导队这段时间，只和江雪通了几次信，其他人，她甚至连地址都不知道，更不用说她们的变化了。江雪最后说：这次总部要人，我第一个想到的就是你，其他人不配。在同学中，你在我心里永远排第一位。说完冲她神秘又友好地笑了一下。

董红梅以为她离开夹皮沟老虎团，关于她身世的种种传说就会告一段落，没想到却如影随形。仿佛她浑身罩了一层厚厚的虚假的铠甲，让她僵硬得像个稻草人。她下定决心，找合适机会，一定和江雪聊一聊，把自己的身世说清楚。

当天晚上就有了这样的机会。她们赶到西三旗附近的招待所时，已过了食堂的饭点。江雪带她去吃饭，去马路边一家餐厅，江雪还点了两瓶啤酒。这是她第一次喝酒，不知是旅途劳累，还是她天生就不会喝酒的缘故，刚喝了半瓶她的头就晕乎乎的，说话也有些语无伦次。江雪却一副久经沙场的样子，把她剩下的那半瓶啤酒也拿到了自己的面前，告诉她，明天带她去机关报到，然后再带她去会议中心。江雪说出了一个地名，叫小汤山。她不知那是一座什么样的山，和夹皮沟相比是大是小。也许是因为喝了些酒，两人回到招待所，江雪一头就扎在另一张空床上，三两下把鞋甩掉了。董红梅留意到，江雪穿的不是部队统一发放的皮鞋，和部队下发的皮鞋相比，要小巧很多。那天晚上，两人洗过澡，她认为谈自己身世的机会来了。她怕自己会哭出来，还特意从卫生间把一卷手纸拿出来放到了床头柜上，坐在了床沿。江雪几乎把自己脱光了，四仰八叉地倚在床头上，梳理着自己的头发。她认真地说：江雪，我今天跟你聊聊。江雪云淡风轻地说：聊吧，千万别说什么感谢的话，以后咱们就是一个战壕里的战友了，日子还长着呢。说完，江雪甩一甩湿淋淋的头发。董红梅有些语塞，还是说：我吧，根本不是什么高干子弟，我就是一个农村人，父亲从朝鲜战场受伤回来……她刚开了一个头，江雪就打断她道：得了得了，我不听这些，你父母是干保密工作的，要保密，我也是军人，纪律我懂。咱们不说这些。明天你会见到刘所长，告诉你个秘密，你可不要对别人说。

她的思路突然就被江雪打断了，江雪话题的大转移让她有些跟不上，她怔怔地望着江雪。江雪坐了起来，满脸向往地说：咱们的刘所长他的老爸是谁，估计你想都想不出来。江雪神秘地压低声音说出了一个人的名字，这个名字她在报纸上见到过，之前她一直觉得这么高级别的首长一定是另外一个世界的人，和自己毫不相干，现在却从江雪嘴里平淡地说了出来。江雪所表达的重点自然不在这里，而是告诉她，刘所长也是从小被送到了老家，一直到参军提干，就是到现在，仍然很少有人知道刘所长的真实身份。江雪在强调一点，凡是大首长家的孩子都低调，甚至要对自己的身份保密。江雪说到这，感叹一句道：不像我爸，从基层干起，到现在才干到正军的职务，想保密都不够级别。说完就想起了什么似的说：我家在北京分房子了，总算在北京有个家了，周末没事我带你去我家玩。

她无法拒绝江雪的邀请。她现在住的就是部队普通招待所，她进门那一刻就深深地被吸引了，招待所足有十几层那么高，上楼有电梯，电梯门口还铺着红地毯。她做梦都不曾想过，还有这么高级别的楼房。房间内一切都是洁净的，让她想到了夹皮沟的老虎团部，她出入过几次，每一次她都羡慕不已。当时她的奋斗目标就是有一天能够调到团部工作，因为楼道里就有洗手间。她在连队住的是猪舍旁杂物间改成的宿舍，每天都有新织的蜘蛛网在角落里出现，她清扫完，第二天还会出现。每天上厕所，她都要走上一截子路，因为她的到来，连队才特意在男厕所旁修了一小间女厕所。夏天还好一些，半夜起来如厕，随便披件衣服就好；到了冬天，如果赶上下雪，她要蹚着没过膝盖的雪去厕所，往返一次，整个人就彻底清醒了。北京拿出任何一个角落都要比夹皮沟的老虎团强上百倍，她脑子里瞬间闪过连队熟悉的一切。她走了，饲养员小崔搬进了她曾住过的宿舍，还有马平阳、李来权，以及林连长、邱指导员，他们此时是在连队开会，还是在查岗？不论如何，整个营区都是漆黑一片，只有连部门前有两盏路灯亮着。她离开连队前一天，连长和指导员找她谈话，告诉她，她走后，连队司务长的职务就由李来权担任。李来权没有喂过猪，如果遇到猪生病或者其他什么，她担心没人能够把那些猪照顾好，走前，她把那本《养猪大全》送给了李来权。李来权自是说了许多感激的话。此时最让董红梅放心不下的就是连队那十几头猪了。

红梅，谈恋爱了吗？江雪突然问，把她从思绪里拽了回来。江雪见她一副茫然的样子，又问了一句，这次她听清了，脑子里快速地闪过马平阳，在火车上，马平阳的笑容一直伴着她。她自己也说不清，马平阳的形象为什么在她的脑海里挥之不去。她冲江雪摇了一下头，嘴里也说：没，怎么会呢。江雪又把身体呈大字形放松在床上：没有才好呢，你现在调到北京工作了，以后会认识许多首长，首长身边的参谋干事都很优秀，也有前途，到时让首长帮你选。她停了一下又道：总部机关的吴参谋就不错，等着有机会我帮你介绍。

第二天，又是一辆军车拉着她们来到了总部位于小汤山的会议中心。董红梅这才知道，小汤山只是一个地名而已，和山没有任何关系，因为她眼里压根没有看到山。会议中心很大，有好几栋楼，都是崭新的模样，门前有士兵站岗，广场空地上还有一个喷泉，此时正马力全开，喷出大大的水花。江雪来到一个办公楼，敲开了刘所长办公室的门。江雪似乎对这里的一切早就熟悉了，也没有喊报告，只是轻车熟路地敲了一下门，就把她带到了刘所长面前。进门前她有些紧张，是因为昨晚江雪说出了刘所长父亲的身份，那是经常在报纸上出现的名字。一想到这些，她的心脏就快速地跳了起来。她们进门时，刘所长正伏在桌子上，在一张表格上写写画画。她们进来，刘所长才抬起头。让她吃惊的是，刘所长年龄并不大，似乎比林连长和邱指导员还要小上几岁，也就是二十八九岁的样子。刘所长的目光从江雪身上滑落到她的脸上，嘴角掠过一丝笑。她觉得这种笑有些熟悉，是热情是礼节还是其他什么，她说不清，总之在她的感觉里，那种笑有种玩世不恭，或者有一点坏坏的样子。这种熟悉一下子让她想到了马平阳，马平阳的嘴角也经常流露出这样的笑。刘所长一下子让她觉得亲切起来。在路上，江雪就介绍过，刘所长现在是副营职干部。她走到刘所长面前，双脚并拢，敬了一个标准的军礼。刘所长没有还礼，而是伸出手和她握了一下，她这才发现，刘所长的手很软，有点像女人的手。刘所长又坐下道：你的情况江雪介绍过了，你刚来，对这里情况不熟，让江雪帮你介绍一下好了。

江雪就冲刘所长暖暖地一笑道：所长，那我们就走了。刘所长点了点头。江雪随意地把她领出刘所长办公室，她走出办公室还有些恍惚，刘所长这么年轻又这么亲和，让她很难和报纸上经常出现的那个名字联系起来。

在江雪的介绍下，她了解了会议中心的情况，除了招待所外，还有一个会议筹备组、一个后勤接待组，中心设有主任和政委。这里的军人编制并不多，加上司机才十几个人，却有几十名职工。江雪把她领回了宿舍，在办公楼后面的一层小楼里，她和江雪在一间宿舍。两张床，床旁有床头柜，进门还有衣帽间。和招待所房间不同的是，洗手间在楼道里，并排两间厕所，门上悬着门帘，写着“男”“女”字样。经过厕所门前时，她闻到了一股消毒水的气味，一种幸福感从心底里升起，这里以后就是她的家了。从夹皮沟到北京的小汤山，这一切变化太快，让她有一种如梦如幻的感觉。

三

董红梅到会议中心报到不久，会议中心便迎来了一次总部机关首长的会议。会议筹备了两天，工作无非是客房安排、会议资料准备，以及后勤保障。董红梅和江雪负责的是客房，每间客房的门上贴上写有名字的标签。标签是打印出来的，每个名字后面都写有首长的字样，当然也有不写首长的，比如参加会议的随行人员，参谋、干事、司机等人，便只写名字。逐一检查客房时，虽然首长还没入住，她走进每间客房心里还是肃然起敬，还有一丝小小的紧张，似乎面对的是那些神秘的首长。

会议报到那天上午，一辆又一辆轿车驶入会议中心，停在中心的门廊处。车前副驾上，先是下来一位年轻干部，跑到车的后侧，拉开车门，里面便会走出一位首长。首长们体形不一，有的头发已经花白了，在军帽两侧露出花杂的鬓角。年轻干部拿着公文包，端着水杯，侧着身子走在首长身边，做出一副随时服务的样子。江雪小声地告诉她：那是首长的秘书。说到这还冲她挤挤眼睛说：红梅，你以后可以在这些秘书中挑一个人谈恋爱，别看他们现在是首长秘书，一旦离开首长身边，他们就是小首长了。江雪一边说一边笑，一副见多识广的样子。

首长们报到时，会议中心的人就站在中心门前的两侧。眼前一辆又一辆轿车驶过来，这些轿车她大都没有见过。她生平坐过两次小车，第一次是去马平阳的家，马司令员派出自己的专车到车站来接她和马平阳。马平阳在车上时，小声地冲她说：坐我爸的车是借你的光，平时我可没有这待遇。第二次，是她接到北京总部的调令，离开连队，团里派出了一辆吉普车送她到火车站。首长们的车一尘不染，在太阳下闪着亮光，稀奇古怪的车标，记住这个又忘掉那个。她偷眼看江雪，江雪却是一副司空见惯的模样。她暗自收回游移的眼神，目光向高一点的地方看过去，学着江雪的样子，把波澜压在心底。

会议开始的时候，江雪带着她给前排就座的首长的茶杯里加水，她也是第一次这么近距离地观察首长们的神态。首长们有的放松，有的认真，但不论怎样，对她都是一副友好的样子。有两位首长见她过来加水，还提前把杯盖移开，等她加满了水，还说了声谢谢。会议休息时，她立在会议室门口，向进出的每位首长点头示意，其中一位微胖的首长还在她面前停了下来，和声细气地问：小同志，以前怎么没见过你，哪个单位调过来的？她就立正回答，报出了老虎团的番号。首长似乎对这番号有些陌生，她忙补充道：夹皮沟的老虎团。说到老虎团首长才恍悟过来，笑着道：老虎团呀，那可是个英雄的团，当年的辽沈战役可打出了威风。还有抗美援朝，一个团打退了敌人一个机械师的进攻。首长说完还拍了拍她的肩膀，微笑着离开。

首长离开后，江雪才悄悄地走过来，努着嘴道：刚才和你说话的首长是谁你知道吗？她摇头，努力回想这位首长的名字。江雪又说：这是总部的三号首长，大区正职。她当然明白大区正职意味着什么，就是和军区的司令员、政委一个级别。会议开始前，刘所长把他们召集到一起开会强调，这次会议是总部机关的调研会，参加会议的都是总部系统军以上干部。当时她就有些吃惊，这么多军以上干部会集在一起该是什么样子。在老虎团时，她见过最大的首长就是段师长，那是她的恩人。在团部招待所，段师长冲她温暖地说过几句话。

一天的会议结束了，她和江雪各自忙完了工作回到了宿舍，江雪一进宿舍便扑倒在床上，大呼小叫地喊自己累，这疼那酸的。她不理解，江雪这一天和自己干一样的工作，自己一点感觉都没有，江雪却喊累。她想到在连队当饲养员时，她每天要担着泔水，从连队到猪舍要往返几次，然后还要去割猪草。做完这些还远远不够，从猪舍清理出来的猪粪，她还要挑到连队的菜地里。抽空她还要去炊事班帮厨，这一切都是她在连队时的每日工作，稀松平常。江雪叫了一阵，把两件内衣换下来扔到盆里，似乎出了大力气一样，又歪倒在床上。她端起江雪放到脚下的盆，想帮江雪把衣服洗了，江雪坐起来，拉住她道：我带你去见见我爸吧。她一惊，原来江雪的父亲就在会议上，江雪之前却没说过。她正愣神的工夫，江雪从她手里夺过装满衣服的盆放到地上，拉起她边走边说：我爸一定喜欢你。两人来到一个房间门前，门上的却是一个姓王的首长名字。江雪大大咧咧地敲了下门，便推门而入了。王姓首长正坐在沙发上读一份文件，见她们进来，放下文件，摘下花镜道：小雪，你怎么来了？江雪倚在沙发一角，身子贴在王姓首长身上道：爸，这就是董红梅，之前我跟你说过。王姓首长把目光停留在她脸上足有几秒钟，站起来，热情地说：小董呀，听小雪说过，你们是教导队同学、好朋友，欢迎，快来坐。说着让出沙发的位置，自己坐到了一把椅子上。江雪和王姓首长聊了会儿家常，她一直插不上嘴，王姓首长其间问过她几句话，她也都如实答了，比如，来这里是否习惯、今年多大了等。

江雪离开父亲房间时，还用塑料袋把放在茶几上的一盘水果提走了，一边装水果一边冲王姓首长笑嘻嘻地道：爸，这些水果，我和红梅替你消灭了。出门时，江雪告诉她，父亲有糖尿病，吃不了水果。回到宿舍她才问：王首长真的是你父亲？江雪瞪圆了眼睛，然后转而大笑道：这还有假？我总不能随便找个人就当爹吧。她弱弱地问：你爸怎么姓王？江雪停止了笑，直起身才又道：我跟我妈姓。咱们干部子女，这太稀松平常了，就像你一样，父母干着保密工作，平时你连见父母的机会都没有。难道你爸也姓董？她一时语塞，不知如何回答。

江雪又一次把她划入了自己的行列，她说不清是幸福还是心酸，掩饰什么似的，又一次端起江雪出门前放到地上的盆，不再犹豫，快步走了出去。

除了父亲，江雪似乎还有很多秘密。有一天，她发现，江雪似乎在和刘所长谈恋爱。这一发现，又让她大吃了一惊。

那次会议结束不久的一天晚上，江雪在晚饭后就从宿舍消失了，走前也没和她打招呼，快到熄灯时间了，仍不见江雪回来。这里虽不是基层部队，没有起床或熄灯的军号声，但仍然按照部队作息时间。她起初认为江雪去其他宿舍串门了，她一连敲开了同楼层的几间宿舍门，江雪都不在。后勤组的小马发现她在找江雪，便一脸复杂地冲楼上努了一下嘴道：你问下刘所长，他一定知道江雪在哪儿。

他们宿舍楼一共三层，一楼住着后勤的男兵，比如炊事员、司机什么的；二楼是女干部宿舍；三楼住着刘所长，还有中心主任什么的。中心主任和其他领导都已经成家了，平时没有接待活动，就回城里的家；刘所长还没成家，大部分时间都住在三楼的宿舍里。在这之前，她还没有上过三楼，她轻手轻脚地来到三楼，发现整个楼层都静静的，只有洗漱间似乎有人在洗衣服。她小心地探着身子走过去，竟然发现江雪在洗衣服，衣服自然是刘所长的，男士衬衣和军装她一眼就认出来了。江雪也发现了她，沾着满手泡沫，一脸惊讶地望着她。江雪脸上很快地升起两片红晕，压低声音说：你怎么找来了，你先回去，我马上就回宿舍。

果然，她刚回到宿舍不久，江雪就一脸幸福地回到了宿舍，身上仍飘着那缕标志性的幽香。两人躺在床上，各想着心事。董红梅在三楼见到江雪的一瞬间，便什么都明白了，江雪的秘密别人都知道，只是自己不知而已。那江雪和刘所长又是什么关系呢？她想到了第一次江雪带她走进刘所长办公室的情景，江雪脸上一直挂着笑，这种笑她平时并没有见过。是亲昵、娇羞还是幸福，她说不清楚。后来，江雪的嘴边也一直挂着刘所长，长长短短的，每次一提起刘所长，江雪的脸上就一直洋溢着那样的笑容。她正胡思乱想着，江雪在另一张床上翻了个身道：红梅，你刚来这里，有些情况你还不了解，咱们是朋友，我也不想瞒你。停了停才道：我喜欢刘大铭。刘大铭就是刘所长。虽然她刚才已经预料到了江雪和刘所长的关系，但这话从江雪嘴里说出来，她心里还是激起了一层涟漪。江雪和谁恋爱是她的自由，但江雪和刘所长联系到一起，董红梅还是有些吃惊。不知为什么，她脑子里又闪过马平阳，因为她一直觉得刘所长身上有诸多马平阳的影子，神态、举止，尤其是嘴角上挂着的笑意，都让她那么熟悉。

前几天，从总部机关转来了她的一封信，信是马平阳写来的，他不知她具体单位。她来到这里后，只给姐写过一封信，报了平安，其他人的信她还没来得及写。从马平阳信的邮戳上看，她离开老虎团第三天，这封信便发出了，辗转到会议中心已经是半个月以后的事了。马平阳的信写得充满了战友情谊，回忆了他们从新兵一直到连队的过程，还有无数个夜晚他陪她在猪舍前石头旁望着星星说过的话，信的结尾他说：我会永远记得你，记得你在夹皮沟给我留下的所有美好回忆。在外人看来一封平淡的信，她读了却心潮涌动，有种想哭的冲动。自从她决心离开马平阳的家，心里就有一个东西在硬硬地压着她，一直到现在那种感觉不仅没有消失，反而还更加坚硬和沉重。她几次想给马平阳回封信，提了几次笔，竟不知说什么，只好一次又一次犹豫着作罢。

从江雪和刘所长的关系上，她又一次想到了马平阳。那一晚，她下定了决心，给马平阳回封信，不为别的，就为了告诉他自己的通信地址，以免以后他写信又寄到总部机关。

四

很快她再次收到了马平阳的来信，这封信没有多余的话，只是告诉她，自己的父亲在国庆节后，要去北京开会，会议地址在丰台的一家部队宾馆。她接到这封信时，还差一天就是国庆节了。她自然想到了马司令，不苟言笑严肃认真的样子。她随马平阳去了绥芬河，马司令还特意把自己的专车派出来接她，她还和马司令在饭桌上吃过一次饭。就凭这层关系，她也应该替马平阳去看看他的父亲。说来也巧，江雪老单位领导也在这次开会人员名单当中，为了看领导，江雪还在会议中心要了一辆车。江雪出发时，才问她要不要去丰台转一转，她这才知道，江雪的目的地也是那家宾馆，她来不及多想，便随着江雪出发了。

从小汤山到丰台似乎路程并不近，车行驶了好一会儿，才来到那家部队宾馆。此时已经是晚上了，与会人员三五成群地在院里散步，宾馆主楼门口拉了一条横幅，上面写着：庆祝全军基层主官培训班开业。“基层”这个字眼跳进了她的眼里，她以为自己找错了地方。她又定睛去看，没错，就是“基层”两个字。她在宾馆前台试探地打听着马司令员所住的楼层和房间，并在三楼找到了马司令员的房间，门上贴着“马奋斗”三个字。她有些恍惚，堂堂的绥芬河守备区司令员怎么变成了基层主官？她试探着敲门，在门外还喊了声：报告。门很快就开了，面前站着马司令，他很快认出了她，张着双手把她让到房间里。这是宾馆的普通标间，有两张单人床，一张是马司令住的，另一张是空的，上面摆着会议材料，还有公文包什么的。床角处，有一张桌子，桌上有盏亮着的台灯，台灯下还散放着一些材料，显然她进门前，马司令正在灯下学习材料。马司令要把她让到屋里唯一的那把椅子上，她不肯，欠着身子最后还是坐在了床沿上，马司令只好坐到那把椅子上。马司令显然高兴起来，还有些拘谨的样子，把手放在膝盖上，一边摩擦裤子一边说：小董呀，听平阳说你调到北京总部了，不错，北京是中国的中心。马司令的样子和在他家看到的一点也不一样，她意外地看到了马司令的另外一面，温柔而又琐碎，其间还起身，用招待客人的茶杯给她倒了杯水，然后笑眯眯地望着她，一副欣赏的样子。马司令与她在绥芬河马司令家里见到的判若两人。那天晚上，马司令温柔地和她说了许多话，还埋怨她在绥芬河家里待的时间太短，希望下次有机会，再去绥芬河家里做客。她隐约地听出了弦外之音，也就是说，眼前的马司令还不知道她和马平阳分手了，还是把她当成了儿子的女朋友。马司令说这些时，她脸上就有些发烧，如果不是江雪从前台打来催她走的电话，马司令仍然会家长里短地说下去。她接到江雪电话便只能告辞了。马司令一直把她送到楼梯口，挥手和她告别。

在回中心的车上，江雪瞥了她一眼道：你是来看马平阳的父亲吧？在来时的车上，她只是说顺便看一个老领导，并没有说具体是谁。见江雪这么问，她只能点点头。江雪又扫了眼司机的后脑勺，把嘴凑到她耳边小声地问：你和马平阳没有特殊关系吧？她怔了一下，血一下子涌到脑袋上，足足停了有几秒钟，似乎明白了江雪所说的“特殊关系”指的是什么。她忙摇了一下头，江雪没再说什么，怪怪地看了她一眼。

两人回到宿舍，其他人已经休息了，整个楼道静悄悄的。两人躺在床上，熄了灯，江雪又从床上坐起来正色道：红梅，不管你和马平阳以前有没有什么，现在我要告诉你，这一页咱们翻篇了，到此为止。江雪说完躺下了，她欠起身子不解地问：怎么了？江雪侧过身子，虽然熄了灯，她仍能感到江雪的目光如炬地盯着她道：马平阳现在就是基层的一个小排长，你现在已经到总部工作了，你觉得你和他还有可能吗？“基层”两个字又让她想起在丰台那家部队宾馆看到的横幅，便岔开话题道：他们那些师职干部，怎么也变成基层了呢？江雪躺平身子，把两只手放到被子外面，悠远地说：这些单位和北京总部比起来当然是基层。你别看这些人是师职干部，有的人还是第一次到北京来。说到最后，江雪的语调中已经充满了优越感。她又联想到在中心接待过的那些首长，官职最低的也是军一级领导，开会时住的都是套间，外间招待客人，里间才是卧室，马司令员和这些首长比起来，住得显然寒酸了许多。江雪在暗中又把话收回来，她幽幽地说：在教导队时，我们都看出来了，马平阳对你有意思，有事没事总来找你。现在你到北京了，要找也要在总部机关找，夹皮沟算什么？你听我的，保证没错。江雪说完这话不久，便睡着了。

董红梅却没睡着，她想着今晚见到的马司令是那么和蔼可亲，还在关心她和马平阳的关系，还说让她以后多帮助马平阳。显然，马司令并不知道她现在和马平阳真实的关系。想起马平阳，她的眼前又出现了那张阳光灿烂的脸，还有时常挂在嘴角的一丝笑意，当初她就是被他那缕捉摸不定的笑所吸引。又一次失眠的她，从马平阳又想到李来权，那张愁苦失落的脸。如果自己不调到北京，李来权会一步步走近她，在李来权的身上她看到了父亲某种经历的影子，正是因为如此，她理解他。在这个夜晚，她突然明白，马平阳和李来权是两种不同的化身，去了一趟绥芬河看到了马平阳和谐又幸福的一家人，让她感到自卑。李来权又让她找到了自信，正当李来权对她长驱直入时，是江雪拯救了她。现在她虽然只是总部会议中心的一名普通的招待员，但她的身份却是总部干部，一种优越的幸福感悄然在她身体里弥漫开来。

一个周六的晚饭后，江雪突然对她说：换上便装，今晚我带你见一个人。江雪经常神神秘秘地来一次突然袭击。她了解江雪的风格，此时问江雪，江雪也不会说出实情。她只能听话地换上了便衣。这次江雪没有给自己精心化妆打扮，反而对她的穿着指手画脚，她一连换了两件便装，也没有令江雪满意，后来还是江雪从柜子里拿出自己的一件衣服，让她穿上，江雪才算满意。做完这一切，江雪还从柜子最底层找出一瓶香水，没头没脑地在她身上乱喷一气，弄得她整个人都被香气缭绕了，江雪才满意地领她下楼。两人刚站在中心的门口，一辆黑色轿车闪着一层光开到了两人面前。车畅通无阻地驶进了一个部队营院，又载着她们来到了一个小礼堂门前，江雪轻车熟路地领着她走了进去。江雪带她坐到前面几排中间的位置上，坐下之后，才看清，这是一场演出。演出前，一个戴眼镜的青年男人很斯文地走过来，江雪冲那个男人招了下手，男人坐定后，江雪隔着她冲男人介绍道：这就是董红梅。男人冲她欠了下身子，伸出手说了声：你好。她只能把手伸出去，发现男人的手又细又软。江雪又说：这是谢秘书。男人又礼貌地冲她点了下头。

演出正式开始了，直到这时，她才知道这是一场小品晚会。小品个个精彩，观众不断地爆笑或掩面沉思。她发现演出过程中，谢秘书不断地鼓掌，动情处，还掏出手绢擦了几次自己的眼角。

演出结束之后，江雪才告诉她，这是电视台春节联欢晚会的导演来选拔节目，她这才想起来，在演出现场，有两台摄像机一直在工作。在车上因为有司机在场，江雪并没多说什么。

两人回到宿舍后，江雪坐在床上认真地盯着她问：那个谢秘书怎么样？她不明白江雪这句话的用意，睁大眼睛望着江雪。江雪就又强调：谢秘书在总部工作，他是二号首长的文字秘书，人很有才。直到这时她似乎明白了江雪的用意，莫名地，她脑子里飞快地把谢秘书和马平阳又做了比较，他们当然不是同类人，和李来权也对不上号，谢秘书是另外一种样式的男人。她怔怔地望着江雪，不知如何回答。江雪这才神秘地说：刚才上车前谢秘书对我说了，他对你印象不错，红梅你听我的，抓住这个机会，谢秘书这么年轻，以后的前途咱们都想象不到。说到这，江雪起身，还摸了一下她的脑门，又补充道：别犯傻，像谢秘书这样的男人可不多。说完便拿着脸盆出门洗漱去了，只剩下她坐在床沿发怔。

第七章

一

从那以后，谢秘书便经常光顾总部的会议中心。每次来之前，董红梅都会接到他的电话，他在电话里总是先绅士地问一句：晚上有安排吗？如果不承接会议，她的确没有什么事，最近一段时间，同宿舍的江雪频繁地和刘所长外出，有时回来都已经是深夜了。她只能如实回答，谢秘书便说：晚上我去接你。

她和谢秘书出来，大多时候并没有具体事，他从驾驶位置上侧过身，温柔地征求她意见道：想去哪里转一转？北京她并不熟悉，除了那几个著名的旅游景点外，其他的地方她名字都叫不出来。有一天她突发奇想地说：咱们去天安门吧，来这么长时间，我还没去过。谢秘书不说什么，一脚油门就驶上了另外一条路。不知过了多久，车行驶到了十里长街，谢秘书打开车窗，车行驶得很慢，他逐一给她介绍着十里长街上著名的建筑物。车终于驶到天安门广场，转了一圈又驶向南池子。他把车停在街旁，她和他下车，又步行来到了天安门，谢秘书还从后备厢里拿出一部相机，他为她和天安门拍了合影。两人就站在广场上，夜风吹起他们衣服的一角，她的目光始终没离开过天安门。她记得上小学时，学过一篇课文《我爱北京天安门》，课文上有一张彩色的画，画中的天安门就成了她神往的地方。眼前的天安门显然和彩色的画有些不一样，不知为什么，她又有了一种想流泪的感觉。

在以后的时间里，谢秘书陪她去过八达岭长城、故宫、北海、景山、圆明园、颐和园，她知道的北京著名景点，都留下了她和谢秘书的身影。每次游玩后不久，谢秘书都会把她与著名景点合影的照片冲洗出来送给她。短短的时间下来，这些照片就装满了两本影集。这些照片中，还有她和谢秘书的几张合影，这都是谢秘书自拍的。谢秘书和她站在一起，两眼望向前方，谢秘书微笑着，不知为什么，每张合影她都很严肃拘谨，自己的单人照却是放松着的。

谢秘书也和她聊过家事，从她认识谢秘书那天开始，她从来没有问过谢秘书任何话题，哪怕是工作，她都没有问，不是不想问，而是不好奇。谢秘书的一切都是他自己主动说的，她从谢秘书嘴里知道，谢秘书有两个哥哥一个姐姐，父母是参加过长征的老红军，现在已经离休了，居住在广州。爷爷是从印尼回来的归国华侨，抗日战争时期，爷爷向延安运过药品，还有其他一些紧俏物资，后来被特务逮捕，解放前死在了国民党狱中。谢秘书的身世显赫而又光荣。谢秘书说这些时，很冷静，就像在说别人的事，文静的脸上也不带任何感情色彩。如果马平阳说这些时，又该是什么样子呢？她自己也说不清，与任何年轻男性交往，她脑子里总会浮现出马平阳的身影，不可遏制的那种。她一次又一次地暗示自己，已经和马平阳没有什么关系了，只是普通的战友而已，可她还是忍不住，他的样子时不时地就会浮现在眼前。

有一次，谢秘书送她回中心的路上，突然问了一句：你家人和父母都好吧？父母和家人是她心里永远的痛。她想到了葬在家乡后山上父亲的墓地、消失不见的母亲，还有忍辱负重、每日劳作的姐姐。小时候，她不理解为什么母亲会把她和姐姐狠心地抛弃。参军后，每当看见其他战友的母亲不时地给孩子寄来各种好吃的，她心里都会难过上好一阵子。从那会儿起，她开始恨母亲，母亲在她心里只是一个抽象的形象，她甚至不记得小时候，母亲曾经为她做过什么，只是长大一些后，她模糊地记得母亲那张愁苦的脸。姐姐出嫁前，家里曾经放过几张母亲的照片，有和姐姐的合影，也有与她的合影，还有一张站在一棵正开花的梨树前的合影。姐姐出嫁后，这些照片不知被姐姐藏到了何处。她上次回到姐姐的家，家里已经没有任何关于母亲的印记了。姐姐也从没和她说过一句关于母亲的话题，父亲倒是在嘴边经常提起。不知道姐姐是不是和她一样恨母亲。她试想过，如果母亲还在，她的生活又该是什么样子呢？她的家庭让她感到深深的懊恼和自卑。在教导队，她集中认识了那么多女兵，罗红、小李、小王……她们都是军地干部子弟，她们无忧无虑、阳光美好，唯有自己总是沉浸在不幸家庭的阴影之中。当有一丝快乐刚掠过心头，她的另一面马上就暗示自己，自己的出身和她们不一样，自己又有什么理由和权利去快乐高兴，快乐的源头立马就水断渠枯了。

她身在北京，又在总部机关工作，许多战友给她来信，纷纷表达对她的羡慕，字里行间流露出对高干子女命运的嫉妒，并苦恼于自己不济的经历。她读着这样的信，心里总是五味杂陈。自己也不知道为何从入伍那一天就被人误认为是高干子女，还有一对被编造得有如神话般的父母。

当谢秘书试探着触及她的家庭时，她沉默了，两眼望着窗外，看着飞速掠过的路两旁的树木，她的心是麻木的。直到车停在会议中心门廊前，她一只手打开车门，回过身冲谢秘书心平气和地道：我父母都是农民，我是农民子弟，不是你们想象的那样。再见。她下了车，关上车门，冲车内的谢秘书做了一下告别的手势，她脸上还漾过一片笑容。自从和谢秘书交往，她从来没有体会到此刻的轻松。她看到谢秘书先是怔了一下，然后挥下手，车便在轰鸣声中驶离了。

一连好几天，她再也没有接到谢秘书电话，也没见到他和车的出现。

她觉得自己和谢秘书的关系应该到此结束了。一天下午，她正在会议室里布置会场，江雪突然出现在她身边，把她拉到一个角落里道：谢秘书是不是得罪你了？她忙摇头，从认识谢秘书到现在，每次出门，谢秘书都对她照顾有加，车里总是会备着水果，还有一些吃食。记得有一次她来月经肚子有些疼，谢秘书如临大敌，硬是开着车，从郊区赶到城里，在一家商店为她买了红糖，又把车开到一座兵营，用保温杯给她沏了一杯浓浓的红糖水。这一切她都深深地感激着他。她一边摇头一边错愕地望着江雪。江雪又换了语气道：那你是不是没看上谢秘书？她不知如何回答江雪的问话，只能呆呆地望着江雪。她知道是自己的心态出现了问题，从马平阳到谢秘书，一旦对方试图了解她的家庭和身世，她便开始退缩，认为她和他们不是一个世界上的人，想要远离他们。在猪舍的宿舍里，她也想过这个问题，她觉得李来权和自己交往，心里才是放松平衡的。她也试想过，自己和李来权真的结合在一起，又会真正轻松吗？李来权的家境比自己好不到哪里去，如果自己真的和李来权结合，能幸福吗？她不知道答案，和谢秘书交往到一定程度，她只能再次选择逃避。这样想过了，她又冲江雪犹豫着摇了摇头。

那天晚上，两人回到宿舍，江雪又长篇大论地给她介绍起了谢秘书，他不仅是总部二号首长秘书，人也年轻，文章更是写得文采飞扬，首长的所有讲话稿，都出自谢秘书之手。还说到了前途，江雪又举例介绍道：总部机关哪位部长曾经就是秘书出身，还有下面部队哪位首长也曾经做过秘书一职。江雪的中心意思只有一个，劝她看好谢秘书的前途，她如果能和谢秘书在一起，一定是正确的选择。她不置可否，只是为自己的身世深深地悲哀着、自卑着。后来江雪从床上欠起身子盯着她道：我最后问你一句，谢秘书还有没有机会？她盯着江雪的眼睛，一脸迷怔和惘然，她没点头也没有摇头。她认为江雪说什么都不过分，江雪是她的恩人，没有江雪就没有她的今天。她无力地平躺在床上，似呻似唤地说：江雪，我听你的，你觉得谢秘书好，我就和他来往。直到这时，她才听见江雪在另外一张床上长吁了一口气。

几天之后，谢秘书又一次出现在她面前，她再一次上车坐到副驾上，他把车开出好久，才说：对不起，我不该问你的家事。她不明白他这句话的所指，是他认可了自己的真实家庭情况，还是仍把她当成了高干子女。她不得而知，自己该说的已经说了，难道她上次对谢秘书说了实话，谢秘书以为她是故意的？谢秘书经常带她参加各种战友聚会，有总部机关的，也有总后、海军、空军大院的，有的是谢秘书同乡，有的就是战友。有时饭局上还会出现一些处长、部长的身影。渐渐地她了解到，这些人自己就形成了一个圈子，他们的相识，大都是因为他们的父母以前就是战友。就是父母不相识，他们也都有一个共同的身份，那就是高干子弟。她随在谢秘书身旁，每次谢秘书都一脸幸福地介绍道：这是我女朋友董红梅，在总部会议中心工作。饭局上的人们都冲她友好地笑。有时也会有人突然问她：你父母是哪个单位的？每每这时，谢秘书都会把话题岔过去，或者替她委婉地答：保密。人们似乎懂了，都心照不宣地笑一笑，然后气氛又和谐起来，说些知心的话，有时也说一些各自机关里的秘密。每到这时，她就成了局外人，跳脱出来，望着身边的谢秘书，心里想：我是他的女朋友吗？这么问过了，自然没有答案。她不知道和他有没有结果。这时身边的谢秘书就陌生起来，似乎和她之间也疏离了。

二

一天晚上，董红梅洗漱完都已经躺在床上了，江雪才一头扎进宿舍，最近一段时间她总是神秘地外出，有时回来都夜半时分了。董红梅知道，江雪在和刘所长谈恋爱。每当江雪不在时，她都忍不住去想象江雪和刘所长谈恋爱的样子。不论何时回来，江雪都很幸福的样子，脸颊潮红，双眼晶莹。果然这次江雪仍然很幸福，她拉了把椅子坐在她的床旁，兴奋地说：你猜我今天去哪了？董红梅欠起身子，望着江雪。江雪的神秘已经超出了她的想象，她是猜不到的。江雪似乎也不想卖关子，拉住她的一只手道：我今天去参观了中南海，中央领导人办公的地方。真的？董红梅惊呼一声，中南海在她心里自然是神圣的。到北京这么长时间，她只知道中南海地名，都没搞清楚中南海的大门朝哪里开。江雪仍然沉浸在幸福的激动中，描绘着中南海里的样子：有一片湖水，然后是青石板小路，海棠花正盛开着，还有柿子树。江雪最后总结道：里面就像一个大公园。以前江雪去过人民大会堂，回来时也没有这么兴奋，看来中南海的确是一个令人神往的地方。上床后，江雪仍然止不住兴奋，一遍遍地向她描绘着。在江雪的描绘下，仿佛她也到中南海里面走了一遭，也不由自主地兴奋起来。

江雪这样的激动，还不是顶峰，又一个五一节时，江雪前一天就神秘地对董红梅说：五一节放假，我要去大铭家见他父亲了。自从董红梅来到会议中心，就知道江雪在和刘所长谈恋爱，平时江雪也大铭家长、大铭家短地挂在嘴上，现在终于如愿以偿地要去大铭家了。江雪从早晨起床就开始梳洗打扮，脸上化好妆，冲着镜子审视了，又洗掉，各种化妆品摆了一溜。董红梅对那些化妆品都不认识，有的上面写着外文，她都不知干什么用的。江雪面对着一溜的化妆品，就像一个即将出征的战士在尝试着自己的各种武器。江雪先是换了身便装，想了想又把便装脱掉，换上了军装，反复纠结着。终于熬到了下午出发时间，她才慌慌张张地从宿舍里跑出去，楼下已响起刘所长按着汽车喇叭催促的声音了。江雪跑出去，又折回头来，把头卡在宿舍门里说：我去大铭家要保密，你千万不要对别人说。江雪从昨晚到现在已经交代过她几次了，她也次次点头作为回应，此时，她只能又郑重地冲江雪点了点头。

江雪走了片刻，宿舍楼下就传来汽车的马达声，宿舍空了下来。枕头下，还压着马平阳的一封来信，信是昨天收到的，她读了一遍，便放到了枕头下。这是马平阳一封普通问好的信，并没实际内容，他在信的结尾处写了几句话，勾起了她的心事。江雪走后，她再一次从枕头下拿出这封信，目光落在信的结尾处，马平阳说：还记得去年的五一节吗，你第一次来我家，只待了一天便不辞而别，我真希望没有那个五一节，也许咱们还是从前的关系。然后是省略号。就是这一串省略号让她心绪难平，浮想联翩。她看完这封信时，自然想到了去年的五一节，在绥芬河守备区马平阳家里的心情。当她又一次品读马平阳这封来信时，心里就多了种异样，她回想夹皮沟的连队，还有马平阳的家，心早已平静如水了。如果她现在再去一次马平阳的家，心境肯定不是去年那时的样子。也许她会觉得那就是一个普通的家，她还会不辞而别吗？显然不会了。这一年时间里，她见过太多的大场面，见过更高级的首长，在她眼里，所有高级人物和场面都变得普通起来。她甚至隐约地有些同情马平阳了，他还在夹皮沟的连队里，当着一名普通的排长。她到了北京后，接触首长，去各种机关见各种不同的人，似乎都没见过排职干部，最低级别的是正连级参谋、干事，就是许多科长、处长，对她也是客客气气的。她手里捧着马平阳的信，心里就又五味杂陈了。另一种心境自然就是另一番天地了。

五一节那天晚上，江雪回来得并不晚，人似乎醉了，神情恍惚，摇摇晃晃地扑在自己的床上，把脸埋在被子里。她吃惊地冲着江雪的后脑勺道：你喝酒了？江雪把身子侧过来，甩掉鞋子，让整个身体卧在床上道：怎么可能喝酒。可在她的眼里，江雪的脸分明是红的，目光也充满了迷离。她不知如何是好地望着江雪，江雪就把一只手伸出来，拉过她的一只手，她发现江雪的手心也是潮湿的。江雪就说：红梅，我今天算是开了眼了，你知道大铭家是什么样子吗？她不点头也不摇头，就那么望着江雪，江雪坐起身，把她也拉到床上坐下。江雪就梦呓般地说：是个四合院，从进大门到进小门，就有三道门岗，他家里住着一个警卫排。房间多得我都数不过来，去了一趟洗手间，回来我都迷路了。说到这，江雪痴笑起来。她又说：晚饭是炊事班长做的，六菜一汤。大铭说，他们家平时就吃这些，稀松平常。说到这，江雪嘴角挂出一种笑，这种笑一下子让她想到马平阳和刘所长的笑，她突然明白，这是一种胸有成竹的笑，什么都不是事的笑。只有见多识广无比优越的人，才会有的一种笑。

时间过去很久了，江雪仍然会回味去刘所长家见到的情形，她不厌其烦，详详细细，一遍又一遍向她描绘着。在江雪的描绘中，她渐渐勾勒出一幅画面：在北京城的中心，有一个深宅大院，那里有一个排的士兵在站岗放哨，院子很大，房间都多得数不清，里面住着一位著名的将军，由炊事班做饭，高级而又神秘。

江雪以前答应过她，要带她去自己家里做客，说了好久，一直没有成行。后来江雪冲她说：我的家和大铭家相比，简直不值一提。江雪说过，自己的家住在万寿路的一个院子里。每到周末，没有特殊安排，江雪都要回家吃顿饭或者住上一晚。江雪有时会从家里给她带来一些好吃的，比如红烧肉，或者是炸带鱼。她每次尝着江雪带来的好吃的，就夸奖江雪母亲的手艺。江雪这时就一边走神一边说：咱们普通人家都是自己做饭，大铭家都是炊事员做饭，人家那才是高干。江雪一脸神往地说着，把自己军级干部家庭说成普通人家。她又想到了老家的姐姐，那个破败的小院，堆满粮食的房间，老鼠横行，心不免又沉了下去。

五一节过后不久，她收到了一封李来权的来信，这是李来权第一次给她写信。信的内容很短，告诉她，自己要回老家探亲，在北京转车，希望有机会能见到她。

接到这封信后不久的一天，她突然接到李来权的电话，电话是从总机转来的。李来权听见她的声音似乎松了口气，然后大着声音告诉她，自己人就在火车站，如果她有时间，想约她在天安门广场人民英雄纪念碑附近见上一面。

她放下电话，便找刘所长请假。这几天没有会议任务，刘所长很快就放行了。她赶到人民英雄纪念碑附近时，远远地就看到了人群中引颈张望的李来权。他穿着一身军装，一双崭新的皮鞋，皮鞋被他擦拭过了，在太阳的照射下闪着亮光。李来权这身刻意装扮，一下子在她眼里土气得不行，那些机关的干部虽然也穿军装皮鞋，却自然轻松，反观李来权，仿佛从上到下穿的衣服不是自己的一样。她离很远就冲李来权招手，直到她走近，李来权才看见她，一边揉着眼睛一边说：我的眼睛都看花了。两人就在人民英雄纪念碑的一侧站着聊天。李来权揉完眼睛，上上下下地把她打量了，一边啧着嘴一边说：红梅，你真是越来越漂亮了，还是北京的水土养人。李来权话锋一转又说：这次回老家，我就去相亲。以前总觉得自己提干了就不是一般人了，心气很高，总想在城里找个女娃子，咱看上人家，可人家看不上咱。这次母亲又为我寻了个代课老师，和我妹妹是同学，要是差不离就把这门亲事定下来。说完他的目光落到纪念碑上，咧着嘴感叹道：真高哇。想了想从提包里拿出一部相机，递到她的手上说：这相机是马平阳借给我的，你帮我和纪念碑合个影。说完摆好了一个姿势，她在取景框里看到李来权微笑的表情按下了快门。

后来李来权又说：咱们就是农村出来的，不能和你们高干子女比，啥人啥命。以前我嫉妒过你和马平阳，现在不嫉妒了，人呢，得认命。我现在只剩下羡慕了。说完真诚地咧着嘴笑了。李来权的笑，让她又联想到刘所长、江雪和马平阳的笑，他们的笑只限于嘴角的变化。她和李来权学不会那种笑，看着李来权憨厚的样子，心里又流过一种不可名状的滋味。

那天，他们站在广场上，聊了很多，李来权又说到了连队，说到了那些熟悉的战友，她听得却恍若隔世。才离开连队一年，就觉得夹皮沟的一切只是以前做过的一场梦了。后来，李来权看了眼腕上的表道：时间差不多了，我得去火车站了。她提出要送他去车站，被他拦下了，他真诚地说：红梅你能来看我，我就知足了。说完把一只鼓鼓囊囊的提包甩在肩上，向路边的车站走去。她陪他来到了车站，一辆公共汽车驶来，李来权回过身，用力和她握了下手道：等下次再见你，不知你又出息成啥样了。然后一步跨上公共汽车，隔着车窗冲她挥手，脸上又露出一脸憨笑。

公共汽车载着李来权驶去了，她的心似乎也被抽空了。好半晌，她才缓过神来。

三

董红梅又随谢秘书参加了几次聚会，在谢秘书朋友的眼中，她是他的女朋友，不知为什么，她却高兴不起来。有时她坐在谢秘书身边，似乎觉得谢秘书离自己很远，远得让她觉得陌生。酒席上，她观察过他，谢秘书面孔白净，一副斯斯文文的样子，因为他是首长身边的人，不论在什么场合下，他都会受到众人的尊重，他并不因为自己的身份而趾高气扬，总是谦和地和人说话，真诚地敬酒。谢秘书的涵养不是一般人所具备的，她预感到，谢秘书必将前途无量。她努力劝说自己，让自己更投入一些，融入谢秘书的生活，可终是不能。

有一天聚会散场，谢秘书喝了些酒，没有自己开车，而是找了个司机送她。快到会议中心时，谢秘书让司机把车停在路边，示意她从车上下来。两人站在车灯的光影边缘，他说：我准备休假，这次希望你能和我一起回去。你的事我已经和父母说了，他们希望能在广州见到你。他说完这话，她马上想到了马平阳以及绥芬河守备区，她脑子空荡一片。

那天她回到宿舍时，脑子里还不断交替地出现马平阳和谢秘书这两个人。莫名的自卑让她从马平阳家不辞而别，现在看起来，她的决定野蛮又任性。调到北京后，她多次设想，如果现在再去马平阳家，自己还会那么任性地离开吗？答案是否定的。到北京后，她虽然不像江雪那样，出入过中南海，又见过刘所长父母家的深宅大院，但她的经历一定不会让她觉得马平阳家压得她喘不过气来。身在北京的她，再看马平阳的家，普通得已经不能再普通了。然而又想到姐的家，她的心似乎被蜇了一下。

江雪似乎看出了她的恍惚，坐到她的床沿上，手搭在她的肩上问：红梅，怎么了？她盯着江雪一张贴满黄瓜片的脸，好半晌才缓过神来。江雪最近迷恋上了保养自己，经常弄些黄瓜片贴在脸上，按江雪的话说，这是给皮肤补充维生素和水分。江雪还劝她也这么做，见她无动于衷就劝慰道：咱们女人呐，好时光就这几年，要是不抓住，就没机会了。江雪说这话时，她不置可否，看江雪忙活着往脸上贴黄瓜片。她清醒过来，便把谢秘书邀请她去广州的事告诉了江雪。江雪笑了，有两片黄瓜从她脸上跌落下来，她忙捡起来，又敷在脸上，然后热情地拍着她的肩头说：这是好事呀，证明谢秘书已经认可了你，回去见父母是应该的呀。她不知该冲江雪说些什么，只是含混地点着头。

她和江雪躺在床上后，江雪从邻床上探过半边身子说：谢秘书这么优秀的男人你可别放过，过了这个村可不一定再有这个店了。别人想找，还找不到呢。说完咯咯地笑了起来。她躺在自己的床上，思绪烦乱得很，马平阳和谢秘书两个人的言谈举止放电影似的交替着出现在她的眼前。马平阳阳光，永远像一个没长大的孩子；谢秘书斯文老练，像久坐机关的老干部。她到北京后，马平阳给她来过几封信，每次她都会及时回信。可惜马平阳的信并不多，每次来信也大都聊一些连队近来的变化。有一次马平阳告诉她，林海县发生了猪瘟，连队养的猪死了几头。她为猪瘟担忧着，还特地给饲养员小崔写了信，让他用生石灰给猪舍消毒，泔水喂猪前一定煮开了，这一切她不记得是从哪本书上看到的了。过了不久，林连长亲自给她来信，表示对她的感谢，连队按照她的方法，猪再也没有死过。林连长还在信中约她回老虎团做客。虽然自己身在北京一个叫小汤山的地方，条件与连队相比天上地下，可她仍然不时地想起在连队的那些岁月。在猪舍的山头上仰望星空，世界是那么安静，马平阳的话语犹在她耳边一次次响起。每当沉浸在这些回忆中，都觉得一切是那么美好。

谢秘书出面为她在会议中心请了假，又替她买好了去广州的车票。她被车拉着来到了火车站，在站台上看到了翘首以待的谢秘书，她心底里又生出逃离的愿望。这个想法一冒头，便不可遏止，她呆定地望着满脸笑容的谢秘书，突然说了一句：对不起。转头向出站口方向跑去，越跑越快，她都听到了耳边的风声。她也不知自己为什么这么果决，直到跑出车站，一颗悬着的心才松弛下来。

她坐地铁又坐公交辗转回到会议中心时，江雪惊得下巴都快掉下来了。她的倔强，就像一头疯牛，多大的力气也拉不回来了。平静下来的江雪叹息道：真不知道你要找个什么样的人，谢秘书哪点不好？

身处热恋中的江雪，只要一有时间就出去约会，约会对象自然是刘所长。江雪一走，宿舍里就剩下她一个人了，她也难得清静。前一阵子去城里，鬼使神差地转到了书店，又买了几本关于养猪的书。虽然她早就不再是饲养员了，可潜意识中，她还没有离开猪舍，大白、小黑、小花……它们憨态可掬的样子，仍不时地浮现在她的眼前。她把从书本中学到的养猪知识，一点一滴地记录在日记本上，然后汇总写给连队的饲养员小崔。有一次江雪把她养猪的书扔到一边道：红梅，你现在不是饲养员了，怎么还看这些书，有时间干点别的好不好。她只是笑一笑，又把这些书拾回来，放到枕边。几次之后，江雪无奈，也只能随她去了。

江雪在热恋中，回来有时早有时晚，不论早晚，江雪都是一副很幸福的样子，脸红扑扑的，声音很滋润地给她讲在外面看到的世界。有时告诉她去工体看演出了，有时还会跟她讲三里屯的酒吧一条街，还有北京即将举办亚运会，城里城外点滴的变化。江雪兴致勃勃地讲这些时，她都做出一副认真的样子，思绪却溜了号，又回到了连队，她在猪舍外的石头旁，听马平阳讲笑话。有时她睡不着也问自己，是不是农民出身的她，这辈子就活该不喜欢热闹和城里的大世面。她在和谢秘书交往的时间里，谢秘书也算带她见过世面了，去过酒吧，看过演出，有一次还带她去过迪厅，也拜访过各种老首长。这些老首长大都是谢秘书父亲的战友，有的居住在幽深的巷子里，有的住在部队大院中，无一例外，房子宽大，门庭若市。初来北京时，她对一切都感到新鲜，曾经乐此不疲地穿梭于这样的场合。久了，她就想要逃避，总是会想起夹皮沟的连队，虽然是杂物间改造的宿舍，却是那么温馨宁静。

国庆节的前两天，江雪突然告诉她，自己要和刘所长订婚了，仪式就放在国庆节这一天。江雪的订婚仪式安排在一家部队宾馆里，虽然只是个订婚仪式，却来了许多人，总部的一位后勤部长为他们主持订婚仪式。虽然刘所长的父母没有出面，但还是来了许多人，整个宾馆停车场都被车停满了。订婚仪式办得跟婚礼一样热闹，她作为江雪的好朋友，又一个宿舍住着，自然跑前忙后地帮忙接待。宴席到了晚上才结束，江雪作为今天订婚宴上的主角，自然喝了不少酒。她把江雪搀回了宿舍，江雪人虽然躺在床上，兴奋劲却没过，指着跑前忙后为她擦脸脱衣服的董红梅说：你知道我是怎么和刘大铭谈恋爱的吗？不等董红梅说话，她就自问自答地说：是我追求的他。他就是一公子哥，表面老实，追求他的女孩子都能排成排，我突出重围，抢占了制高点，刘大铭被我拿下了。江雪一边说一边幸福地笑着，又道：大铭在男人中也许不是最优秀的，可他爹优秀，不管他爹以后在不在位，大铭的前途都会势不可当，不用自己操心费力，有人替他想着呢。江雪傻呵呵地笑，突然把手指放到唇边压低声音道：大铭马上就要调到总部机关去了，大机关才有前途。

果然，江雪订婚仪式的一个多月后，刘大铭所长被调到了总部机关，当了一名正营职参谋，不到三十岁的刘大铭就是正营职干部了。董红梅又想到了林连长和邱指导员，两人已经三十出头了，还是连职干部。马平阳来信说：邱指导员已经打了转业报告，年底就该转业了。她得到这条消息，心沉沉浮浮着，想着两个世界里的两拨人，心里又是另外一番滋味了。

四

董红梅又一次接到了马平阳的来信，马平阳在信中告诉她，老虎团接到上级命令，派出一个营的部队奔赴云南边境扫雷，三连也在扫雷的队伍中，并告诉了她专列出发的日期，以及在北京站停留的时间。她接到马平阳的信是一天的中午，当晚就是老虎团专列途经北京站的时间。排雷虽然不等于战争，但却是另外一个战场。她在电视新闻上看到过这样的报道，为了减少战争期间埋下的地雷对边民的无谓伤害，已经有一批又一批部队，奔赴云南边境排雷了。她没料到的是，如今这个任务落到了老虎团身上。

她赶到站台时，一列火车已经静悄悄地停在了站台上。她正四处观望时，突然传来马平阳的声音，她循声望过去，看见马平阳的半张脸正透过车窗面对着月台上的她。她奔过去，不仅看到了马平阳，还有林连长、邱指导员，以及更多熟悉的战友。他们隔着车窗一律冲她挥着手，七嘴八舌地向她问候着。她把提着的水果从车窗塞进车内，突然她心生了感动，这是在为战友送行。林连长从车窗内伸出手，握住了她的手，激动地说：红梅，你现在是代表老虎团在北京工作，一定要给老虎团的人争气呀。邱指导员在林连长身后也真诚地笑着，还有一张又一张战友的笑脸。此时她觉得回到了夹皮沟的老虎团，又像以前一样，和战友们聊天训练。她已经满眼泪花。她发现有一双目光一直不离自己左右，她望过去，看见马平阳正灿烂地微笑着，还是以前的样子。她想冲马平阳说点什么，却又不知说什么是好。她又看见月台上李来权带着炊事班的人把一桶饭还有一桶菜递到火车上。李来权也看见了她，擦了一把脸上的汗向她奔过来，惊讶得睁大眼睛道：你怎么来了？炊事班的饭已经打来了，一个参谋催促着所有人上车。李来权压低声音冲她说：红梅战友，我能给你写信吗？她用力点点头。李来权就露出一脸笑，满足地道：要发车了，我得上车了。李来权登上列车，回过身用力地冲她挥了下手。站台上响起了发车的铃声，车厢内，每个窗子后面都挤满了一张又一张战友的笑脸，列车"咣"的一声启动了。她看见马平阳把一团东西从车窗里扔了出来。一声又一声"再见"在她耳边刮过，她听见了车窗内传来的歌声：送战友，踏征程，默默无语两眼泪，耳边响起驼铃声……她的泪水终于滂沱而出，她举起了手臂为军列里的战友送行。列车远去了，在信号灯处消失。她放下手臂，向马平阳投出的那包东西走过去，她打开发现竟然是一包药材，还有一张马平阳留给她的纸条。纸条上的字显然是刚刚草就的，字体有些凌乱，马平阳说：没想到你会来送我们这些战友，这是一包党参，我妈说是补气的，留给你补补身子，再见。你的战友马平阳。她再抬起头来，铁路的交叉口已亮起了红灯，殷红一片在她的视线里模糊着。

战友们去云南排雷了，自此她开始关注报纸和电视新闻，希望在这些新闻里看到有关战友们的只言片语，却次次让她失望。她的心似乎也随战友们走了，她想起李来权说过来信的话。她又开始等李来权的信，希望在信中了解战友们的近况。

不久，她果然收到了李来权的来信。

红梅战友你好：

没想到在北京的站台上还能见到你，我们出发的消息应该是马平阳告诉你的吧。还记得上次我探亲，咱们在英雄纪念碑一侧见的那次面吗，也许你并没当回事，可我会记上一辈子的。我感激你能来陪我转车，还说了许多心里话。你不像其他高干子女，你没有瞧不起我，还把我当成了知心战友，从军区总医院你去探视开始我就发现了。你身为高干子女却平易近人，这对我们平民子弟是莫大的鼓励和安慰。像我们这些农民子弟，在和平年代没有更多立功受奖的机会，要不是复员的前一夜团部军需仓库失火，我就不会立功，更不会破格提干。部队又一次执行排雷任务，属于我的机会来了，也许我们平民子弟，只能等待这样的机会吧。红梅战友，你别笑话我，没别的意思，我就想证明，我们平民子弟在关键时刻，一点也不会比别人差，该冲的时候，我连眼皮都不会眨。谢谢你，让我有机会给你写信，说说我自己的心里话……

她读罢李来权的信五味杂陈。李来权仍然把她当成高干子女。从入伍到提干，又调到北京工作，在外人眼里这都是魔法一样的操作，别人错把她当成高干子女也不为过。她又想到了刘所长、江雪，还有会议中心的其他人，当然包括谢秘书。自从上次她拒绝和谢秘书一同回家，谢秘书已经好久没再和她联系了。

不久，会议中心就迎来了一个会议接待任务。在会议期间，她又一次和谢秘书不期而遇了。谢秘书自然是陪首长来开会的，两人见了面，他目光有些躲闪，终于还是主动开口道：你还好吧？她笑一笑，想起了和谢秘书交往中的每个细节，她从心里一直认为谢秘书是个好人，曾对她无微不至地照顾过。她垂下头，充满歉意地说：对不起。她听见谢秘书平静地说：我理解，也许是我唐突了。咱们交往时间太短，你可能还不太了解我。她抬起头望向谢秘书，他仍然充满温暖地微笑着。他左顾右盼了一下，才低声地说：我可能很快就不在首长身边工作了。她惊讶地望着他，他又说：谁也不能当一辈子秘书，下一步，我可能先去国防大学进修。她清楚去国防大学进修的人，下一步一定会得到晋升和重用，便真诚地说：祝贺你。谢秘书仍然那么不显山露水地微笑着。她又想到了马平阳的笑，两人的笑是那么不同。谢秘书又小声地说：下一步去国防大学，可能就不那么忙了，有机会找你玩。她没点头也没摇头，只是认真地望向他。

她一直期待着在云南执行任务的马平阳的来信，可他却一直没有消息，包括李来权，收到他一封信后，便再无音信了。她不知道他们排雷的任务要执行多久，更不知道他们进行到哪一步了。

有一天，她在《解放军报》上看到了一个醒目的标题：英雄流血何止在战场。她预感到了什么，心脏快速地跳动了几下，她再阅读正文，李来权的名字又让她的心脏跳到了嗓子眼。这是一篇关于李来权光荣事迹的报道，李来权为了掩护战友，光荣牺牲了……那篇报道她连续看了三遍，才捋清了事情的经过。

一个战友在排雷时触发了地雷的引信，他奋不顾身地把战友压在身下……她得到这个消息，大脑一片空白。从认识李来权那天开始，所有的往事一股脑地浮现在她的脑海里。他冲她微笑，牵动着脸上那道被火烧出的疤痕，他在站台上满脸是汗地冲她走来……她的眼里满是泪花，然后就控制不住地流出来。那天中午饭她都没去吃，仰躺在床上，痴痴呆呆地望着天花板。江雪发现了她，以为她生病了，伸手来摸她的头，却摸到了一手泪水。江雪这才发现那张报纸。她以前和江雪说过李来权的名字，江雪看后把报纸放下，半晌才说：李来权是你战友，我理解你对他的感情。她的耳旁又响起李来权说过的话：属于我的机会来了……如果重来一次，李来权还会奋不顾身地扑上去，还会牺牲吗？她知道这样的问题没有答案，排雷任务也是一种战斗，他们都是战士，是战士就会有牺牲，包括马平阳在内。如果他在现场，也会冲上去。她又想起在老虎团荣誉室里看到的那句口号：

只要军号响起，我们就要用生命赢得胜利。

大约半年后，她终于接到了马平阳的来信，马平阳告诉她，他们已经结束在云南边境的排雷任务回到了团里，李来权却永远留在了那里。她在马平阳的信中才了解到李来权牺牲的一些细节。李来权是司务长，本来并没有排雷任务，他和炊事班到排雷现场去送饭，正好碰到三班班长触发了一颗地雷的引信，然后他就奋不顾身地扑了上去……马平阳在信中又说：李来权是个合格的军人，我们都应该向他学习。

那天晚上她做了个梦，梦中的李来权到猪舍里来找她，告诉她，母亲又为他张罗了一门亲事，他回家休假，要见见这个姑娘，然后咧开嘴，冲着远方神往又期待地笑着。她多么希望这个梦永远做下去呀，梦里有夹皮沟，还有他们三连那些熟悉的战友。

第八章

一

一日，她接到一个电话，听声音有一丝熟悉，后来打电话的人报出了自己的姓名：我是段玉龙，现在国防大学学习。她握着电话呆住了，半晌她才叫了一声：段师长。段师长到国防大学学习，之前没有任何人告诉过她，她从参军到提干，就是只有一面之缘的段师长在暗中相助。在老虎团时，她多次想过去师里找段师长亲自感谢，可她一直没有找到这样的机会。有几次，连部就她一个人时，她拿起电话，通过团部总机接通了师部的电话，她听见师长电话铃响了，最后一刻她又把电话放下了。她不知道电话接通后要说点什么，说别的她不会，说几句感谢的话又太轻飘了。自己接到总部调令，离开老虎团时，她也曾想过去师部和段师长做个告别。终于，她还是没有勇气面对段师长，但在心里，觉得段师长一直离她很近，因为段师长曾经是父亲的战友。现实的距离和心里的距离，时常让她纠结不堪，有时也在想，如果有一天出现在段师长面前，他还会认得自己吗？

一个周六的下午，她来到了国防大学。这里她并不陌生，以前谢秘书带着她来过，在国防大学的小礼堂听过一次国防专家做报告。那堂课到现在她还记忆犹新，更让她感到新奇的是，听讲的人，都是国防大学进修的师以上干部，只有她和谢秘书是年轻的旁听者。她见到段师长时，段师长正在楼下与人打羽毛球，军装放在一旁的草地上，只穿了件衬衣，汗水已湿了鬓角。段师长还是很快认出了她，叫了一声她的名字。

段师长带她来到宿舍，还亲自给她倒了杯茶，她手忙脚乱地接过茶，放到沙发旁的茶几上，人还立在段师长面前。她突然想起，从见段师长第一面到现在还没给首长敬礼，于是她站好，端正地给段师长敬了个礼。段师长就挥一下手说：红梅坐吧。说完拉了把椅子坐到了董红梅的对面，望了眼她微笑道：你变了，和我第一次在老虎团见到你时不一样了。段师长一句话又把她拉近了，她端详着段师长，他鬓边的头发白了，人还显得很有精神的样子。不知怎么她马上就想到了父亲和胡叔，如今胡叔脑子有些不好用了，而父亲早就不在了。如果父亲还在，年龄和段师长相仿，父亲又会是什么样子呢？她有些走神。段师长似乎看出她目光有些散乱，便问了一句：你母亲还没消息吗？一句话让她差点流泪，她没想到段师长还在操心她的母亲，显然是胡叔把她的家事告诉过段师长。她不想在段师长面前表现出悲戚和可怜，努力着让自己的泪水收回去，抿着嘴笑一笑，摇摇头。段师长已经岔开话题，介绍起了他所上的国防大学这个进修班，他们要在这里学习半年，同学都是师、军职干部。她记得以前谢秘书给她介绍过国防大学的各种班，一句话，凡是到国防大学进修的领导，下一步就意味着提升重用。段师长介绍完，她便问：师长，你下一步要到哪里去工作？段师长轻描淡写地说：听从组织分配。显然段师长不想就这个话题和她深入探讨下去。在段师长面前，她是下级、晚辈。段师长又询问了一番她现在的工作情况，她回答后，段师长就说：红梅，你调到总部工作，比在基层部队有出息。说话间，开饭的时间到了，她来之前已做好了准备，想请段师长去外面吃顿饭。她提出来，段师长就挥了下手道：去食堂吃吧，这里方便，一会儿我家的老三，就是你弟弟，会过来看我。

她只能随段师长来到了食堂，在食堂门口，她看到了一个学生模样的小伙子，目光迎着他们。到了近前，段师长就介绍道：段文涛，正在北京上大学，今天也过来看我。又冲儿子道：文涛，你就叫红梅姐吧。段文涛就腼腆地叫了一声“姐”。吃完饭三人从食堂走出来，她想告辞，给父子俩留出时间，没料到段文涛却先一步道：爸，那我就走了，学校还要上晚自习。段师长又挥下手道：那你快走，有时间再过来。段文涛又叫了一声“姐”，便快步离开了。

段师长就冲她道：红梅，你不着急回吧，不急就陪我散散步。还没等她回答，段师长就迈开了步子。段师长带着她在大学里散步，虽然已是初秋，树木仍然绿着，一丛一簇的，他们在甬路上走着。段师长聊天从段文涛身上开始，段文涛现在上大二，段师长还有两个儿子，老大在部队，现在是正连职干部；老二当了三年兵后，已经工作了。段师长一遍遍感叹，自己一直想生个女儿，可一直到老三段文涛出生，也没见到姑娘，所以从小就把段文涛当女孩养。说是上了小学他母亲还给他穿花衣服，直到有一天，段文涛哭着从学校跑回来，说什么也不上学了。后来，段师长和老伴意识到再不能这么养段文涛了，给他换上了男孩衣服，他才又重新上学。段师长说到老三小时候的笑话还不时地哈哈大笑上一气，她听了也忍俊不禁。说到这，段师长就心事重重地说：你阿姨到现在还是喜欢女孩，走到街上，看到别人家的小女孩路都走不动，非得去抱人家，有几次还闹出了误会，差点让人当成人贩子给抓起来。段师长把话说到这似乎就多了心事，人也变得忧心忡忡起来。她不知如何劝慰段师长。两人沉默着又走了一会儿，段师长突然说：红梅，找男朋友了吗？她怔了一下，脑子里飞快地闪过马平阳、谢秘书，她犹豫着摇了一下头。段师长就说：不找也好，趁年轻干点事业。两人似乎都有了心事，沉默着又走了一会儿，天已经黑了，院内的路灯依次亮了起来。段师长停下脚步，盯着她说：不早了，你该回去了。她便告辞了，答应段师长，有空就来看他，离开前又认真地给段师长敬了一个礼。她走出几步，段师长在她身后又叫住了她，她回过头，发现段师长在认真地望着她。两人又向对方走了两步，段师长就说：红梅，求你件事。她不明白段师长为什么用这种口气说话，心里却想的是，段师长是她的恩人，没有段师长，她就不可能入伍参军，面对恩人，别说段师长求她一件事，就是十件八件她也会毫不犹豫地答应。她立在那儿，坚定地望着段师长道：师长，您吩咐吧，只要我能做到。段师长犹豫起来，还很为难的样子，胡乱地抓了几下头发说：红梅，是这样，你要是觉得不妥，就当这事我没说过。

她有些着急，不知道段师长为什么这么犹豫。在师里，凡是和师长打过交道的人都说段师长雷厉风行，参加过战争的人，总是说一不二。段师长终于说：我替你阿姨求你件事，能做我们的女儿吗？是干女儿。段师长说完忙又补充道：你阿姨做梦都想有个女儿，刚才我说过了。段师长说完，脸上堆满了笑，内容复杂。一瞬间，她觉得浑身的血液都冲到了脑袋上，她有些头晕站立不稳的样子。在这之前，她从来没想到过自己和段师长一家的关系会走到这一步。她也想到了早逝的父亲，和不辞而别、至今仍无下落的母亲。再看眼前的段师长，正用一双慈祥如父的目光望着她，她想响亮地回答，却喉头发紧，她说不出一句话，只能拼命地点头。直到这时段师长才松了一口长气，完成一件重大任务似的，伸出一只手想拍一下她的肩膀，手快落下来时又改变了方向，又一次垂落下去，然后搓着手说：太好了，我和你父亲是战友，总觉得他的女儿跟我的孩子一样，咱们这是自来亲。一会儿我给你阿姨，不，是你干妈打电话，她听了这消息，一定几天睡不着觉。

她立在段师长面前，多想喊一声“爸”，可她却开不了口，她太久没有喊过这个称谓了。她还想跪在段师长面前给他磕上三个响头，一个磕给段师长，一个磕给胡叔，另一个就是给自己的亲生父亲。

段师长见她怔着，就又说：等过一阵让你干妈来北京，咱们再搞一个仪式，让你干妈高兴高兴。

她事后都记不住是怎么和段师长告别的，只记得走到国防大学门口时，她见到了谢秘书。谢秘书见到她似乎一点也不吃惊，见她要去坐公交车回单位，他叫住了她，跑到门卫室打了一个电话。只一会儿工夫，便有一辆车驶出来，谢秘书像以前一样，为她拉开门。车驶离了一阵她才突然想起，谢秘书也在国防大学学习。

她回到宿舍时，江雪正在收拾自己的东西。这阵子江雪在张罗着结婚的事，她和刘所长的婚礼定在元旦。此时离元旦还有两个多月，江雪就有些迫不及待了，不时地收拾东西，把不用的东西淘汰当垃圾扔了，有用的东西送到了刘所长的家里。江雪说过，刘所长家里为他们的婚礼收拾出了两间房子，还说，一定带董红梅去参观她的新房。

她头重脚轻地从外面走回来，江雪停下手里的忙碌，盯着她惊呼一声道：红梅，你喝酒了？她摇摇头，用手去摸自己的脸，发现是烫的。江雪又说：你发烧了？她又摇下头。直到她仰躺在自己的床上，嘴角漾过一缕又一缕的微笑，江雪才又道：红梅，你一定是谈恋爱了，和谁，能告诉我吗？她仍然摇头，江雪就在她脑门上拍了一下道：死丫头，你别和我装神弄鬼了，到底有什么好事说出来，让我也高兴高兴。她几乎就要把自己的秘密说出来，可话到嘴边她又咽了回去。江雪的父亲是军职首长，未来的公公又是个大人物，她能看得起段师长吗？想到这她冷静下来，忙解释说：我能有什么好事，就是去国防大学见了一个以前的老首长。江雪半信半疑地又看了她一眼。

那天，她躺在床上许久没有睡着，一遍遍地想：未来她也是有依靠的人了，有干爹和干妈了。每年休假，自己也会有个去处。她想到姐每次来信中都叮咛她：这个家你就别回了，别留恋，向前看，只要你出息了，还记得有我这个姐就够了……她明白，姐一次又一次阻止她休假回老家，就是不想让她再次伤心，希望她高高兴兴，忘掉自己伤心的往事，轻装前进，奔自己的前途和生活。除回了一次家之外，她便再也没有回去过。每年看到一个又一个战友回老家休假，然后又满面春风地回来，幸福地说上好一阵子家里的变化，以及亲人的故事，她羡慕也嫉妒。每当此时便无数次地想过老家，她没有家，只有姐姐的家，那两间破败的小平房，充满鸡屎味道的院子，日出而作日落而息的姐姐和姐夫。她回去了又能怎样，她帮不上他们。她有几次去邮局给姐姐寄钱，姐马上就回信，斩钉截铁地告诉她，不要给家里寄钱，姐帮不上她，也不想拖她的后腿。姐每次都在信中告诉她：红梅记住，穷家富路，别小气，不要让人看不起咱是农村出来的，妹，把钱攒起来，等嫁人那天，给自己置办嫁妆，不要让人瞧不起……她知道姐的心结，就是因为当年出嫁时带着她，只能退而求其次地找了比姐大十岁的姐夫，姐虽然心不甘情不愿，可姐没有别的更好的选择。姐不想让她走自己的老路，姐不想拖累她，甚至不希望她探亲回家，让她走得越远把穷家忘得越干净越好。她经常想起姐姐此时的吃苦受累，暗自里不知为姐哭过多少次，流过多少泪。

现在她不一样了，她终于要认干亲了，从此她就是个有爸有妈的孩子了。她一遍遍想着段师长的样子，他的语气，他的眼神，她第一次体会到了有父亲的滋味。她没见过段师长的夫人，她想，干妈一定会和段师长一样，对她充满疼爱和喜欢。

二

见过段师长大概一个月后吧，她几次想再去看看段师长，人都走到公交车站了，又动摇了。后来她开始怀疑段师长说认她当干女儿的话，也许只是段师长一时心血来潮。这么想过了，不免失落起来，心里空寂一片。

就在一个月后的周末，她再一次接到了段师长的电话，段师长在电话里温柔地说：红梅，你干妈今天来了，咱们晚上一起吃个饭吧。她不知如何放下电话，又是怎么跑回宿舍的，她翻箱倒柜地寻找衣服时，江雪在一旁诧异地问：去见谁呀，这么隆重？她几乎不假思索地颤抖着声音说：我干妈来了，要见干妈去。江雪一头雾水地看着她，她来不及解释，换好衣服，急急忙忙地奔了出去。

那个周末的傍晚，她在国防大学招待所见到了自己的干妈。段师长的夫人姓王，在驻军当地一所小学里当校长。这是她平生第一次见到段师长的夫人，干妈比她想象中年轻不少，戴眼镜，人很瘦却不失滋润。她站在房间门口，段师长就过来介绍道：红梅，这就是你干妈。她盯紧干妈的脸，干妈也在上下打量着她，脸上突然绽放出一缕笑容，一把拉过她，让她坐到自己的身边，捏了她的手又抚摸了她的脸蛋，激动地说：红梅你长得真俊，像画片里的人。她红了脸，不知如何是好，长这么大，在她的记忆里，还是第一次这么近距离地接受长辈的爱抚。她又一次想到了自己的亲生母亲。如果母亲在，她的生活又该是什么样子呢？

晚上，她和干爹干妈就在招待所餐厅里吃饭，段师长很高兴，还点了瓶酒，给她和干妈的面前都倒上了酒。干妈的话很多，还没喝酒就一遍遍说着酒话：红梅这么优秀，比咱家三个儿子不知强多少倍，这是我哪辈子修来的福分呢。干妈越这么说，她越觉得无地自容。段师长喝了几杯酒之后，脸上也绽放出难得一见的笑容道：我的眼光不会差的，红梅的亲生父亲，是炊事班长，做饭的手艺不错，要不是受伤复员，现在在部队也一定会是个指挥员。除了胡叔之外，她还是第一次听见其他人这么评价父亲，面目模糊的父亲又一次浮现在她的面前。听了干爹的话，她几乎要哭出来。饭局快结束时，她觉得作为晚辈得表示一下，便端起酒杯站起来说：谢谢干妈这么远来看我，我敬干妈、干爹一杯。干爹干妈齐笑着，也一起举起了酒杯。

饭局结束之后，她以为认亲的过程就算结束了，送干妈回房间的路上，她就说：干妈，这几天你想去哪里玩，我请假陪你。干妈就用目光看干爹，干爹满面红光地说：红梅呀，你干妈以前来过北京，该玩的都玩过。这次你干妈来，就是想认你这个干女儿，没别的任务。她心想，这面也见了，饭也吃了，干妈也叫了，这不就算认了吗。段师长就说：明天中午咱们要去饭店搞个认亲仪式，在京的许多老战友都会参加。没个仪式，我们对不起你这个女儿。她没料到，认个干亲还这么隆重。

回到宿舍后，她人歪倒在床上，冲着江雪不停地傻笑，江雪就道：今天你可真喝酒了。想起干爹干妈，她突然有了倾诉的欲望，便把段师长夫妇认她当干女儿的事说了出来，还恳求江雪明天一定参加她的认亲仪式。江雪坐在自己的床沿上，冲着喋喋不休的她说：董红梅，你还在乎这个？你爸你妈干的可是保密工作，这么神秘，你是不是缺爱呀。

自从上次段师长和她说过认她当干女儿之后，她心里便洋溢着不可名状的幸福，漂泊的心似乎有了着落。以前她羡慕那些有家的战友，每年休假，高高兴兴地走，又高高兴兴地回，在他们的脸上会有家庭的温暖持续好久，然而自己却无家可回，一种忧伤便自始至终地笼罩着她整个人。今晚又见到了干妈，她终于有了归属感，热情幸福刚在心间绽放开，就被江雪一句话拉回了现实。她在别人眼里是高不可攀的高干子女，她总试图解释，可越描越黑，没人相信她的话。那天晚上，她一半清醒又一半梦幻地想象着自己的未来。

周末的早晨，她起床之后便精心地梳洗打扮自己，对她来说中午的认亲仪式是件大事，她要认真对待。梳洗之后，吃过早饭，她又开始挑选衣服，可是似乎哪一件都不合自己的心意。江雪这时推门进来，搭着她的肩膀说：我一会儿陪你去认亲。然后又笑意满脸地说：刚才给我家里打了电话，我爸说，他接到了段师长的电话邀请，他也会去，说段师长是他的战友。听了这话，轮到她发呆了，没想到，江雪的父亲也会去。

不知江雪从哪里找了一辆车，带着她上了车。车开走一段之后，江雪附在她的耳边说：我听我爸说了，段师长马上就要被重用了。说完还亲热地挽住了她的手臂，又小声地道：你的眼光不错，认了个有前途的干爹。她认真地看了眼江雪，发现自己看待问题总是和江雪不一样。干爹是不是有前途她从来没有想过，能找到家的温暖，她已经知足了。

现场很热闹，宴会厅里坐满了人。干爹干妈拉着她一个个地见过客人，都是干爹的老战友，有的已经退休，有的还在职位上，从团职到军职干部都有，还有几位是地方上的领导。所有人都说着祝福的话，仿佛自己的喜事一样，每张脸上都洋溢着幸福的笑容。

最后，她见到了江雪的父亲，江父离老远就冲她打着招呼道：红梅，我还记得你。江父到总部会议中心开过几次会，每次她都会被江雪带着和江父见面，江父多次说过让她去家里做客，她却一次也没去过。干爹也惊讶地说：原来老首长和红梅认识呀。他们就打着哈哈，一副其乐融融的样子。

认亲仪式很快就开始了，先是干爹上台讲话，感谢首长战友的捧场，又感叹自己命好，认了这么优秀的干女儿。接下来她和干妈一起上台，她还是第一次当着这么多人的面出头露面，不免有些紧张。她颤抖着声音当众叫了干爹和干妈，习惯性地又想向干爹干妈敬礼，手都举起一半了，才发现自己并没有穿军装，而是穿的江雪借给她的一件短款的呢子大衣，最后又把敬礼改成了鞠躬。这时台下响起了热烈的掌声。她看见江雪坐在台下也抿嘴冲自己笑着。走下台时，干妈把一个硬硬的包装盒塞到了她的手上，说是给她的见面礼。她想推拒，干妈不由分说地把包装盒塞到了她的衣袋里。

仪式的酒宴一直到下午才结束。结束之后她把干爹干妈送到了招待所，又说了许多亲人间该说的话，到了傍晚才告辞。她回到宿舍时，看见江雪坐在马扎上洗内衣，见她进来，甩了甩水淋淋的手，陪她坐在了床上，揽过她的腰道：红梅，你应该认这个干亲，段师长还很年轻，我听我爸说，你干爹这次能到国防大学来学习，是上级首长亲自点的将，一毕业就会提拔。说到这，江雪又话锋一转道：谢秘书的事你到底怎么想的？要不趁你干爹、干妈人都在北京，带谢秘书见见他们，听听他们的意见？

自从上次她拒绝了随谢秘书回广州见家人的事件之后，有一次谢秘书到会议中心来看望战友，两人见面并没有过多的话，只是礼貌性地打了招呼。江雪再一次提起谢秘书，她心也不由得又动了动。不用江雪多说，谢秘书无疑是优秀的，这么年轻就已经是副营职干部了，又到国防大学进修，前途肯定是无量的。可不知为什么，她和谢秘书在一起，总是找不到和马平阳在一起时的感觉，到底是种什么感觉，她又说不清楚。

她认完干亲，关于家庭的温暖一点一滴地又寻找回来了。她和干爹干妈分手后，才想起干妈塞在她口袋里的盒子，她打开，发现是一条纯金项链。之前她在商场的柜台中，看见过这样的项链，她一直认为这些金光灿烂的东西和自己无关。江雪早就有这样的项链，包括耳环、吊坠、戒指什么的一应俱全，有自己的家人买的，也有刘所长送给她的，装满了首饰盒，放在抽屉里，她只能敬而远之。如今她也拥有了项链，这是她平生的第一件首饰，此时就沉甸甸地揣在自己的兜里。

她听见江雪又一次提起谢秘书，刚才干爹干妈送她到门口时，干妈还关心地拍着她的肩膀说：红梅，你也老大不小了，该考虑个人的大事了，你身边要是没有合适的，你干爹和我就帮你找了。她听了，只是浅笑了一下。

这一阵子总是有人提起给她介绍男朋友的话题，这次干妈又提出来，每次她都会下意识地想到马平阳。这段时间，马平阳的来信很少了，收不到马平阳的信，她心里不免又失落了。

三

又一个元旦说来就来了，这是江雪的大日子，她和刘所长结婚了。

婚礼很低调，就在会议中心的一间会议室里举行，参加的人大多是会议中心的工作人员，双方家长并没有到场，是中心主任主持的婚礼。宴席也在会议中心的食堂。婚礼仪式很快就结束了。

刘大铭和江雪被人们簇拥着从食堂走出来，外面已经有两辆轿车在等候了。江雪先是把董红梅推到一辆车里，然后附在她耳边悄悄地说：一会儿你跟我走。婚礼结束了，还要让她去哪里？刘大铭和江雪上了第一辆车，车便启动了。董红梅独自一人坐在车里，跟着前一辆车走大街穿小巷。今天她的角色是江雪的伴娘，她和江雪的交情始于教导队，一直到会议中心，两人一直住在同一宿舍。在外人眼里两人是一对好姐妹，董红梅也一直这么认为，能为江雪的婚礼尽点力，也是她应该做的。

后来车辆驶入一条胡同，又转了两个弯，在一个院落门前，有两个军人在站岗，她猛然意识到，这应该就是刘大铭的家了。车路过门口时，两个军人同时举起手臂，向车辆敬礼。车驶到院内便减慢了速度，终于在一个门厅前停了下来，刘大铭和江雪从前车上下来，董红梅也打开车门从车上走了下来。江雪过来又拉住她道：一会儿你就跟我走。她别无选择，只能跟在江雪身后，走进一个大厅，又进了一个小厅，刘大铭和江雪才停了下来。江雪让她坐下，还随手递给她一瓶矿泉水，两人随后就走进了后院。她坐在小厅里，茶几上摆着茶杯，像列队的士兵整齐而又肃穆，还有洗好的水果，也是成排成列的，墙上有字画，她不懂，只是随便看了几眼。她意识到这应该就是刘大铭家的客厅了。稍候片刻，她听见了脚步声，门口外，只见江雪挽着一位华贵的夫人出场了。说华贵，是这位老人的气质，脸上仍很朴素。江雪就冲夫人说：妈，这就是我和你说过的董红梅，我最好的朋友。董红梅在这之前已经立起身了，听江雪介绍完，给夫人敬了一个标准的军礼。江雪扶着婆婆在沙发前坐下，才招呼她道：红梅，这就是我婆婆，大铭的母亲。她忙过去，在夫人面前叫了声：阿姨。夫人这时脸上绽出一缕笑意，示意她坐下，她欠了身子坐在夫人一侧。江雪就说：红梅，一会儿有客人来，你帮忙招呼一下。她冲江雪郑重地点点头。从进大门开始，她浑身上下就被一种神秘的气氛所笼罩了，虽然之前江雪多次和她描述过刘大铭家的种种气派，今天一见，还是被这里的气场震慑了。让她吃惊不已的不是这些房子，而是院内角落里不显山不露水的警卫们，他们有的穿着军装，有的穿着统一的便装。之前她随谢秘书也出入过一些首长家，也见过穿着便装或军装的警卫们。谢秘书告诉过她，只有到了一定级别的首长，才会配备这样混合的警卫人员。

天擦黑的时候，她在小厅里迎来了第一批客人，竟然是江雪的父母，两人都换上了便装。在她的招待下，两人拘谨地坐在客厅里，小声地和她打着招呼，两人近似耳语地又说了几句什么，他们的表情呈现出一种神秘小心的神色。她知道江雪的父亲是军职干部，就在总部的机关工作，平时也是虎虎生风的一个军人。此时，威仪不见了，就像一个邻家的老人，来到一个陌生的地方做客。

不一会儿，刘大铭陪着一位老首长走了出来，老人个子不高，双目炯炯，脚下生风。她突然想起在报纸上看过的照片，这应该就是刘大铭的父亲了。只见江雪的双亲同时站起来，向前迈了几步，最后江父立定站好，敬礼的同时，声若洪钟地叫了声：首长好。大铭父亲伸出手，用力握了一下江父的手，还用力摇了一下，然后是和江母握手。大铭在一旁冲江父江母说：爸妈快坐下，到家里了就别客气。江父江母脸上现起了笑意，欠着身子坐在了沙发的一角。大铭父亲坐在对面，挺直了腰杆，一边注视着江父江母，一边大声说：还是你们年轻，精神头比我这老家伙强多了。江父忙说：首长身体硬朗。两人坐下不久，一位秘书模样的人便通知可以开饭了。大铭父亲率先站起来，挥了下手道：亲家，走，吃饭去。过来拉住江父的手，两人在前头走，董红梅过去搀过江母也一同走出去。

果然是家宴，并没外人，到了桌前，江雪还把红梅拉到身边一个空位子上坐下，大铭父亲这才把目光投到她的身上，笑眯眯地说：这个小鬼我怎么没见过？江雪就起身冲公公道：这是我战友董红梅。首长显然耳朵不太好，还是听懂了，一边冲她笑一边大声说：到家了就别客气，以后常来玩。她印象中威仪的首长，说出的都是家常话。她有些感动，立在一旁做好服务准备。

大铭父亲和江父连喝了三杯，三杯酒之后，大铭父亲话似乎就有点多，便说起了当年打游击的故事。说有一次，师部正在开饭，侦察排的人通报说有一队鬼子正朝这里赶来，他就命令师部的人，三分钟吃完饭马上撤退，说那顿饭太难忘了，米饭塞到嘴里都来不及嚼，汤都是烫嘴的，虽然没有滋味，却是一辈子忘不了。说完这段往事，大铭父亲就呵呵地笑着，用汤勺去喝汤，不小心洒了出来，后来就干脆端起碗来喝，喝完放下碗，笑道：还是用碗过瘾，就像当年行军打仗。首长在董红梅眼里一下子拉近了距离，笼罩在他周身的那种神秘气氛也消失了一些。

接下来就是相互敬酒，并说些花好月圆的话，其间，她也端过茶杯走到大铭父母面前表达了敬意，首长一副来者不拒的样子，她喝茶，首长喝的是酒。首长喝完还把酒盅倒过来，一滴不剩的样子，然后又不忘叮咛：小同志，以后常来串门。

首长显然喝多了，嚷着要酒喝，大铭母亲显然对这样的场面已经驾轻就熟了，冲一直站在一旁的秘书递了个眼色，秘书便过来附在首长耳边说：首长，有份机要文件还要等着您去处理。听到“文件”二字，首长顿时消停下来，站起身，冲江父、江母抱拳道：亲家公、亲家母，失陪了，我去处理下公务。说完在秘书陪同下，大步向后院走去。首长一走，大铭的母亲便成了主角，一边招呼江父江母吃菜，一边又说了几句体己的话，晚宴很快就散了。

还是那辆车把董红梅送回了会议中心，回到宿舍才发现，江雪的床已经空了，她坐在自己的床上，望着那张空床呆怔了许久。

她和江雪分手时，江雪拥抱了她，附在她耳边说：谢秘书前两天打电话，还问了你的情况。别傻了，谢秘书这人挺好的。说完还在她后背上重重拍了一下，以示提醒。此刻，她呆望着江雪空出来的床位，回想着大铭家，想起江雪和高干公婆在一起生活的样子，她还是觉得有些陌生。不知为什么，她替江雪觉得有些压抑。

她又一次接到了谢秘书的电话，约她周末抽空转一转。她没答应也没否定，犹豫着把电话放下了。她和谢秘书的关系，她自己也说不清会有什么结果，自从上次拒绝了谢秘书一同回广州，她已经放下了，可谢秘书一直没有放下，还是隔三岔五地打来电话，或者托人捎来一些小吃。

周末的时候，谢秘书带她去了植物园，两人转了一会儿，便坐到一处水塘边。此时水塘里已结了冰，有几只麻雀在冰面上找水喝。谢秘书扔了一块石子，惊飞了那几只麻雀。

两人的话题从江雪结婚开始，谢秘书说：听说江雪的婚礼你参加了？

她点点头，那天晚饭的情景又出现在她的脑海里。

谢秘书低沉着声音道：江雪嫁给了一个高干家庭。我父母已经离休了，可比不上刘大铭的家庭，你不会嫌我家庭条件不如刘大铭吧？

她瞥了一眼谢秘书的脸，这个斯文的男人，竟有了种不自信的表情。她想到了自己日出而作日落而息的姐姐和姐夫。自卑的应该是她，如果不是因为自卑，也许就不会和马平阳分手，想到马平阳，她的心就揪紧了。她已经很久没有接到马平阳的来信了，虽然每天还有期盼，路过收发室时，她总会向那个管收发的小战士询问有没有她的来信。她的信本来就不多，除了姐姐和老虎团那些战友，便再也没有人给她写信了。小崔、林连长偶尔还会给她来信，邱指导员转业，就是林连长告诉她的，说是连队又来了一名新指导员，马平阳已经是副连长了。她偶尔也会想起牺牲的李来权，刚开始还有人不时地来信提起他，说连队官兵集体给他家捐款。她曾经向林连长要过李来权的家庭地址，把两个月工资寄去了李来权家里。她并没留下姓名，只留下了“战友”二字。她对李来权有种说不出来的情愫，关于李来权的一切，她都能够理解，李来权在最后一封写给她的信中说过，在突如其来的变故中，平民子弟就会有机会……在和平年代，又有多少像李来权这样的干部战士，期待着在血与火的洗礼中脱颖而出？

谢秘书这么问她，她竟一时不知如何作答，她羡慕江雪的一帆风顺，从参军到提干，最后又调到了北京，又嫁给了刘大铭。她想过，这一切都是江雪的命，和她毫不相干，她承受不了江雪所得到的一切。之前她一直觉得没有安全感，总觉得自己的路不知什么时候就走到山穷水尽了，自从认了段师长当干爹后，这种不安全感才稍稍少了一些。如果自己真到了无路可走的地步，干爹段师长不能不管她吧，就像当年提干风波一样。

谢秘书见她久不回答，又说道：我知道你的家庭很特殊，我一路走到现在，并没有利用父母的关系，都是我自己努力的结果。只要我们努力，一定能走出我们自己的天地。谢秘书已经把话说得铿锵有力了。之前，谢秘书和自己说过他的经历：在广州军区入伍，第二年便入党了，提干后不久就被调到了北京总部。有一次首长检查部队，看中了他，选拔到身边当秘书。谢秘书无疑是优秀的，可她和他在交往过程中就是找不到恋爱的冲动。她不知道江雪和刘大铭之间是一种什么样的感觉。她一直认为江雪是幸福的。

又一个周末，她去国防大学探望干爹段师长，是谢秘书陪同她一起去的，在干爹宿舍里坐了一会儿，谢秘书便起身告辞了。谢秘书一走，干爹就说：一看谢秘书就是在大机关干过，训练有素。她抬起头，等着干爹说下文。段师长踱了两步，又扭过头来说：他前途肯定不会差，你们能不能走到一起，要问你自己。干爹只给你当参谋，人生大主意还得你自己拿。

她特意把谢秘书带到干爹面前，希望在干爹这里得到某种答案，可干爹的话并没有让她找到满意的答案。她不免又空落起来。

四

董红梅突然接到了一封发自阅兵村的来信，她早就知道为国庆节大阅兵，北京郊区成立了阅兵村，可她并不熟悉阅兵村里的人。她迫不及待地拆开信封，才知道这封信是马平阳写来的。马平阳告诉她，自己参加了阅兵集训，全团选拔了十几名干部战士参加这次阅兵集训，字里行间透露出骄傲和喜悦。

从那以后，她开始关注阅兵村的所有新闻，有时《新闻联播》中也会出现阅兵村的训练片段，马平阳似乎一下子离她近了。

一天下午，她正在看报纸上关于阅兵村的纪实文章，江雪突然闯进来，冲她说：总部要组织人员去阅兵村慰问，你想不想参加？她一下子从椅子上站了起来，不假思索地说：我去，当然去。事后，她竟不知自己这么渴盼走进阅兵村的动因到底是什么。难道是因为对阅兵村的好奇，还是因为阅兵村中的马平阳？这段时间，自己也奇怪，只要有人提到阅兵村，她的心跳就加快。

几天后，她终于随总部慰问团走进了阅兵村，一排排临时搭建的帐篷，像一排又一排阅兵的队列，森然地矗立在那里。军人在训练场训练的口号声、整齐的脚步声，从四面八方传来。她恍若置身于战场，杀声震天，厉兵秣马。一排又一排军人，汗浸了军衣，神情严肃地从她面前走过。

训练队伍休息时，她找到了马平阳的训练方队。马平阳坐在一块水泥板上，看到她的一瞬间，嘴巴张得大大的，冲她露出久违了的灿烂笑容。他站起身上前一步道：你怎么来了？我不是在做梦吧。她在距他两三步远的地方停下脚步，打量着他。他似乎比以前瘦了，也黑了，个子也显得比以前高了一些。最后一次见马平阳还是在他们去云南排雷的列车上。她突然有些激动，鼻子有些酸楚，但她还是很快忍住，也抿嘴笑着道：马平阳，你和以前不一样了。他又恢复到了连队时嬉笑的样子道：好好学习，天天向上，自然每天都有变化。他无拘无束地笑着，太阳照射在他黑红的脸颊上，一口白牙显得分外抢眼。后来两人又说了些别的什么，训练的队伍便集合了。马平阳一边整理衣裤一边冲她道：等阅兵结束了，我去看你。还立住脚，冲她敬了一个礼。然后眨下眼睛，跑步回到了队伍中。一个又一个方队，像一块又一块移动的铜墙铁壁森然地在她眼前走过。

干爹段师长终于结束了在国防大学的学习生活，临走的前一天，她来给干爹送行。经过这段时间的走动，干爹段师长和她的关系亲近了许多。不知道真相的人，以为她就是他的女儿。还是在干爹那间宿舍里，她坐在干爹面前。干爹望着她慈爱地说：干爹要离开北京了，以后想看干爹就不容易了。她望着温暖的干爹，想挤出一丝笑，不料眼泪却流了下来。干爹忙从口袋里掏出手绢递给她，一边开玩笑道：红梅，你干妈像你这个年龄，都把你大哥生出来了，你还哭鼻子呢。自从认了段师长这个干爹，漂泊的心似乎找到了着落，她已经习惯了每周末来看干爹，有时干爹带她去食堂，有时就去大学院外的饭店吃。每次干爹都要陪她在院内散步，和她聊生活，也聊理想。有时会碰到熟人，那人便热情地打着招呼道：老段，你女儿又来看你了？段师长脸上便溢出幸福的笑，响亮地回应着。那种幸福的笑容，许久都不会在他脸上消失。有时干爹也评价谢秘书道：那小伙子还是不错的，要是你觉得满意，就把这事定下来。她不说话，也不知说些什么，干爹似乎看出了她的心思，立住脚道：要是你觉得方便，休假时就把他带到家里来，让你干妈还有哥哥们也帮你参谋参谋。一股巨大的暖流从她胸口流过，她用力地点了一下头，心里一遍遍地说：我有家了，终于有家了。她把干爹当成了自己的靠山，一棵能为自己遮风挡雨的大树。有许多次在梦中醒来，她心里还存着一丝丝甜蜜。

干爹是坐火车走的，她一直把干爹送到了站台上，干爹在卧铺上安顿好自己的东西，又从车上下来，高高大大地站在她的面前道：红梅，干爹要走了，记住，从今以后你就有家了，休假时就回家里来，让你干妈给你做好吃的。平平淡淡的几句话，却让她泣不成声。她终于鼓足了勇气，扑到干爹的怀里，干爹愣怔了几秒之后，也用力地拥紧了她，爱抚地拍拍她的后背。她离开干爹的怀抱时，看见干爹也湿了一双眼睛。这时开车的预备铃声响了起来，列车员催促着还没上车的旅客抓紧上车。干爹转过身，又停住，立住脚，扭过头道：红梅，我和你干妈在家等你。说完几步跃上了车门，回过身子冲她挥了一下手。泪眼模糊中，她看到干爹用力地擦了下眼睛。

列车开动了，载着干爹，带走了她的温暖。回中心的一路上，她都郁郁寡欢的，自己告别的不仅是干爹，还有一种叫亲情的东西，从此让她牵肠挂肚。她回到中心宿舍，发现谢秘书正坐在自己的宿舍里，和江雪说笑着什么。江雪自从结婚后，每天下班都回刘大铭家里，宿舍便成了她中午休息的地方。江雪见董红梅进门，忙立起身道：谢秘书等你好久了，你们聊吧，我要回家了。说完背起包，转身走出门，还特意把门带上了。

谢秘书站在床沿旁，有些腼腆的样子，自语般道：不知道你去车站送你干爹了，要是知道，我就随你一同去了。

她没说什么，拿起水壶给谢秘书摆在桌子上的杯子续上水才说：你喝水。然后坐在江雪刚才坐过的位子上。谢秘书这才又坐回原位，扶了下眼镜道：我也结束了国防大学的学习，以后不再担任首长秘书了，去机要科当科长。

祝贺你。她冲他笑了笑，她又一次想到在阅兵村训练场挥汗如雨训练着的马平阳，便有些走神。

我明天就要去报到了。今晚要是没什么安排，我带你去吃饭吧。谢秘书这么说完，便期待地望着她。

她迟疑了一下，还是说：今天算了吧，我有些累了。

谢秘书显然有些失望，但还是笑了笑说：好吧，那我就改天再来找你。谢秘书讲到这就要告辞了，走到门口，拉开了门，又想起什么似的回身说：对了，机关分了我一套房子，改天我带你去看一看。说完才离开。

她看着谢秘书的身影消失在楼道里，心里却平静得出奇。自从认识谢秘书，她一直认为谢秘书是优秀的，在机关首长身边工作，练就了他沉稳的性格，不论做什么事都是细致入微的。每次和她一起出门，包里永远装着餐巾纸，甚至还有一些常备药，只要她说一句哪里不舒服，他总能在包里找出她需要的东西。他体贴入微、关心备至，说不出他哪里不好，但就是没有感觉，平平淡淡的就像面对一个熟人。

马平阳又给她来过两封信，说得不多，告诉她方队已经合练了，阅兵进入倒计时了。她读着他的信，又想起了在连队时，他经常摇晃着身子来到猪舍里找她，然后信马由缰地聊天的情景。

国庆节终于到了，这一次的阅兵将载入史册，她和所有人一样，在收看阅兵直播。会议中心把所有人组织在一起，大会议室的电视声音被调到了最高。阅兵开始，首长的检阅车经过一个又一个方队面前，她睁大了眼睛，希望在镜头里能够看到马平阳的身影。直到方队通过天安门城楼前，她才终于看到了马平阳，他自信地微笑着，转头向天安门城楼上的首长行着注目礼。电视解说员在激昂地解说着：这是一支从白山黑水走来的方队，他们的前身是在东北林海里坚持八年抗战、卧兵盖雪、吃草根树皮成长起来的部队……她从座位上跳了起来，这是她的老部队，思绪穿越到茫茫林海的夹皮沟，那里有一支铁军叫老虎团。

她流出热泪，无法控制自己。不仅是她，许多人都激动地流下了眼泪，为了自己，也为了眼前电视里一排排一列列的战友。

第九章

一

国庆阅兵后不久，又是一个周末，董红梅正在院子里晾床单，透过床单底部的空隙，先是看见一双脚停了下来，她抬起头时，就看见了一张熟悉的面孔，正阳光明媚地冲她笑着。她惊呼一声：马平阳，你怎么来了？马平阳的出现有如神兵天降，让她又吃惊又欣喜。前几天她在电视里看到了阅兵方队中的他，英武帅气地从天安门广场前走过。

马平阳这次来看她，她才知道他已经被调到北京一所部队院校做军事教员。她之前做梦也没有想过，马平阳也能调到北京。那天，她把马平阳领到了自己的宿舍，马平阳站在门口，双手插在裤袋里，打量了半晌才走进来。她拉出椅子让他坐下，手忙脚乱地烧水倒茶。马平阳感叹道：这里可比连队宿舍好多了。一句话，又把她的思绪拉回到了夹皮沟。她抬头望着他，阅兵训练风吹日晒的痕迹还没从他脸上消退，似乎还能嗅到他身上散发出的太阳的味道，他的嘴角又流露出标志性的微笑。他盯着她得意地说：山不转水转，我们又在北京相遇了。她面对他的目光张皇地坐在那儿不知说什么好，心脏都快从嗓子眼里跳出来了。

从那以后，马平阳隔三岔五地就出现在她的面前。马平阳和谢秘书不一样，来之前从来不给她打电话，总是神兵天降一样。有时用塑料袋提着几个水果，有时是一些零食，有时就空着手，似乎这里就是他的家，他只是出门转一圈回来而已。

有一次，她随谢秘书去美术馆参加一个书画展，回来时已经很晚了，她从车上下来，马平阳就“嘿”一声从暗影里钻出来，吓了她一大跳，惊叫一声，差点跌入他的怀里。马平阳看着远去的轿车打趣道：红梅，你待遇提高了，车接车送的。她望着消失在暗夜里的轿车尾灯，心里涌过一阵别样的滋味。自从马平阳经常来看她，她已经好久没赴谢秘书的约会了。每次谢秘书打电话，她都推托自己有事，谢秘书并不多说什么，只在电话那端叹口气。过几天仍打来电话，周而复始，韧性十足的样子。

马平阳的出现，让董红梅心里的天平马上就失衡了，她倒盼望着马平阳每个周末都能来找自己。她掌握了马平阳来的规律，几乎都没让她落空过。每次马平阳来，她就陪他在食堂吃饭，有时在会议中心的院子里转一转。

因为太长时间没有赴谢秘书的约会，她自己都觉得有些说不过去了，才答应陪他去看书画展。她知道马平阳一定会来找她，她不在，他一定会离开，只是空跑一次而已，没料到天都黑了，他仍然等在暗影中。马平阳似乎一副无所谓的样子道：你今天出门的时间可真长。说完把一个纸袋递到她面前，里面装了一个包装盒。她不解地望着他。他说：快拿回去吃吧，是驴打滚。驴打滚是一种北京小吃，黄米磨成面蒸熟了，外面又撒上一层炒熟的黄豆面。她老家也有这种吃食，只不过不叫这个名字而已。就是在上周，两人说起了老家的小吃，她提了一嘴，说小时候最爱吃的东西就是驴打滚了，又香又顶饿。没料到，这周他就给她带来了。

那天晚上，他把小吃塞到她手里，挥挥手道：我得抓紧走了，不然赶不上末班车了。说完就跑步消失在暗夜中。她又想到多少个夜晚，他陪她在猪舍前的夜空下，每次他的告别也是这么突然，拍拍屁股上的土说：我该走了，一会儿就该熄灯了。一瞬间，她有些恍惚。

回到宿舍，她正在开门，隔壁宿舍同事周霞探出头望眼她道：你的战友见到了？她意识到周霞说的一定是马平阳，便点点头，还客气地说了句：谢谢。周霞又说：你上午刚出门，你的战友就来了，说什么也不走，说一定等你回来，一直待在院子里，像一个哨兵。马平阳并没和她说这些，就像和她偶遇一样，打声招呼就走了。回到宿舍，她把包装盒从纸袋里拿出来，这是他从稻香村为她买的，包装盒上还印着“稻香村”的字样。打开包装盒，一股熟悉的味道亲切地迎面扑来，不知为什么，眼泪突然涌出了她的眼眶。

又一次见到马平阳是一个月以后了，见了面才知道，他带着军校学员去外地的一个训练基地搞军训去了。他不辞而别，也没有预告，就像一个天外来客，突然又出现在她的眼前。在这一个月时间里，每到周末她都习惯性地等他，理所当然地认为他会来。因为期待他的出现，她一次又一次地推掉了谢秘书的约请。从每个周末的日出到日落，她不时地趴在宿舍的窗前向外张望，结果她一次次失望，心开始躁乱，莫名地会生气，情绪也变得飘忽不定。一个月过去，她以为他不会再来了，结果他又一次出现了。

她有些赌气地说：你怎么知道我一定会在？

他笑着说：你不在我就回去。他把这句话说得云淡风轻。

她知道，从他的学校到她这里来，要倒好几次车，路上每次都要花费近两个小时。

他顽皮一笑道：我今天是来约你爬山的，不知道肯不肯赏脸？

两人爬的是香山，最后爬到了鬼见愁。已经是冬天了，到了山顶还是出了一身汗。她要解开衣扣，他制止了她，之后直视着她，她慌乱地躲开了他的目光。两人沉默了一会儿，便向山下走去，小路崎岖，到处都是石头。他突然说：还记得李来权吗？她当然记得他。他就说：我突然想起他帮你去山里割猪草每次回来时的样子。山一样的猪草堆在李来权的背上，每次他都故作轻松地说：我回来了，够猪吃上两天的了。李来权卸下背上的猪草，一边擦汗，一边开心满足地笑着。她又想到了在人民英雄纪念碑的一侧，还有他去云南执行任务在月台上的一刻，她还能想起李来权最后给她来信的内容。他是那么盼望立功受奖的机会。她经常想起李来权在信中写过的话，每次想起，心里都油煎火烤地难受上好一阵子。

两人下到山底，她突然看到了一个熟悉的身影，没错，就是谢秘书，他穿着便装，陪着几个首长模样的人向山上走来。刚才有说有笑的谢秘书突然发现了她，脸上的笑就僵住了。她才想起，这个周末并没有接到谢秘书的约请电话，当时她心里好一阵轻松。没料到却在这里鬼使神差地和他碰到了。僵硬了一瞬间的谢秘书，脸色马上恢复了正常。他快走几步，来到了她的近前，又看了一眼马平阳，甚至还礼貌地冲马平阳点了下头，然后才小声地说：今天我陪几个外地首长爬山。说完又瞟了眼马平阳，便周到体贴地招呼几位首长去了。

马平阳见她不说话，就说：我没猜错的话，刚才和你说话的人是谢科长，以前是首长的秘书，你目前的男朋友。

她吃惊地望着他，在这之前，她从来没和马平阳提过谢秘书，半晌她才道：你怎么知道的？他又是那么顽皮地一笑道：这你不用管。在他面前，她似乎成了一个透明人，一时间她局促起来。

在公共汽车站，他执意要送她回小汤山的单位，她不肯，这样他会绕很多路。在她的坚持下，他最后妥协了，各走各的。两人等公交车时，他不经意地望着前方说：谢科长这人会有前途的，这么年轻就当上了科长，在机关口碑也不错。她看了他一眼，没有说话。还是他等的公交车先来了，可他想送她先走。车门开的一刹那，她不知哪里来的力气，一下子把他推到了车上，他也没有挣扎，回过身，隔着车窗在冲她一边笑一边挥手。

她和马平阳来往的事还是被江雪知道了，江雪怀孕了，腰身已经很明显了，单位领导对她特殊照顾，可以晚来早走。江雪就一副散淡的样子。有一天江雪回到宿舍里午休，就对她说：红梅，你该结婚了。她诧异地望着江雪。江雪就说：谢科长那人真的不错，错过这个村可没这个店了。她不说话，脑子里下意识地又闪现出马平阳。她惊叹，自己这时候脑子里浮现的竟然不是谢科长，而是马平阳。

江雪又说：大铭经常提起谢科长，说机关好多女干部追求他，他理都不理。

刘大铭现在和谢科长同在机关，他们打交道多很正常。当听到许多女干部追求他时，她的心竟也平静得出奇。

江雪说到这又补上一句：我不是说马平阳不好，之前你和他好过一段，当时没成，就别再走回头路了，好马不吃回头草！说完，满脸内容地望着她。她明白，作为好朋友，江雪这是在为她好。

北京下了第一场雪的那天，正好是个周末，一大早起来，四周都变成了白茫茫的一片，许多宿舍的玻璃后面贴着一张张惊喜的脸。雪还在下着，并没有停下来的意思，就在这时，她看见马平阳身披一层雪花从院外走了过来，然后停在她宿舍的楼下，仰起头冲她招手。

那天，她和马平阳去了玉渊潭公园，两人租了一辆冰车，在冰面上滑雪。马平阳之前和她说过，冬天最好玩的就是滑野冰了。寒假时，他能从早晨一直滑到晚上，有时顺着河道一直滑向村庄，还偷过老乡的鸡。有一次为一只鸡，他被父亲揍了一顿。父亲半夜坐上自己的专车，带着他，提着鸡找到老乡家赔礼道歉。

冰面上有许多青年男女在嬉戏打闹着，他让她坐在冰车上，他扶着她的肩，在冰面上奔跑着，刚下过雪的冰面并不是很滑，他越跑越快，她听到了风从耳旁掠过的声音。她闭上眼睛享受着美妙的瞬间。他突然在她身后打了个趔趄，重心不稳，倒了下去，她坐的冰车也随之翻倒了。一切都是在瞬间发生的，让她猝不及防。她先爬起来，冲他跑过去，他喘着粗气，仰躺在冰面上。她以为他受伤了，奔跑过去，俯下身去察看。他突然睁开眼睛，一下子把她拉到怀中……

从这一刻开始，两个人一下子变得沉默起来。黄昏的时候，他送她到了公交车站，她一直不敢看他。有一辆她要乘坐的车驶过来，车门开了，她并没有上去。车走了，他埋怨道：你干吗不上车？她望着他，眼里蓄了一层朦胧的雾气道：你明知我有男朋友，干吗还要这样？他咬了下嘴唇，认真地看着她，半晌才说：只要你没有结婚，我就有追求你的权利。

她坐在公共汽车上，回想着马平阳的表情和口气，原来这一切他是有计划有步骤的，谢科长在明处，他在暗处。可她不认为马平阳做这一切是场阴谋，顶多就是个阳谋。不疾不徐，按着自己的节奏一次又一次地走近她。然而她呢，似乎已经等许久了，就在原地，不曾向前迈过半步。

二

又一个春节悄悄临近了，干爹干妈轮着班不停地给她打电话，约请她去家里过年。想起从参军到现在，几个年头过去了，她还没有真正意义上休过假。看着战友们在年节的时候，一个又一个欢天喜地地回乡探亲，自己心里也油煎火烧般难受。人们都说，每逢佳节倍思亲，她又何尝不是呢。每年春节临近，她都会给姐姐写信，希望休假回去看一次姐姐，姐姐每封来信都斩钉截铁地告诉她：要是你想出去旅游放松，姐支持你，要是回家就不必了。

她记得姐姐出嫁那一年，她刚上初一，十几岁的孩子，已明白了人情世故。姐出嫁的前一天夜里，她从梦里醒来，确切地说是被姐的哭声惊醒的，她不明白姐为什么要哭，她试探着用手去触摸姐的身体，姐翻身把她抱在了怀里，泪水已经浸湿了她的脸颊。姐越哭越伤心。她伸出手去摸姐脸上的泪，胆怯地说：姐，不想结婚，咱们就不结好了。自从姐和姐夫定下这门亲事，姐的脸上就再也没有出现过笑容。那天晚上，姐在她耳边含混地说了句：你不懂。姐后来抽抽噎噎地渐渐平息下来。第二天一早，姐夫赶了一辆牛车把姐和她拉走了。姐坐在牛车上，冷着脸一句话也不说，姐夫挥着鞭子，走在车下，脸上却乐开了花。牛头上系了块红绸布，在风中摇曳着。往事她记忆深刻。

后来她又大了些才渐渐明白，姐答应这门亲事是想给她一个家。虽然姐再也没有出现过笑容，望她的眼神却多了份希望。姐拉着她的手说过：姐不能让你没有家。姐嫁给姐夫之后，她才知道姐夫家有多穷。日子并不比姐和她的日子好过多少，两间小房，窗户连块玻璃都没有，用报纸糊过了，风雨之后，窗户便千疮百孔，风啊雨啊漫无目的地灌进来。姐经常在有风雨的天气里，夜半来到她的房间用衣裤堵窗子。她瑟缩在墙角，姐把她抱在怀里，用身体一点点把她焐热，姐抖着声音说：红梅，姐的日子会好起来的，姐走这一步，就是不想让你受委屈，不再担惊受怕。母亲失踪后，就在她记忆中消失了。有多少个夜晚，她在噩梦中惊醒，抱着姐哭喊着要妈妈。起初她哭，姐和她一起哭，后来她们又大了一些，姐就不再哭泣了。每次她哭闹，姐就把她抱在怀里，目光望着一个角落发狠地说：小梅，姐一定把你养大。母亲离开她们那一年，她才三岁半。姐俩相依为命，终于长大成人了。可姐不知为什么，她离开家门后，一下子就对她冷淡了。有时她给姐写了许多信，却不见姐回一封，正当她担心姐出了什么事时，姐的信又不期而至了。姐在信中三言两语地告诉她，家里一切都好，不让她惦念之类的。久了，她似乎已经习惯了姐的冷淡。她找了诸多理由，想着姐的冷淡，却总不能自圆其说。她在当战士时，把攒了半年的津贴一股脑都寄给了姐，姐把钱退了回来，姐很快回了信，告诉她，家里什么都不缺，不需要她的钱。从那以后，她再也没有给家里寄过钱。直到上次，她突然回到家里，她亲眼看见，姐院里养着的鸡被姐夫一棍子抡晕一只，成了餐桌上的菜。姐带她过日子时，家里也养了几只母鸡，就是为了下蛋，她们却很少吃过鸡蛋，都让姐把蛋拿到供销社换了油盐，还有她们学习的书本费。一只鸡在餐桌上值不了几个钱，可对她们的童年来说，那是她们所有生活的依靠。姐缺钱，却不要她的钱。她提干了挣工资了，又试着给姐寄过两次，姐又都把钱如数地退了回来。她不知道姐为什么要这么对待她。姐因为她心不甘情不愿地嫁给了一贫如洗又年长姐十岁的姐夫。她大了一些就明白了，就是因为她，姐姐才用如此下策，廉价地把自己给“卖”了。在许多失眠的夜晚，想着姐姐拒她于千里之外的态度，她百思不得其解。

姐坚定着不让她再回去，不让她走进家门，虽然她想家。在一年四季各种节日里，她遥望着某片星空，心想着在星空下就是姐姐家的方向，怅然若失，孤苦无依的心绪便弥漫在她的周身。无家可归的她，逢年过节，便越发孤单，表面上却装成没事人一样。

自从段师长认了她当干女儿，她也见到了干妈，干妈还给她留下了象征认亲的金项链，那些日子里，她一边温暖幸福着，一边想象着干爹干妈的家又该是个什么样子。她想象着有朝一日回到干爹干妈家的情景，便一次次憧憬着，在心里暗自道：以后自己也是有家的孩子了。每次想到这，心里都暖暖的。

她接到干爹干妈的电话后，便下定决心休假，去探望干爹干妈一家。她学着别人的样子，去副食品商店买了一些北京的土特产，大包小包地带上了车。当列车的进行曲毫无新意地再次响起时，她心里竟多了几分激动，茫茫冬日中的田野在快速地向车后掠去，心已到了干爹干妈身边。

在省城车站下车时，她在人群中看到了干妈，干妈身旁还有一个穿军装的小战士。干妈也看见了她，亲热地叫了声：红梅。她迎着干妈的热情奔了过去。小战士识趣地接过她的大包小包，亲热地叫了一声：红梅姐。她打量着这个机灵的小战士，干妈就补充道：这是机关车队的小张，特意陪我来接你。她冲小张礼貌地笑一笑。

她是大年二十九来到了干爹干妈的家里，单元门口贴着醒目的对联，到了家门口，门上还贴着福字，久违的过年气息让她的心暖暖的。干妈推开门，屋子里显得有些冷清。她的到来，让家里有了生气。她进门便开始张罗着打扫卫生，这是过年的习俗。她记得小的时候，姐带她过年，用两个鸡蛋换了幅年画，张贴在去年的年画处，让新鲜替换了陈旧，屋里就有了过年的气息。扫地擦窗台，努力着让家新鲜起来，对新的一年也就有了美好的期盼。她做这一切时，干妈在一旁帮忙，一边念叨着：红梅，你来了可真好，你不来，我和你干爹都没这个心思过年了。她这才知道，干爹干妈家的两个哥哥在部队值班，没法回来，上学的弟弟和同学结伴去南方旅游去了，过完春节才能回来。干爹去部队检查工作，也不在家。直到三十晚上，她陪着干妈在包饺子，干爹才风尘仆仆地推门而入。干爹一边打量着她，一边看着窗明几净、玻璃上还贴着窗花的家，一边搓着手一边说：红梅，你来了可真好。

三十晚上是一场团圆宴，刚吃饭，家里电话铃就响了，是老大从部队打来的拜年电话，刚放下不久，老二的电话也打了过来，问候几声，说了几句拜年的话，屋子里就又冷清下来。干妈就说：红梅，我和你干爹年年如此。干爹显然因为她的到来有些高兴过了头，喝了几杯酒之后，话就多了，便回忆以前在朝鲜战场那些出生入死的往事，说到了她亲生父亲、胡叔，还有一些她没听过的名字。干爹为她亲生父亲早逝感叹，突然就想起了胡叔，便道：这个胡大个子，为你参军的事来找过我，我当时还和他说，让他常来家坐一坐，怎么这几年又没他消息了？她想到上次回老家时，她见过胡叔，便把胡叔得病的消息告诉了干爹。干爹端起杯子又放下，半晌喃喃自语道：这个胡大个子，年轻时身体好得谁都比不上，有一次从阵地上抢救伤员，他一只胳膊夹一个往阵地下撤。又说到了有一次自己负伤，也是胡叔把他背下来的，当时后方医院也在撤，为了找到后方医院，胡叔又背着他跑了二十多公里，追上医院时，胡叔已累得口吐鲜血。干爹说到这时，红了眼圈，最后又盯着她道：红梅，你能不能把你胡叔接到城里来，我要给他联系最好的医院。以前胡叔和她多次提到过干爹，却从来没有讲过这一段。她似乎被带到了硝烟战火的岁月，胡叔一边大声喊叫，一边穿行在阵地上。听干爹这么说，她用力点点头。干爹这才心事重重地又一次端起酒杯，酒却喝不下去了。鞭炮声在外面突然炸响，电视里春节联欢晚会也达到了高潮。新的一年终于来到了。

三

董红梅又一次回到了故乡。

姐听见脚步声，出门来查看。她看到姐站在低矮的房屋门前，姐似乎生病了，蜡黄着脸，确信是妹妹回来后，惊呼一声，还是迎上前，接过她手中的提包，转身往回走时，还踉跄了一下。她忙用手扶住姐，姐微喘着，安慰她道：没事，姐就是这两天身子不舒服。

炕上有条被子，凌乱地放着，一只盛中药的碗，歪斜地倒在一角。正是午后时分，小东还没放学，姐夫一定是下地干活去了。她看着姐的样子，想哭。姐却笑着说：红梅，你怎么这么犟，还是和上次一样，回来都不打声招呼。她走得匆忙，没来得及告诉姐，姐不知怎么了，这两年写给她的信越来越少了，偶尔来封信，都是只报平安，每封信的结尾都毫无例外地写上一句：家里一切都好，你就别操心了，你在外面好好工作，没事别回来。

她把认干爹干妈的事和姐说了，之前她给姐来过信，说了认干亲的事，没说得那么具体。当她说到干爹就是当年的段排长时，姐的脸上涌出一抹血色，拉了她的衣角道：你觉得咱妈现在应该在哪儿？她吃惊地盯着姐。自从母亲离开后，起初她们以为母亲一定会回来找她们。那些日子，她们天天站在门前等母亲归来，从日出到日落。就是晚上，外面有一丝响动，姐也会第一时间跳下炕，打开门，冲外面喊：妈，是你吗？没人回应，只有一阵凌乱的风从院子里刮过。后来关于母亲的种种传说在村子里传开了，姐每次回来，脸色都不好看，认真地冲她说：妹，别人说妈的话你不要信。又过了一阵，各种传说淡了下去，只有一双双同情她们的目光不时地缠绕在她们身上。胡叔那会儿经常来看她们，有时提半袋米，或者几棵白菜，放在屋内，然后扫一眼空荡荡的房间，叹口气，伸出手摸着她们的脑袋说：腊梅，你是姐，日子再难也要把妹妹拉扯着过下去。胡叔感叹一气，晃着身子就离开了。过了一阵还会再来，姐就对胡叔说些感激的话，胡叔挥下手说一句：我和你们的爸是战友，你们爸活着时，他对我不错。就是这些像胡叔一样的好心人，拉扯着她们长大。也就是从那时起，姐再也没有提过母亲，就像压根没有母亲这个人。可这次不知怎么了，姐又一次提到了母亲，而且还用这种口气，她吃不准地望着姐。

姐拢了下头发，望着窗外幽幽地说：我总觉得母亲没有走远，就在咱这附近。她盯着姐的脸，突然汗毛倒竖起来，她有些紧张地望着姐道：姐，你怎么了？姐拉过她的一只手，她发现姐的手有些凉。姐盯着她说：我一直认为，妈不会无缘无故地丢下咱们不管。这阵子我总做梦，梦里真真的，妈就站在我面前，一遍遍地说，这些年让咱们吃苦受罪了，说自己对不起我们。姐说到这就流泪了。她心里也阴阴沉沉的，不是个滋味。

再次见到胡叔时，胡叔的样子她都有些认不出了，以前那么结实的身体，现在变得又瘦又小，干枯着。她一连叫了几声胡叔，胡叔连眼皮都没抬一下，痴痴地沉浸在自己的世界中。当她把干爹想接胡叔去城里看病的事告诉胡婶时，半晌，胡婶摇了摇头说：你胡叔的病大小医院跑了个遍，人家说老年痴呆是脑子变小了，哪家医院也治不好你胡叔的病。段师长对咱们不错了，能记得咱们就不容易了，怎么能还去给人家添麻烦。她看着眼前几乎认不出来的胡叔，想起小时候胡叔说过的话：我是连队的机枪手，扛一挺机关枪，还背两箱子弹，翻山越岭，从没掉过队。然后就摸着她的脑袋说：你爸是个好人呢，每次打菜，都会给我碗里多添半勺。胡叔是个念旧情的人，长吁短叹，每次说起往事，他脸上都洋溢着骄傲，然后就有些神伤。当年为自己能够参军，胡叔一趟趟去部队上寻找当年的战友，终于找到了段师长。想到这，她控制不住自己，一边流泪一边道：婶，就让胡叔再去大城市的医院看一看吧，万一胡叔这病还有希望呢。

胡婶的目光早就麻木了，她摇着头说：他这病该跑的医院都跑过了，医生都说治不好。你胡叔还没糊涂时，交代过，自己不论到啥时候，都不能麻烦别人，尤其是战友。你胡叔还说，战友是互相交命的，不是拿来麻烦的。胡婶说到这又感叹道：你胡叔刚强了一辈子，他说过的每句话我都记着，咱不能麻烦人家。

她在心里热热地叫了一声：胡叔哇。知道自己无法说服胡婶，她只能又一次告别了。离开前，她附在胡叔的耳边大声说：胡叔，我走了。胡叔的眼睛动了一下，她走到门口时，胡叔突然叫了一声：小梅。她惊喜地转过身冲胡叔道：胡叔，你认出我了？再看胡叔时，胡叔的目光又变回到了以前那个样子，茫然而又空洞。她突然跪在了胡叔面前。父亲去世得早，从小到大，胡叔一家没少接济她和姐姐。在她们的情感里，胡叔就像再生父亲。她扑到胡叔怀里，抱住胡叔喊道：胡叔，你再叫我一声吧……

胡婶把她送到了门前的土路上，她把兜里的钱掏出来，只留下了车票钱，剩下的一股脑要塞到胡婶手里，胡婶推拒着，她叫了声：婶呀，我就是这一点心意，没有胡叔哪有我的今天。胡婶流着泪把钱收下了，小心地攥在手里，小声地说：你要是有心，还是把你姐带到大城市里看看病吧，听人说，她病得不轻。

姐并没有说自己的病，只是告诉她身子不舒服，吃点中药就会好起来。

胡婶这么说完，她心一沉，用力地点点头。她向胡婶告别了，又一次走到高坡上，她又一次回望胡叔的家，只有胡婶一人站在院子里冲她挥手了。她想起了上次，胡叔还拄着拐杖站在院内目送着她。

晚上睡觉时，姐搬着铺盖来到了西屋，一边往炕上放被子一边说：姐今天再陪你睡，咱姐俩说说话。姐躺下时，拉住了她一只手，两人望着天棚好久没有说话，她们各怀心事地躺着。姐就说：还记得小时候下雨天吗，外面一打雷，你就往我怀里钻，我就用手把你耳朵堵上。她转过身，一把搂住姐，又一次把头扎到姐的怀里。姐的胸怀再也不是她记忆中那么温暖、宽大了。此时姐是那么瘦小，身体又那么冰冷。她叫了声：姐。她又想起小时候，每天都去鸡窝里捡鸡蛋，每次姐把鸡蛋握在手里，都满脸喜色地说：红梅，明天又可以给你换回一个作业本了。有一次，她盯着姐手里的鸡蛋说：姐，我馋了，都忘记鸡蛋是啥滋味了。一脸喜色的姐怔了一下，喜色从脸上褪去，她想了会儿说：上次给你做鸡蛋，还是过年的时候。姐转身进屋，找出只空碗，把两个鸡蛋清脆地打到碗里。那天，她又吃了次久违的鸡蛋。吃炒鸡蛋时，她给姐的碗里夹了一块，姐夹起来，闻了闻说：姐不喜欢吃鸡蛋，一闻这味就恶心。说完强行把鸡蛋又夹到她碗里。往事一幕幕浮现在她的眼前，她紧紧地抱住姐说：姐，这次说啥我也要把你带到城里，给你治病。姐受了惊吓似的一把推开她道：红梅，你胡说什么。姐这点小病还去什么城里，在家吃几服中药就好了。

她问过姐夫和侄子小东姐的病情，两人都支吾着，她越发地对姐的病担忧起来，她也研究过姐的药方，终于还是没研究出名堂。

她为了姐能和自己去城里看病，软磨硬泡地劝了姐好几天，姐说什么也不肯，一边催她回部队，一边还做出要下地干农活的样子。说服不了姐，她只能告辞了，她还要去省城干爹那里通报胡叔的病情。她终于决定走了，姐似乎才松了口气。她走的那天早晨，姐起得很早，一直把她送到村口的长途汽车站。两人等车时，姐冲她说：家里你都看到了，都挺好，不要为姐分心。没事别回来。姐一直在拒绝她回来，信里这么说，见面也这么说。她想问个究竟，姐又岔开话题说：等你找个好对象，带回来再让姐看一看。姐说到这，脸上又露出了期待的笑容。长途车驶来，姐推了她一把，她上了车，透过车窗望着姐，姐冲她挥着手，努力挤出笑，瘦小的姐姐就越来越远，最后模糊在她的视线里。

干爹听了她汇报胡叔的身体状况，好久没有说话，在客厅里踱着步子，最后站到窗前，半晌才说：这个胡大个子，年轻时候就犟。唉……干爹哀叹了一声，坐回到沙发上，然后冲干妈说：给胡大个子寄些钱吧。干妈应了。干爹掩饰什么似的拿起一张报纸。久久之后，干爹说：我欠战友们的太多了。她看到干爹眼镜片后淡淡的泪光。

四

她回到会议中心，便听到了江雪告诉她的一条惊人消息，根据部队裁军需要，会议中心脱离部队的编制，要移交给地方。也就是说，过不了多久，这里的军人都将离开，投奔他处，有些人已做好了转业的准备。江雪转达完消息，便压低声音跟她说：正式文件还没下达，我这是小道消息，所有人都在四处活动，各奔前程，你有打算可得抓紧点。

春节前，她就听过部队要减编的传闻，没想到来得这么快。她这次回来，一走进会议中心，便感受到了与以往不一样的气氛。所有人一见面都在议论这件事。她不知道自己该去哪里，又能去哪里。

两天后的一个周末，她见到了马平阳，他似乎也听说了他们会议中心即将撤销编制的消息，忧心忡忡地说：你得活动，不然就来不及了，这次是全军大裁军，可不比以往。这两天各种消息纷至沓来，她又想到参军这一路走过来的每个关键节点，她跌跌撞撞走到了今天，来到总部机关，看到了以前连想都不敢想的事和人，呼啦一下子，眼睛亮了，脑子清明了，并深深地爱上了北京。在总部工作这段时间，她听过太多外地军官想方设法要调到北京的想法。北京是首都，是国内数一数二的大城市，人们千方百计地都想到北京来，不仅是为了开眼界，这里有最好的学校、最好的医院，干什么事情都那么方便。当初她误打误撞地调到了北京，老虎团的战友几乎都惊掉了下巴，不论她做任何解释，在战友们的眼里，她高干子女的身份已经坐实了。

她想到了刘所长、谢秘书、江雪这些熟悉的人，他们在这里已经如鱼得水。他们都想调到机关，到了机关就意味着前途。人往高处走，水往低处流，世界上没有人不希望自己有一个好的前程。

如果自己不能留在部队，以她现在的条件，转业后北京是留不下的，她只能回老家。她想到了病中的姐姐、胡叔、下落不明的母亲。这次回家，一下子多了这么多牵挂，这是以前从来没有过的。和姐姐告别时，看到车下瘦瘦小小的姐姐，童年和少年的经历呼啦一下子就涌到了脑海里，多少艰辛的岁月，在记忆深处变成了片段：同学送给姐姐半块饼子，姐飞跑到她的班级里，把那半块饼塞到她的手里；下雨天河发水了，姐脱下鞋，挽起裤脚，背她过河；还有一次她发烧，姐在半夜里背着她去医院，摔了不知多少跤，姐把她背到医院时，自己的手肘和额头都在流血……这些日子，她一直责备自己，自从参军离开故乡，似乎把所有的亲情折断了。姐不让她给家写信，她就很少写；姐不让她频繁回家，她就不回。看着姐的家，家徒四壁的样子，想哭却无泪。姐姐带着她出嫁，嫁给了老实巴交的姐夫，姐嫁给姐夫那一年才二十岁，在她眼里姐水灵得就像一只百灵鸟。几年下来，为了操持这个家，姐身体里的水分似乎蒸发没了，人一下子就瘪了下来，再也找不到以前的精气神了。她这次回去问过姐，她在暗夜里拉着姐的手心疼地说：姐，你咋变成这样了？以前的你哪去了？姐沉默在暗处，半天没有说话，过了许久，姐终于喃喃地说：人呐，一旦心死了，就再也活不过来了。她握紧了姐的手，泪无声地流下来。她从小到大就知道，姐嫁给姐夫心不甘情不愿。姐相亲时，她没有见过姐夫。直到姐结婚那一天，姐夫用一辆牛车把她和姐接到家里，她才看到姐夫四面漏风的小屋，窗纸上贴了一张喜字，喜字已经欠起了边角，在风中摇摇欲坠。她抱住姐的腿，喊了一声：姐，咱们走吧，姐你不能过这样的日子呀。她的目光和姐的目光相遇，姐的目光是决绝的，似乎还冲她笑了一下，用力牵了她的手，把她拉到屋里，盯着她的眼睛说：小梅，咱们得有个家。然后又抬起头打量着一穷二白的家，发狠地说：日子都是过出来的，我就不信，咱们就过不上好日子。

姐夫老实得出乎她的意料，每天都是姐在家发号施令，姐说"吃饭"，姐夫就埋头吃饭；吃完饭姐又说"你得出工了"，姐夫就拿了工具扛在肩膀上出工了。因为姐夫患有羊角风，似乎脑子不太灵光了，干什么事都得姐去提醒。家里的大事小事，都得姐做主。她上学时，听过同学议论姐夫，中心意思是：你姐怎么找了你姐夫，你姐夫脑子不好使，也就是俗称的傻瓜，因为脑子不够用，三十来岁还没找到对象。她听到这些，曾哭着跑回家去质问姐姐，姐姐依旧什么也没说，用手抚着她的头，扭过脸说：小梅，姐咋的都行，就是不能让你受委屈。她哭闹着冲姐发泄着不满，甚至央求姐离婚，姐俩还像以前那样过日子，姐终于有了泪，把泪含在眼圈里，叹息了一声道：小梅，你长大就懂了。姐这辈子就这样了，你以后别学姐，一定要做个有出息的人。

她终于离开家参军了，姐突然对她冷淡了起来，不给她写信，不让她回家。姐姐的用心，她似乎懂了一些，又似乎并没有完全懂。这次离开姐的家，心里塞了满满的牵挂。

她知道自己喜欢马平阳，却在他带她回家时，因为自卑而逃离。她曾一度觉得李来权是可亲可近的，后来她问过自己，自己喜欢李来权吗？答案是否定的。但她和李来权有太多的相似之处，他们的身份是相同的，经历也相差无几，为了在部队改变自己，他们流血又流汗。她又想起李来权曾经写给自己的那些话。李来权为了改变命运时刻准备着，于是他英勇无畏地救火，还冲进了地雷阵，为掩护战友而牺牲……

由李来权想到自己，自己从一参军别人就误把她当成了高干子女，在别人的眼里，她是神秘的，并高高在上。直到因为提干到教导队去学习，整个女兵区队二十来人，她才见识到真正的高干子弟。她学着她们的样子穿衣服，用化妆品，甚至把刘海弄得卷曲起来而变得时髦，她偷抹过江雪用的化妆品，她第一次感受到了那种高级的幽香。直到她调到北京，和江雪住在同一宿舍，她自觉不自觉地仍然偷学江雪的做派，穿的衣服、用的东西，包括说话的语调。她暗自认为江雪是时尚的，流行的。江雪结婚，她作为好友、伴娘走进过她的新家，虽然没有浏览过刘大铭家的全貌，她还是被深深地震撼了，震撼她的不是刘大铭家有多么大，而是从每个角落里透露出的神秘。这种高贵和神秘让她望而却步，他们才是高干子弟，她和李来权一样，羡慕着，也嫉妒着。现在又到了命运的转折点，谁还能够再次拯救她呢？

那天，马平阳约她来到了植物园，两人坐在一条小径旁的排椅上。初春的风吹过来，阳光暖暖地照在他们的身上。她的心出奇地平静，会议中心马上就要撤编了，这件关系到自己切身利益的大事，暂时也被她抛到了九霄云外。她只想倾诉自己的出身、父母，还有姐姐……那天，她不可遏止地诉说着，起初马平阳嘴角泛着标志性的微笑谛听着，渐渐地，他嘴角的笑容消失了，目光时而投向她，时而投向远方的湖水。冰已开始在湖心融化，又被早春的风吹皱了。当她说到失踪的母亲，已经泣不成声了。马平阳在这期间没有插话，就那么认真地听着。最后她诉说完自己的经历时，似乎整个人都轻松了起来，从参军到现在这么多年，自己还从来没有一股脑地说过这么多的话。安静下来之后，她听见了身后树枝上鸟的鸣叫声，自己的心里似乎也有万千只鸟在雀跃。以前她没机会公开自己的身世，现在她在马平阳面前终于袒露了自己，反而有一阵从没有过的轻松。

马平阳沉默了一会儿，突然伸出一只手把她的肩头揽住，她感受到了马平阳宽厚的胸怀正重重地压迫着自己。他在她耳边说：咱们结婚吧。她侧身望过去，又看见了他眼角泛起的笑容，还像以前那个样子，似乎刚才她的诉说，他压根没有听见。

她有些惊讶，她在叙述自己的身世时想过，当自己讲完，马平阳也许会转身离开，即便不离开，也许下次他再也不会出现在自己的面前了。她爱他，但明白爱情不是一厢情愿。即便他再也不会出现了，她也坦然接受。这就是她的命。她又想起李来权说过的话。

此时马平阳就在自己的眼前，真诚地望着她，又说了一次：董红梅，我们结婚吧。

她突然想哭，终于控制不住，伏在他的肩头上，没头没脑地哭了起来。

第十章

一

她把自己的身世讲给了马平阳，浑身上下从来没有这么轻松过，马平阳和往常一样和她分手告别。回程的一路上，她想到和马平阳最坏的结果：马平阳知道她的真实身世，然后和她分手。她喜欢马平阳，她对他的情感已经长在了身体里，如果马平阳就此不再和她往来，她也不会怪他。自从调到北京后，她看到了太多的悲欢离合。江雪嫁给了刘大铭，还有许多战友，最差的也和总部机关的军官谈起了恋爱。有的终于修成正果，也有人因为对方调动，或突然被宣布转业而分手，有笑的自然就有哭的。哭笑之间便有了人生。

她接触的这些男性中，谢秘书无疑是优秀的，家庭出身根红苗正，也自然前途一片光明。可她的感情天平还是倾斜给了马平阳。她和马平阳交往过程中，不知为什么，总是轻松不起来，似乎有一块巨石悬在头顶，不知什么时候就会落下来。她明白，就是自己的身世如影随形地伴她左右；她也清楚，马平阳是喜欢她的，虽然她从他家里逃出来，但他并没有放下她。

由马平阳她又想到了目前的处境，能在这次裁军中留下，一切对她才有希望，否则，她只能转业回老家。自从听说会议中心要裁减的消息，所有人都在打探活动，平时不太外出的战友也增加了活动频率，早出晚归的。她不知道，这些战友找了什么样的领导和托了什么关系，总之，所有人都在为自己的前途和命运奔波着。

就在她一筹莫展时，干爹的一个电话，又让她看到了希望。

干爹的电话是傍晚打过来的，干爹在电话里告诉她，他得知总部的会议中心将撤编的消息，问她有什么打算。她之前就想过干爹，却不知如何开口。干爹在国防大学学习时，她看见干爹的许多战友、上级来看过干爹。他们每次见面，场面都很热烈，说完现在就回忆一起出生入死的往事，最后便都动了感情，不断地拥抱在一起，把潮湿的眼角藏在各自的肩头后面。待他们平静下来，就在一起傻笑，似乎是一群没长大的孩子。

干爹是她的靠山，自从有了和干爹这层关系，心不再焦虑了，以前一直悬在半空的心也落在了实处。她从来没有求过干爹什么，觉得那样她和干爹干妈的关系就受到了玷污。虽然在会议中心撤编之际，所有人都在为自己的前途和命运四处奔波时，干爹也出现在她的脑海里，她想把自己的困难诉说给干爹，有几次她把电话拿起来了，最后又放下了。

江雪也很着急地催过她，让她给干爹打个电话，干爹现在是副军长，总有办法能够让她留下来。在江雪的面前她没点头也没摇头，江雪就一副恨铁不成钢的样子说：红梅，你和我不一样，我现在已经结婚了，大铭和我父母都在北京工作，无论我留还是走，都会在北京。你现在是单身一人，在北京服役时间又短，按转业规定，你要是被确定转业，就留不下了。她的处境她早就知道，江雪这么说，还是让她的心被重重地撞了一下。她当然知道万一留不下，自己将面临什么后果。

当干爹的电话打过来，又问起她自己的决定时，她只简单说了自己的想法：我想留下来，所有人都不想离队，都在活动，我知道去机关很难，只要让我留队，干什么都行。说这话时，她又想到刚入伍时，新兵连结束分配连队，最后整个操场上，被分配的新兵队伍里只剩下她一个人时的那种心境，那会儿和现在的心境是那么相同。

干爹没顺着她的话茬说下去，只告诉她，过几天要到北京开会，到时见她一面。

她见到干爹时，已经是一周后了，她又一次接到干爹的电话，告诉她自己的会已经开完了，让她去找自己。她急三火四地赶到干爹所在的宾馆，干爹已经在宾馆大堂里等她了。干爹穿着军装，手里提着一个公文包，见到她什么也没说，带她来到停车场一辆轿车旁。她忙把车的后门拉开，自己坐到副驾位置上。开车的是个老兵，老兵冲她点了下头，又冲干爹说：首长，咱们出发？干爹说一句：出发。车便轻灵地驶出宾馆的大门。

干爹从见她到上车一句话也没有说，神情严肃。她悄悄从后视镜中查看干爹的脸色，干爹一副即将上战场的样子，脸紧绷着，目视前方，手里提着的公文包抱在胸前，像抱着一个炸药包。

轿车终于在一个部队大院的办公楼前停了下来。这个院以前谢秘书带她来过，是总部首长办公的地方，当时谢秘书指着这栋楼冲她说：首长就在这里办公。她望着这栋小楼，想象着首长们办公时的样子，心脏还快速地跳了几下。

干爹把她带到一间办公室门前时，喊了一声“报告”，听见里面有了应声，才推开门，她只能紧紧地跟在后面。办公桌后站起一位个子不高的首长，正满面春风地迎着干爹和她。这位首长她见过，就在总部开会的会场上，她还亲手为这位首长加过茶水。干爹迎着首长站定，给首长敬了个礼道：打扰首长了。首长似乎并不拘泥于干爹的客套，拉着干爹的胳膊坐到沙发上。她看见办公室一角有饮水机，还有洗好的杯子和茶叶，忙去沏茶。

这当口就听干爹说：她就是董红梅。她听见干爹介绍自己，端着杯子立定站好。首长的目光停留在她脸上，足有几秒，才似乎想起了什么，说道：有印象，会议中心的小鬼，来来，坐过来。

她忙把茶杯放在首长和干爹面前，欠着身子坐在了一侧沙发上。

干爹就说：首长，我在电话里给你汇报过了，红梅要是我亲生的，我不会在首长面前求一个字的情。董班长被汽油弹烧成了残疾，回到了老家，猝死在劳动的田地里。红梅的母亲在她三岁时又失踪。红梅入伍，是我这么多年唯一一次动用手里的权力特批的后门兵。

干爹向首长介绍自己时，她又有了想哭的欲望，但看见首长一直把一双同情的目光落在她的脸上，她从沙发上站了起来，像名士兵似的立在首长和干爹面前。干爹说完，见首长挥了下手，示意她坐下，她又一次欠着身子坐在首长面前。

首长就说：在朝鲜，我到你们连去过，在大同江战役打响前那个晚上，我还在你们连队吃过一次饭。说到这扭过头，冲她说：我到今天还记得，你父亲的手艺不错，那晚上的一道菜我还记得，是豆腐炖鱼，是我这辈子吃过的最好吃的一道菜。首长说到这，似在回忆，又似乎在品味着豆腐炖鱼的滋味。首长又简单地问了她几句个人情况，又转过头冲干爹说：玉龙，现在全军都在裁军，你个人的事怎么考虑的？干爹腾地站起来，认真地说：首长，我服从组织命令，不会为自己的事找首长讲一句情。首长微微点了点头，样子有些激动，把干爹的衣角拉了一下，让干爹坐下。

那天晚上，她又陪干爹在宾馆的院内散了会儿步，干爹似乎多了许多心事，话很少，走了一会儿，突然停下来望着她说：红梅，这么多年我没求过首长什么，你的两个哥哥，所在的部队也在裁减之列，我没给他们打过一个电话，让他们一颗红心两手准备，部队需要他们就留下，不需要就向后转。

董红梅站在干爹面前，一时不知说什么好，她想对干爹说几句感谢的话，可又不知怎么表达，只停在干爹面前不住地点头，心早已翻江倒海了。

干爹又放松语气，一边往前走一边说：你爸还有你胡叔是我战友，这么多年了一想起他们，我就觉得对不住他们。干爹一次次感叹着，她听了，心里就热热的，不可言表的样子。她觉得此时在干爹面前说什么都不足以表达自己的心情。

那天她和干爹分手时，干爹特意走出宾馆院门，把她送到了公共汽车站。车快来时，干爹冲她说：红梅，你在部队好好干，你亲爹在天有灵看到你有出息，他也会高兴的。她用力点了点头。

她上了公共汽车，看见车下的干爹在冲她挥手，此时，干爹的样子很慈祥，把一双恋恋不舍的目光投在越来越远的公交车上。

二

总部机关很快下达了裁减编制的命令。

不出所料，董红梅被宣布留队了，除极少数人留队外，其他人都被宣布转业了，包括江雪也被确定转业了。会议中心宣布完命令后，被宣布转业的人，目光齐刷刷地聚在了她的脸上，她在众多人的目光中读到了羡慕还有嫉妒，也有更复杂的成分。此时，她并没有觉得自己是胜利者。相反，她开始同情这些朝夕相处的战友了。她知道，会议中心这些战友，她们都有各自的梦想。对门的李晓慧刚谈恋爱，两人聊天，李晓慧曾对她畅想：等有朝一日在北京结婚，在这里生孩子，过日子，把孩子送到好学校，以后让孩子有出息。此时的李晓慧梦想破灭了，蹲在地上手捂着脸，一副欲哭无泪的样子。她想到了自己的梦想，从夹皮沟来到了北京，很长时间里，她都有一步登天的错觉，随着对北京的了解，她深深地喜欢上了这里，能在北京生根结果便成了她人生的理想。她又想到了干爹带她去见首长的情景，此情此景，在心里就是另一番情境了。

江雪把她拉回了宿舍，关上门，只剩下两个人时，她才意识到，江雪也在这次裁减人员名单中，便诧异地说：你怎么也走了，不是说你要调到总部机关吗？

江雪抿着嘴，望着她道：这次裁减的是我们直属单位，下一步就轮到机关了。有大铭一个人在部队工作就可以了，我转业到地方，给大铭打个前站，万一他以后转业，也好有个照应。江雪的话说得轻飘飘的，似乎走什么样的路，人生都是完美的。如果自己是江雪，也许也会有如此的心态，可她不是，她只是她自己，她如果被确定转业，就只有回老家这条路了，想到这她都有些后怕。

江雪见她不说话，又补充道：咱们会议中心这些人，我最担心的就是你的去处，农场也挺好的，是总部的直属单位。说到这又想起什么似的说：红梅，你得抓紧结婚了。

自从上次和马平阳说完自己的真实身份后，她一下子变得轻松起来，之前一直绷着的某根心弦随之也放松下来，每个人在她的眼前都变得亲切了，她逢人便打招呼，脸上洋溢着笑容，仿佛她遇到了前所未有的喜事。她的变化引起了江雪的注意。有一天，江雪就小声地说：你是不是谈恋爱了？是谁，快告诉我。

江雪早就成了她最亲近知心的人，从教导队相识，又到北京总部的会议中心，两人不仅住在同一间宿舍，江雪还有恩于她。经过两个人这么多年的交往，虽然她觉得江雪和自己不一样，有时觉得江雪很遥远，甚至还有某种陌生感，但江雪仍然是自己最好的朋友。

江雪这么问自己，她不知道该说马平阳还是自己真实的身世。她拉过江雪，把她按在床沿上，还给江雪倒了杯水，江雪不认识似的看着她，一连问了几遍：董红梅，你怎么了，吃错药了？她不语，就那么不急不躁地望着江雪。她这时突然意识到，在和江雪相处的几年时间里，她有许多机会说出自己的真实身份，可自己为什么没说？是自己没有勇气，将错就错地延续着自己假高干子女的身份，享受着别人的羡慕尊重，也许这些因素都有。从新兵连，到连队，又提干到教导队学习，她身上的光晕就是高干子女，她是带着这个标签一路走来的。虽然她也曾试图说出自己的真实身份，她开了一个头，便被人岔开话头，人们以为她在掩饰自己的特殊身份，她也只能将错就错了。和马平阳在植物园的椅子上，她终于说出了自己的真实身份。那天晚上，她躺在床上，望着漆黑的夜，她突然明白，以前是没有勇气说出自己的真实身份。父亲早逝，母亲离家出走，姐姐为了带她生活，嫁给了比自己大十岁、脑子还缺根弦的姐夫。她怕一旦自己真实身份被人所知，别人会瞧不起她。她身边这些女战友，大多数是高干子女，唯有她不一样，她们又该怎么看她、对待她？究竟是哪来的勇气，让自己一股脑地在马平阳面前袒露了真实身份？是因为姐姐，还是干爹干妈，还是曾经看过江雪居住的神秘新房的经历，抑或是她对马平阳的爱，不想欺骗他，才做出这样的决定？也许都是，又都不是。总之，当澄清了自己的身份之后，她似乎从表演的舞台回到了观众席上，这种轻松她无法形容，也无法言说。

面对着江雪，她突然又生出了倾诉的欲望，面前的江雪无疑是她的贵人、战友，最知心的朋友。她早就希望把自己的真实身世诉说给江雪了。她把江雪拉到自己面前坐下，还信誓旦旦地说：请你不要打断我的话，我要告诉你，我真实的故事。

江雪不眨眼睛地听着她诉说自己的出身和家世。一直到她讲到姐姐带她出嫁，嫁给患羊角风的姐夫，江雪这才红了眼圈抹了下眼睛道：别说了，你的身世我之前就知道。

江雪说到这，轮到她吃惊了。江雪告诉她，在教导队时就注意到了她，也对她的身世产生了兴趣，自己的父亲和段师长是多年的战友，她是通过自己的父亲了解到她的身世的。江雪说，从了解到她身世那天就决定帮助她，于是才有了后来毕业合影时，把她拉到了自己的身边，又想方设法推荐她调到了北京，又好心地给她介绍了谢秘书。江雪还告诉她，这么做的目的就是希望她能够和她们一样，过上应该属于她的正常生活。江雪说完，轮到她震惊了，她无论如何也没想到，她在江雪面前已经是个透明人。

那次，她抱住江雪，哭了，江雪也流下了眼泪。江雪在她耳边说：红梅，咱们是要好的朋友，我希望你能过上比我更好的日子。她望着江雪那张真诚的脸，似乎有许多话要说，又不知怎么表达。江雪嫁给了高干子弟刘大铭，过上了衣食无忧的生活。想起江雪的家境，似乎她们之间又有了距离。江雪似乎在她的目光中读懂了这些，又淡淡地道：人往高处走，希望你也是。

之前听到她决定分流到清河农场时，江雪完全一副难以置信的样子。反倒是她回过头来安慰江雪道：农场也没什么不好，养猪、养鸡这是我的老本行，我从小到大对它们就有感情。我一定能在农场成为一个劳模。她尽量把语气放松，她知道，自己从小到大和江雪就是两个世界的人，江雪不理解她，就像她有时不理解江雪一样。

江雪见她去意已决，也不好再劝慰什么了，反过来安慰她说：清河反正也不远。

她去农场报到那一天，江雪特意来送她。江雪把她拉到一旁，小声地说：你先去农场，我有时间就去看你。她看着江雪为她担忧的眼神，又有了想哭的感觉。平时天不怕地不怕、大大咧咧的江雪，对她总是细心又温柔，就像姐姐一样对待她。她心领了这份友谊。她故作轻松地说：清河也不远，欢迎你到农场来参观。江雪再一次拥抱了她，她又一次闻到了江雪身上散发出的奶香，她清醒过来，冲江雪道：你赶紧回去吧，孩子都等不及了。说完再也没回头，拉开车门上车，车便驶出了会议中心院落。当江雪和会议中心的楼房快速地向后退去时，几年的北京生活片段一幕幕在她眼前浮现，这一切都是她成长的开始，也是她梦开始的地方。当车驶出会议中心院门时，她扭过头，透过后车窗，看到江雪仍孤独地立在原地向她挥手。

她又想起江雪早前对她说过的话：自己的父亲要退休了，大铭的父亲也到二线工作了。一切都在变。农场又成了她下一个驿站，这就是人生，一个驿站接着一个驿站，没有尽头。

不久，江雪给她来电话，说自己的工作安排了，马上去旅游局上班了。江雪又在电话里说了些别的，突然想起了什么似的说：谢秘书要调回广州去了。江雪提起谢秘书，她一时接不上话。还是江雪打破了沉默道：人呢，都是命，要是当初你答应和谢秘书好下去，也许下次见你，得跑到广州去了。想起那年谢秘书约请她去广州的情景，仿佛就是前两天发生的事。

她放下电话，在心里真诚地祝福了谢秘书。她知道，斯文的谢秘书，戴着眼镜的谢秘书，温柔的谢秘书，即将远离她而去。三十年河东，三十年河西，也许说不定，下次，她还会和谢秘书见面。那又将是另一番情境了。

三

总部农场坐落在清河地界的一角。农场有成片的地，种着各种农作物，也有猪场、鸡舍，还有蔬菜大棚种着时令蔬菜。这是总部机关直属的农场，保障机关的供应，和当时在连队时的猪舍菜地的性质如出一辙，所不同的是，这是总部农场，肩负着整个机关的后勤保障。每天都有运输的卡车进出农场，一派繁忙而又热闹的景象。

董红梅主动提出来到了养猪场，负责养猪工作。猪场很大，猪舍规则地列成一排，看不到头的样子，有临时工负责养猪，她只是代表农场的一个负责人。她站在猪舍前，一股熟悉亲切感迎面扑来，猪们都膘肥体壮，猪舍宽大，被打扫得干干净净。她作为猪场的负责人，并没有具体事情可做，登记每天从猪场拉走的猪、有多少只未成年猪来到猪场、每天进出的猪饲料等一些管理工作。她每天都要到猪舍里转上几趟，这里有职工一日三餐照料着猪们，其实并不需要她亲自来到猪舍检查，可她还是管不住自己。每次看到猪舍，她便会不由自主地想到连队那些猪舍。想到那些自己辛苦养大的猪被杀时，她总要哭一回鼻子，似乎自己失去了心爱的伙伴。在连队的几年养猪生活中，她的确把猪当成了伙伴，经常冲猪们说话，猪有时看着她在静听，有时哼唧着，似乎在回应着她。有一次，一头花猪被杀前，她和它说了许久的话。这头花猪四肢匀称，平时很害羞的样子。每次几头猪抢食时，它就躲在一边，她觉得花猪受到了欺负，总是把其他猪赶开，让花猪多吃上几口。每次花猪总是感激地多看她几眼。她喜欢这头花猪，不仅因为它长得最漂亮，更多的是因为它的性格，就像一个羞答答的女孩。由花猪想到了自己，当时是她最迷惘也是最低谷的时候，看不到前途和未来，仿佛觉得自己就是这头花猪。那一年春节前夕，花猪被炊事班的人抬出去杀了，她躲在宿舍里哭了好久，花猪的肉断续地被连队官兵吃了半个多月，她一口也没吃。每次吃饭时，她就端着饭碗躲到炊事班外面去吃，碗里的菜当然是素菜，她不忍心看到花猪被人吃掉。也是从那时开始，她便不再吃猪肉了。记得刚上教导队时，她每次都会把盛到碗里的猪肉挑拣给别人。江雪曾问过她：你是少数民族？她摇头。后来炊事班知道她的习惯，每次会餐或加餐时，都会给她开小灶，多一个鸡蛋或者多一勺牛羊肉。

她喜欢养猪，这种爱好似乎已浸入了她骨子里，当会议中心传来要撤编的消息时，别人都在活动调离，或者转业，她就想到了总部的农场。之前谢秘书有一个同年兵在农场工作，谢秘书带她来过一次，那位同年兵领着他们粗略地参观过农场，当她走到猪场时，便迈不动脚步了。她也说不清自己到底是因为什么，仅仅是因为自己当过几年的饲养员吗？

每到周末，马平阳都要千里迢迢地从城里赶到农场来看她。农场坐落在北京的北郊，比当时会议中心离市区还要偏远，马平阳每次过来，单程路上就要花费两个小时。马平阳每次出现，都是下午时分了。记得她第一次带马平阳来到猪舍时，马平阳望着不见尽头的猪舍就感叹道：你又干上老本行了。她满足而又踏实地笑着。马平阳就迎着她的目光说：你是真喜欢这里，等有一天，离开部队，你自己办个养猪场吧。马平阳的一句话，让她在脑海深处打了一个闪。

自从上次和马平阳说了自己的真实身世，她以为马平阳会就此离开她。她承认自己爱着马平阳，害怕失去他，但又不能欺骗他。水落终有石出的那一天。让她没有想到的是，马平阳就像个没事人似的，仍然每周都来看她，和以前并没有两样。来之前仍然不打电话，每次来他会敲她的门，如果她在，两人就商量去处；不在，他就到宿舍楼下去等她，直到她回来，一副无怨无悔的样子，和以前一样。

有次她和江雪外出办事，他一直等到末班车快没了，她也没有回来，只能匆匆地走了。她是听其他人告诉她，马平阳来过，在楼下等了一天。她又气又急，再次见到他时，她责备他，他则笑着说：我每次来找你，从登上公共汽车那一刻开始，我就觉得你在我身边了。见不到你，看到你宿舍的窗口，就像你望着我的目光。他诗化地说着，她又看到了他熟悉的笑容，还有嘴角牵起的样子。她就想，她喜欢他，也许就是从他的笑容开始的吧。他每次绽放出的笑，都软软又热热地融化在她的心里。

又是一年春节临近时，他又一次风尘仆仆地来到了她的宿舍门前。因为是周末，比平时晚了一点起床，她还没有刷牙洗脸。推开门时，看到他浑身上下洒满阳光地站在她的面前，她吃惊地望着他。他说：我是赶最早一班公共汽车来的。她有些感动。昨天晚上，天空落了一场雪，她知道第二天一早一定会很冷，路滑，有的公共汽车可能会取消正常行驶。她给他打过电话，不让他来了，他在电话里也答应了。没料到，他还是出现在了她的面前，似乎还带着窗外的寒风，她控制不住自己，一把抱住了他。

那天，他脸上明媚得就像窗外洒进来的阳光，温暖又小心地冲她说：咱们该结婚了。她点了点头，又一次扑到他的怀里，把他上半身压倒在自己的床上，就那么盯着他，后来她看见自己的眼泪滴落到他的脸上。他仍然像阳光一样冲自己笑着。

结婚自然是自己一生中的大事，两人合计着一些细节，马平阳把自己结婚的消息通报了家人。她想到了姐姐，还有干爹干妈，还想到了胡叔。胡叔因为病情不可能参加她的婚礼了。

干爹干妈在电话里说，一定参加她的婚礼。她是他们的女儿，女儿的终身大事，怎么有不参加的道理。

姐也很快回了信，信里告诉她，姐替她高兴，婚礼就不参加了。姐说自己从小到大就没出过远门，连火车都没有坐过，怕出门迷了路，找不回自己的家。她看到信纸上有姐的泪痕，心里便沉甸甸的。她又想起小时候，姐和她坐在自家门前，她们望着远天的星星，猜想着远方到底有多远。姐就笑盈盈地冲她说：等咱们长大了，姐有本事了，就带你去很远很远的地方，再也不回来了。父亲不在了，母亲也消失了，故乡便成了她们的伤心地。姐初中毕业，便参加村里的集体劳动了，每天出工记工分，到年底换算成收入。弱小的姐姐，早出晚归，和村里的男人一样，脸朝黄土背朝天，耕耘着庄稼，期待着风调雨顺后的收成。幻想着远方便成了她们一件很奢侈的事，更多的时候，姐姐出工回来，头一栽便倒在炕上，似乎她所有的力气都被田地耗尽了。缓了许久，才挣扎着起来给她们两个人做饭。后来她学会了做饭，不再辛苦姐姐。偶尔她和姐两人坐在门前的土堆上遥望着远天，夜晚的天空总是神秘的，望着夜空的她们想象着远方。姐已经成为地道的农民，脸色不再白皙，变成黑红，弱小的身子也开始变得强壮，好看的姐姐消失了，变成了一个标准的农民，似乎幻想也被扼杀了。但姐还对她充满了期待和幻想，姐望着天边就说：红梅，姐这辈子就这样了，以后就靠你了。你长大有多远就走多远，等有出息了，就把姐姐接上，让姐坐汽车，坐火车，带姐离开这个地方。姐姐爱自己的故乡，又恨自己的故乡。爱是因为故乡把她们养大，恨是故乡让姐吃了太多的苦。后来她终于走了，姐千叮万嘱地不让她再回头。当年她承诺过姐姐，等有朝一日自己有出息了，一定把姐姐带走，可自己真有那么一天，姐却没法走了，姐有孩子，有丈夫，有了鸡鸭鹅狗，生活的乱麻死死地把姐姐缠绕在了故乡。

她多么希望姐能参加她的婚礼呀，她参加过姐的婚礼，如果还能算是婚礼的话。姐夫一辆牛车把她和姐姐拉到自己家里，东倒西歪的两间土坯房，破旧得满是洞眼的窗户纸上贴了一张随风飘舞的喜字，是姐夫家仅有的一抹喜色。她幻想过自己的婚礼，也幻想过姐姐前来的样子，姐一定会满脸喜色地说：妹呀，姐替你高兴。可姐却不能来参加她的婚礼。上次回家，姐蜡黄的脸色，还有笼罩在房间里浓浓的中药气味让她有种不祥的预感。她离开家便开始关心姐姐的病情，姐每次来信都说：姐的病快好了，都能喂猪养鸡了。后来她还关心姐的病，姐就又回信：姐的病已经没事了，又下田劳动了。后来她们便不再说病情，姐每次来信都提醒她说：你也老大不小了，该想想自己的终身大事了……

她的终身大事定下了，姐却不肯来了。她失落又伤心。

第十一章

一

干爹提出，参加她的婚礼前，去探望一次胡叔。她从北京到了省城，陪着干爹干妈去看望胡叔。胡叔的家，静悄悄的，她站在院门前喊了几遍胡叔，还是胡婶打开了房门，犹豫着打量他们半晌，终于认出了她，软软地叫一声：小梅。又是一年没见，胡婶似乎又苍老了许多，头发几乎全白了。她奔过去，握住了胡婶的手，小声地说：我干爹干妈来看你们来了。她这么说，胡婶没转过弯来，审慎地越过她的肩头望着段师长夫妇。她就又补充道：干爹就是当年胡叔说的段排长。胡婶听了，身子一震，放开她的手，向前迈了两步，手在空中比画了一下，干爹就上前一步，半弯下身子说：我看望老战友来了。胡婶狠狠地抹了一把泪，在前面引路。

胡叔躺在炕上，骨瘦如柴，两眼茫然地望着天棚，他的样子就像一个痴呆的孩童。干爹上前一步，立在炕沿前，俯下身注视着胡叔，突然喊了一声：胡大个子，我是段玉龙。胡叔的目光亮了一下，落在干爹的脸上，瞬间茫然得没有了焦点。胡婶就抹着眼睛说：在炕上就这样躺半年了，现在谁也不认识，吃饭也得有人喂。

干爹很难过的样子，伸出手试图和胡叔的手握在一起，胡叔并不配合，干硬的手掌在半空中挥舞着。干爹就伸手捉住了胡叔的肩膀，大叫道：胡大个子呀，你看看我是谁，连我都不认识了吗？这次胡叔的眼皮都没跳一下，仍是茫然。干爹缓慢地直起身子，下意识地整理了一遍衣扣，扯开嗓子唱了一首歌：雄赳赳气昂昂，跨过鸭绿江，保和平为人民，就是保家乡……干爹唱着，声音越来越大。刚开始胡叔还像一个懵懂无知的孩子，渐渐地目光不再游移，似乎眼珠在转动，最后目光终于落在干爹的脸上，嘴角先是牵出一丝笑，竟有两行泪顺着他的眼角滚落出来。胡叔的目光里闪过的是当年的战火硝烟，还是他们在阵地上仰望星空思念着的家乡？干爹一遍唱完，又垂头开始唱第二遍。在歌声里，胡叔的目光一直聚在干爹的脸上，似乎在这张既熟悉又陌生的脸上寻找着什么，最后似乎又没想起什么，胡叔的目光再次散淡下去，乱成一片迷蒙，跌落在他的身体里。此时的干爹已经泣不成声了，他摇晃着胡叔：胡大个子，我是段玉龙，你真的不认识我了？她忍不住，也上前一步，叫了一声：胡叔，我是小梅呀……他们再也没唤醒胡叔。

干爹又整理了一遍衣服，举手向胡叔敬礼，没料到，敬这一个军礼后发生了奇迹，胡叔的目光再次聚拢起来，他抖颤着手，在半空停住，含混不清地说：报告排长，阵地还在。机枪打红了……干爹就嘶着嗓子喊了一声：胡大个子，我段玉龙对不起你。胡叔似乎又成了局外人。

他们在胡叔散淡的目光中，退出了房门，来到院外，干爹让司机从车上卸下米、面、油，还有一些水果。胡婶就奓着手堵在门口一遍遍地说：这是干啥，我们用不了这些。干爹就真诚地说：这是我对胡大个子的一点心意，我们是战友，一起出生入死过。最后胡婶还是侧开了身子。

车驶出去很远了，她看见干爹正在回头张望，她回过头，看见胡叔院内只有胡婶还立在那里，扬起一只手冲他们挥舞着。她的眼前又一次出现当年的胡叔，他迈开两条长腿为她参军奔走在寻找战友的路上。那会儿的胡叔身板是多么硬朗呀，粗门大嗓，步子迈得又大又快，然而此时，胡叔变成了一个婴儿，蜷缩在炕上，忘记了自己和亲人，模糊在一片混沌之中。

车又一次开进绥芬河守备区院内时，她突然觉得这个军营院落是这么小，甚至还有着某种说不出的土气。第一次从连队来到这里，她觉得这个院子是那么大，办公楼、家属楼压得她有些喘不过气来。院子仍然是那个院子，不知是她游走一圈之后，看的院子多了、楼房多了，眼界开阔了，还是她的心已经走远了……当年的马司令已经退休了，还是短发，却花杂一片，他站在楼下迎接着他们一行。干爹和马司令两个战友相见，又多了另外一番热闹。

她和马平阳的婚礼简单而又庄重。干爹干妈上台，代表女方家长讲话，干爹的讲话，简练又动情，他说：我唯一的女儿出嫁了，儿子娶媳妇是进门，女儿是离开家门奔向下一个家门，儿行千里母担忧，女儿行一步，当爹的都在扎心……干爹的发言情真意切，在场许多不了解真相的人，都以为干爹就是她的亲爹，听了这些动情的话，不由得也抹开了眼泪。她和马平阳站在干爹的身后，听到干爹如此表白，心似乎又被打碎了一次。她不知道自己的亲生父母要是还在又会是怎样的情形，她在心里一遍遍地呼唤着：爸，妈，女儿出嫁了。她又想到了姐姐，至今没出过远门的姐姐，看到她现在这个样子又会做何感想……

她在马平阳家住了三天，这次是马平阳提出来要走的。来到火车站，她才知道，马平阳已买好了回她老家的火车票。婚礼结束之后，干爹干妈就回了省城，干妈临走时塞给她一枚戒指。她记得干妈第一次送给她的礼物是串项链。当时干妈还开玩笑说：项链是为了拴住女儿的心。把戒指递到她手上时，干妈又说：闺女，这是妈给你留下的记号，以后不论你走多远，爸、妈都能找到你。干妈的一句话，又触到了她内心的软处，她把干妈搂住，哭着说：妈，不论以后在哪儿，我都会是你们的女儿。她含泪告别了干爹干妈。

马平阳陪着她坐火车又换长途汽车，终于来到了姐家。他们来时，已经是傍晚了。外甥小东开门向院外倒水，她和马平阳已经出现在院内，小东惊奇地叫了一声：小姨。小东的个子似乎又长高了一些，但仍然是小学生模样。不知小东是惊还是喜，把水盆当的一声扔到地上，回身向屋内跑去，一边跑一边喊：妈，小姨回来了。

她和马平阳赶到屋内时，看见姐正在炕上挣扎着披衣服。姐的样子让她大吃一惊，上次她离开家门时，姐还把她送到长途车站，虽然身子弱，但精神头还很足，可现在姐就像换了一个人，又瘦了一圈，脸色越发蜡黄，头发蓬乱着，穿件衣服都气喘得厉害。她奔过去，叫了声：姐，你这是咋了？姐喘息着，努力地冲她挤出一丝笑容道：姐没事。又抬头看着站在她身后的马平阳道：这是妹夫吧。马平阳就叫了一声：姐。姐虚弱地应了，嗔怪地望了眼她道：小梅，你都这么大了，还不懂事。回来也不告诉姐一声，让姐有个准备。姐说完就挣扎着想从炕上下来，脚刚站在地上，身子就一软，她忙扶住姐。她冲姐说：姐，你都这样了，怎么不告诉我？姐喘着，扶着墙终于站住，牵起脸上的笑：你们来了，姐给你们做饭。姐一顿饭还没做完，便虚脱着又重新回房间躺下了。

她下定决心，要把姐带到北京去看病。姐起初不肯，拉着她的手，努力装出没事人似的，虚着声音说：小梅，你终于成家了，姐也放心了。马平阳是个好小伙子，以后好好和人家过日子。姐的病你别挂念，老天爷要是可怜我，就让我多活几年，陪陪小东，让小东再长大几岁。姐说完就躺在她怀里，眼里涌出一层泪水：我现在放心不下的就是小东，咱姐俩命不好，从小就没了父母，我不能再让小东过早地没了妈。小梅你放心，姐就是还剩下最后一丝力气，也要让小东有妈……她抱着怀里的姐姐已经泣不成声了。她最后跪在了姐的面前，抬起满是泪痕的脸道：姐，你要是不跟我去北京看病，我就不走了，在家伺候你。姐摸着她的头，闭上了眼睛，突然又睁开说：小梅，知道这么多年，姐很少给你写信，也不让你回家是因为什么吗？

姐的做法一直横亘在她的心里，以前她也多次问过姐这个问题，姐就是不肯说，她盯紧姐的脸。

姐低垂下眼帘，把她揽在怀里，拍着她的脸说：你刚参军时就来信告诉姐姐，你们部队上的战友，一直把你当成大干部家的孩子。姐姐每次想，都替你高兴，这是好事，家境好就没人欺负你、小看你了。姐最担心你，怕你被别人瞧不起，说你是农村出来的，是个没爹没妈的孩子。姐没出过远门，不懂得外面的道理，但姐懂得人心呢。姐不连累你，让你的战友永远把你当成大干部家的孩子，会尊重你，将来也能找到一个出身好的男人娶你……她伸手捂住了姐的嘴，哭泣道：姐，你别说了，没人瞧不起我，现在我也结婚了，马平阳对我很好，他们一家人，还有许多战友对我也很好。她想起这么多年，姐坚持不让她寄钱，每次给她来信时都说：小梅，穷家富路，别不舍得花钱，为人处世大大方方的，你对人大方，别人才会对你大方……原来姐姐做这些，都是在帮她圆高干子女那个梦，也直到这时，她才明白，姐每次给她写信，从不在信封上写地址，总会写两个字：内详。姐姐说完这些，她才真正明白姐的良苦用心。她死死地把姐姐搂在怀里，以前那个湿润的姐姐，在她怀里只剩下一把骨头了。她几乎哭喊着说：姐，我一定把你带到北京去，你不走，我就背你走。

最后，她和马平阳还是把姐姐带走了。他们上了长途汽车，姐睁大眼睛，望着窗外身后越来越远的家，目露不舍。直到那个她生活的小村庄不见了，姐才恋恋不舍地把目光抽回来，依在她的怀里，用只有她才能听见的声音说：小梅，答应姐，要是姐的病实在治不了，一定让姐睁着眼睛回来呀。她用手捂住姐的嘴不让姐再说下去，她在自己心里山呼海啸地发着誓言：就是把自己卖了，也一定要治好姐姐的病。

她望着故乡的山水快速地在窗外飞逝而去，她想起了小时候，在她每年过生日时，姐都会把一个温热的鸡蛋揣在她的口袋里，然后捧着她的脸说：小梅，今天是你的生日。儿时能吃上一个鸡蛋是多么奢侈的一件事呀。

年复一年，她记住了自己的生日。还有许多个夜晚，她在梦里醒来，姐还在灯下给她缝补着衣裤，她喊姐快来睡觉，姐就说：天亮前一定让你穿上补好的衣服，一个女孩子，露皮露肉的，让人笑话。虽然姐的针线活起初总是粗线大脚的，可她穿上姐补好的衣服，总是那么妥帖。有一年春节，姐买了一块布，要给她做件新衣服，拆了缝，缝了又拆，终于在大年三十晚上，她穿上了新衣服。姐比她还高兴，上下打量着她说：咱小梅，也有新衣服穿了。可姐还穿着带补丁的衣服。在她小时候的世界里，姐就是她生活中那座温暖又光明的灯塔。

二

姐是在解放军总医院做的检查，医生姓马，五十出头的样子，戴着眼镜，一看就让人很踏实的样子。他把董红梅和马平阳叫到自己办公室，在灯影下展开一张片子让他们看，然后说：患者肝硬化已到了晚期。董红梅怔怔地望着马医生，起初她还没意识到医生这句话的含义，一时脑子有点没转过来。医生又说：治疗的唯一办法，就是肝移植，没有其他办法了，患者就医太晚了。

她离开医生办公室，耳边仍然回响着医生说过的话，姐的命已危在旦夕，她艰难地挪着步子来到姐的病床前。姐自从来到北京后，精神似乎比在家时好了许多，没住院的那几天，她陪着姐去了故宫和天安门。虽然姐走上一段就要喘上一会儿，但仍掩饰不住她内心的兴奋，看着眼前的一砖一瓦，姐啧着嘴叹道：红梅，原来你就生活在这里呀，真美，姐看上一眼北京，就是离开这个世界也值了。她那会儿就责备自己，接姐出来太晚了，要是姐健康的时候能到北京来，姐会有多么开心呀。住院的前一天晚上，姐和董红梅挤在小旅馆的一张床上，姐拉着她的手，另一只手把她揽入怀里，羡慕地说道：红梅，你命比姐的好，在北京工作，天天能看到这些高楼大厦，还有这么多没见过的车，真好，姐替你高兴。她听了姐的话，心里湿得已经一塌糊涂了，她强忍住泪水，伏在姐姐干瘦的怀里。姐喘了半晌又道：红梅，姐这病到医院去治，一定要花不少钱。姐写封信，让你姐夫把猪卖了吧。她用力把姐揽住，哽着声音说：姐，不论花多少钱，我都要治好你的病。泪水再也控制不住，流了姐半边脸。姐腾出一只手抚摸一下她湿着的脸道：红梅别说傻话，咱们这样的命，由天不由己。能跟你们来一趟北京，姐就知足了，姐替你高兴。

姐住院了，她以为来到解放军总医院，姐的病很快就会被治好。在来医院的路上，她还畅想着冲姐说：姐，等你病治好了，我带你去爬长城，人们都说，不到长城非好汉。姐也满怀信心地冲她点着头。

她进病房时，姐期待地望着她，她多么希望告诉姐好消息呀，可医生的宣判，把她们所有的希望一下子打到了谷底。不见一丝亮光，何谈希望？姐还是急迫地问：红梅，医生说姐的病咋样，多久能治好？她在此时多想扑到姐的怀里，伤心欲绝地痛哭一场呀。姐满含希望的笑容让她冷静下来，她挣扎着冲姐笑了一下，安慰道：姐，医生说了，你这个病是小病，用不了多久，就会把你的病治好。姐的眼神躲闪了一下，又盯着她的眼睛道：用不了多久又是多久？她想了一下说：就是很快。姐似乎松了口气，望着窗外道：红梅，给你姐夫写信了吗，让他快点把猪卖了。她已经忍不住了，谎说自己要去洗手间，躲到走廊的角落里，压抑着哭了起来。在她哭的间隙，看见一双脚走进了她的视线，她犹豫着抬起头，看见了马平阳那张脸。马平阳俯下身，把她扶了起来，最后把她抱在怀里，低声说：不怕，有我呢。就是这一句话，让她软下去的身子，又一点点坚挺起来。虽然她知道，马平阳不是医生，但是他是她亲爱的爱人，此时能和她同舟共济地站在一起，她似乎有了靠山。

冷静下来之后，他们又一次找到了马医生。他们从医生那里得到了更大的噩耗，肝移植不仅需要等肝源，何时能够等到还是个未知数，就是等到了，手术费用也不是笔小数目。马医生最后望着他们说：有许多患者，还没等到肝源，人就不在了。

那天，她不知如何走回去的，和马平阳结婚后，马平阳在军校筒子楼里分配到了一个单间，便是他们的新房了。她回到自己的新家，便呆呆地坐在床沿上，欲哭无泪地望着马平阳。马平阳立在她面前，手搭在她的肩膀上说：咱们在医院已经登记了，也许肝源很快就会找到。马医生不是也说了吗，这个得碰运气。钱的事你不用操心，这两天我就给妈打电话，请她把家里的钱先凑一凑。

她冷静下来，望着马平阳一张脸，突然意识到，是自己拖累了马平阳。她颤着声音说：平阳，是我拖累了你，让你跟我着急上火。马平阳的嘴角又浮现出她熟悉的微笑，然后他淡淡地说：一切都是暂时的，谁家还不会遇到个难事，别怕，有我呢。

那天晚上，他们躺在床上，她向马平阳又一次回忆了她与姐姐一起成长的过往。在一年的冬天，她还没有棉衣穿，姐为她扯了布，买了新棉花，可姐姐高估了给她做棉衣的速度，缝了拆，拆了缝，几天几夜姐姐都没睡好觉了。那年姐姐读初中最后一年，她在上小学一年级。可天不等人，说冷就冷了，一夜的大雪就会让第二天变得寒风刺骨。第二天上学，姐为她做的棉衣还没有成型，布是布、棉花是棉花地摊在角落里，姐把自己的棉衣套在了她的身上，姐只穿了件夹衣。姐牵着她的手出门，便被一阵寒风吹了一个趔趄。姐用力攥紧她的手，迎着寒风向学校走去。她仰起脸一遍遍地问：姐，你冷不冷？姐故意做出一副无所畏惧的样子说：姐是大人，不冷，挺一挺就过去了。那次姐发了几天烧，烧得一张小脸通红。就是这样，姐还坚持给她缝棉衣，最后是胡叔来看她们，发现这个情况，把姐背到医院，最后她的棉衣还是胡婶帮忙缝好的。姐病好了之后，就自责地说：都怪姐不中用，等明年，姐早点给你做棉衣。从那以后，姐果然没有让她再冻着。一桩桩一件件，她与姐相依为命的往事如潮如水地浮现在她的面前。马平阳在一旁静静地听着。她不知说了多久，窗外的天际已经发白了，他冲她说：我知道你对你姐的感情，你为她做什么，我都支持你。

她把头偎在他的肩膀上，一股前所未有的幸福暖流从心底里涌起。从出生到现在，她的成功不在于提干留队，而是找到了马平阳。也许这就是她认为的幸福吧。

姐在医院里又住了一些时间，每天打针吃药，却仍不见好转，姐先熬不住了，张罗着要出院，说自己放心不下小东还有丈夫，还有院子里养的鸡鸭鹅狗。这一切是姐姐的全部。她和马平阳就劝姐姐，让姐再等一等，过一阵病就会好的。刚开始他们的话还起作用，说了几次姐姐就不再信了，瞪着迷惘的眼睛说：别骗姐了，告诉我，姐的病要治好还有多久？

他们在这期间也找过医生，马医生就摇着头说：全国像你姐这样的患者，等肝移植的成千上万，肝源稀缺，也许很快就有，也许要等到几年甚至十几年……马医生一边说一边摇头。最后补充道：就算有了肝源，患者也不一定匹配成功。也就是说，想做肝移植到配型成功，这个概率小之又小。

她背着马平阳找马医生咨询，除了等肝源，还有没有其他的办法？马医生盯了她好久，告诉她：除非有亲人愿意为患者捐献。马医生一句话点醒了她，她从医生办公室拿来关于肝移植知识的小册子，看了一遍又一遍，最后她几乎都能把小册子上的事项背出来了。她在酝酿一个大胆的决定。

她不能失去姐姐，她下过决心，说什么也要治好姐的病。有几次，她赶到医院，透过病房门缝偷偷观察着姐姐，姐的目光有时落在自己的输液瓶上，有时盯着天棚发呆。姐还不知道自己的真实病情，她的目光饱含着对生的憧憬和渴望。姐多么希望自己的病一夜之间立马就能好起来。每次，她去看望姐姐，姐就抓住她的手说：红梅，姐给你添麻烦了，你来看姐，不影响你的工作和进步吧？得到她的答案后，姐刚松了口气，又有新的忧虑涌上心头：我这天天住在这里，得花多少钱？你姐夫的钱寄来没有？她只能用谎话安慰着姐。有一次她和马平阳来看姐，马平阳去医院食堂买饭，姐小声地说：红梅，姐真对不住你，你还好说，平阳不会为这个瞧不起你吧？她含泪叫了声：姐。姐就忧心忡忡地说：咱们家本来就出身不好，平阳家是高干，咱们配不上人家，你以后要对平阳好好的。她不知对姐说什么，只能把泪流在心里，她现在是姐的靠山，不能让姐失望。

她下定决心，要把自己的肝献出来救姐姐。

三

她把捐肝救姐的决定告诉了马平阳。他的表情很平静，她以为他没听清自己说什么，于是又重复了一遍自己的决定。马平阳还是那个表情，嘴角又一次上翘，就像他每次从连队出来走着小路，到猪舍里来看她的表情一样。最后马平阳说：我支持你。

她又一次开始流泪，她说：我知道这个决定对你不公平，咱们还没孩子，刚结婚不久，家里以后还有许多事情要做。我这么做是不是太自私了？马平阳你要是不同意，就说出来。她说完这些话，纠结着，希望得到他的支持，又希望听到他反对的意见。夹在姐和马平阳之间，她觉得自己快要撕裂了，就像一台摇摆着的天平，不知何去何从。

马平阳终于收起了嘴角那抹笑，郑重地说：如果你的肝匹配不成功，还有我的。他轻描淡写的一句话，似乎炸响在她头顶上的雷，盘绕在她心头的愁云顿时云开雾散，露出满天的星斗。瞬间，一股幸福的暖流涌遍她的全身，刺激得每根汗毛都竖了起来，她终于明白了，马平阳一直吸引她的这种东西叫笃定，是爱和承担……她觉得自己这一生一世，都无法回报马平阳对自己的爱。

接下来她就一次次跑医院，做检查与各种准备工作。她知道不可能把这一结果告诉姐姐，她了解姐姐的脾气，如果姐姐知道是她为自己捐肝，姐姐一定不会同意。当姐姐从她嘴里得知已经寻到肝源时，蜡黄的脸上浮过一抹血色，绝望中的姐姐似乎抓住了一根最后的救命稻草。那天姐姐因为兴奋，说了很多话，姐姐说：小东正在上学，以后一定把小东培养成一名大学生，然后离开家乡，到外面的大城市里去读书。还说到了那些养着的鸡鸭鹅狗，自家篱笆上的两个破洞姐都想到了。姐爱自己的家，虽然破败贫穷，可那是她用自己的心血一砖一瓦搭建出来的，姐唯一没有说到的就是姐夫。就是因为她成了姐姐的拖油瓶，拖累得姐姐错一步悔一生。每当想起这些，她的心都刀扎一样难过。她望着姐重拾希望的那张脸，泪只能往心里流。她用力握住了姐姐的手，在心里山盟海誓地说：姐，就是我命不要了，也要救你。

手术前两天，马平阳把一个存折交到了她的手里。这是马平阳家寄来的钱。在这之前，她已经把自己和马平阳这么多年的积蓄交到了医院，但手术费用还有很大的缺口。这两天她正在为筹措手术费而着急上火，手术费用凑不齐，姐的手术排期只能延迟。她甚至跑到银行咨询过贷款，当然遭到了拒绝。

江雪在医院突然找到她，什么都没说，把一沓厚厚的钱塞到她的手里。她从兜里掏出纸笔，想给江雪打个欠条，被江雪一把拉住道：这是我的私房钱，你拿去用。

干爹干妈的出现，着实又让她感动了一次。干妈把一沓钱放到她的手里，红着眼睛说：闺女，你怎么把我们当成外人了，你有难了，爸妈能袖手旁观吗？要不是平阳给我们打电话，我们还蒙在鼓里。这一切都是马平阳在后面帮助的结果。面对着干爹干妈，她不知说什么才好，千言万语都堵在她的胸口。她望眼天空，感叹自己的命好，这么多人都在帮她，成全她。

她把干爹干妈领到姐的病床前，她之前向姐描述过干爹干妈，描述父亲当年的战友、当年的段排长现在的样子。眼前的一切似乎都超出了姐的想象，姐挣扎着从床上坐起来，打量着父亲当年的战友、如今妹妹的干爹，姐一句话也说不出来。干爹看见姐姐的样子，还是吃了一惊，哽着声音说了句：孩子，让你受苦了。姐终于说了句：谢谢你们收留了红梅，等你们老了，让红梅当牛做马孝敬你们。姐的一句话，让干妈当场哭了起来。

事后干妈拉着她的手说：闺女，听平阳说，你要捐肝救你姐，妈不拦着，你手术后，妈伺候你。干妈说到这，背过身去又抹开了眼泪。干爹也唏嘘着，一遍遍地在她眼前踱步，半晌才说：红梅，你有情有义，我们都记在心里了。我们全家支持你。你两个哥哥也说了，缺钱他们那儿还有，随时给你汇来。她又被一股巨大的暖流包裹了。这是家的亲情，她有了救姐的动力。

临住院的前一天晚上，她在公共淋浴间里仔细地把自己洗过了，回到房间里，马平阳已经倚在了床上。她立在他的面前，一件件把衣服脱掉，然后裸露在他的面前，这时她才说：平阳，你仔细看看我。马平阳的目光从她的身体落在她的脸上，一副吃惊困惑的表情。她又说：明天我就要去住院了，手术后我的身子就是不完整的了，今晚记住完整的我吧。马平阳从床上坐起来，有些无措，还是上下把她打量了，伸出手把她拉到自己怀里，盯着她的眼睛说：红梅，你记住，你什么时候在我心里都是完美的。他有几滴眼泪落在她的脸上。她第一次见他流泪。

手术的前一天，她住进了姐姐的病房，根据医院的规定，她穿上了和姐一样的病号服。她告诉姐住院的理由是，姐要做手术，她得陪护，只能服从医院的管理规定。第一次住院的姐相信了她的话。明天就要手术了，姐显然有些忐忑不安。她本想让姐睡个好觉，明天一早进手术室好有充沛的体力，可姐不断地在床上辗转着，最后把脸转到她的方向，小声地问：小梅，你睡了吗？她“嗯”了一声，姐就轻叹口气道：姐明天就要手术了，万一有个三长两短，你能答应姐一件事吗？她欠起身子，透过朦胧的光线望着姐姐。姐就说：要是我走不过这一遭，小东就托付给你了。小东不像他爸，脑子好使，学习好，你把他培养成大学生。她不知怎么劝慰姐姐，只是在暗处用力点点头。姐似乎这时才松了一口气，平躺在床上说：小梅，万一姐真的走不过这一遭，就算你帮姐了。姐把你养大参军，姐就下决心不再拖累你，盼着你走得越远越好。可姐不争气呀，还是拖累了你。姐说到这，已带了哭腔。一幕幕往事又鲜活地浮现在她的眼前，每一个细节都会让她流泪，这就是她的姐姐，把她拉扯长大成人的姐姐。她终于忍不住，从床上下来，来到姐姐的床边。两人挤在一张床上，她抱住姐姐，小声地对姐说：姐，你再抱我一次，就像小时候一样。姐把手伸过来，虽然无力，但一股巨大的温暖瞬间把她包裹住了。她把头伏在姐的怀里，又一次闻到了姐身上散发出的熟悉味道。此刻，她多想回到小时候哇，家里虽然穷，可姐的怀抱是那么温暖。姐搂着她，有多少次就是在这样的夜晚，她听着窗外呼啸的寒风，姐姐给她讲故事。这时，她突然想到了母亲，母亲离家出走，再也没有回来。她想过母亲的结局，也许还活在人世间，也许不在了。虽然她记恨过母亲，不明白母亲为什么抛弃了她和姐姐，但她在心底里还是希望母亲仍在这个人世间活着，躲在某个角落里，偷偷注视着她和姐姐。一想到母亲，她心里就打了一个寒战。

四

董红梅先于姐姐走进了手术室，马平阳已经等候在手术室门前了。她凝视着马平阳，马平阳还是以前的神态，望着她，嘴角上扬，冲她绽放着标志性的微笑。看到马平阳，她之前还悬着的心瞬间就安定了下来。她过去一把抱住他，似乎用尽了平生的力气，两手扣在他的后背上。他小声地说了句：我会一直在这里等你。她点了一下头，在病号服里掏出一张小纸条，塞到他的口袋里，也说了句：我进去之后，你再看。她离开他，在护士的指引下，头也不回地走进手术室。手术室的两道门，相继在她身后关上。

马平阳一直看着她的身影消失在他的视线里，才拿出她塞到自己口袋里的纸条。上面只有她留给他的一句话：若我有意外，请你忘记我，好好地爱自己，给你添麻烦了，对不起。入院前，手术的风险合同，就是他签的字。瞬间泪水模糊了视线，马平阳小心地把那张纸条折好，郑重地揣在自己的口袋里。他再一次抬头，看见手术室那两扇紧紧关闭着的大门，心就缩紧了。

半小时后，腊梅被护士推着向手术室走来，腊梅欠着身子目光不停地寻找着什么，终于看见了马平阳，焦急地说：红梅呢？马平阳忙上前道：红梅出门给你买东西去了，等你手术后用。腊梅的目光中流露出几分失望，招着手把马平阳叫到自己身边，盯了马平阳的脸足有几秒钟，缓缓地说：平阳，我就这么一个妹妹，希望你以后好好待她。马平阳握住了腊梅的手，哽着声音叫了一声“姐”。腊梅似乎因为激动，额头上又冒出了虚汗。护士又催促她进手术室了。她用尽最后一丝力气，大声说：平阳，请你转告红梅，如果我有意外，下辈子还当她的姐。腊梅的话还没说完，便被推进手术室了。马平阳再也控制不住自己，任满眼的泪流了下来。

姐俩相继进入手术室，手术室的门彻底关死了。“手术中”的指示灯亮了起来。江雪气喘吁吁地跑过来，手里提着一堆营养品，她冲马平阳道：她们进去了？马平阳正沉浸在悲伤的情绪中，他没有说话只冲她点了点头。江雪就一副悔恨不已的样子，狠狠地拍了一下腿道：紧赶慢赶还是来晚了，连红梅的面都没见上。说到这就又要哭出来。马平阳便安慰道：江雪，红梅和她姐不会有事的。江雪坐在手术室门前的排椅上，还是忍不住哭泣起来。

马平阳上前说：江雪，你是红梅最好的朋友，你能来陪她，我替她谢谢你。

江雪渐渐冷静下来，从包里掏出纸巾抹去脸上的泪，望了眼马平阳，示意他坐在自己的身边。江雪这才长吁口气道：红梅太不容易了，从小就没了父母，参军后更是有家都不能回，姐姐怕拖累她，连头都不让她回。许多人又误解她，以为她是高干子女……江雪已经说不下去了，不断地换着纸巾去擦拭脸上的泪水。马平阳听了这话，也一副心绪难平的样子，他想起了在新兵分配的操场上，原本还排成一排的女兵，一个又一个被接走了，只剩下孤零零的董红梅。他从她的对面望过去，那一刻，她是那么无助，用孤独来形容一点也不为过。后来他们成了战友，她做了饲养员，因为女兵的身份，她与他们自然地隔离了起来。当他第一次看见她去山上割猪草回来，她背着猪草，瘦小的身躯几乎被那些猪草覆盖了，那一刻他震惊了。当他走向猪舍时，她已经把猪草放到了猪舍前，满脸的汗水在阳光下晶莹成一片，她在用衣袖擦汗。一刹那，他就被她的样子震撼到了，他认定她不是一般的女孩子。也许就是那时，她走进了他的心里。他开始有意无意地接近她，陪她看了无数次星星，也和她分享了童年成长的经历。多少个平凡又刻骨铭心的夜晚，至今他仍能感受到山谷里吹来的凉爽的风。还有一次又一次的下雪天，他们站在风雪里，望着营区的灯火，畅想着未来。每次他雄心壮志谈自己的理想时，她总是默不作声，用目光幽深地望着他。他几次想探寻她的想法，每次她都转过脸，望着山下营区的灯火，欲言又止的样子。当时她不说关于自己的任何理想，他只觉得她高深莫测。他还看到，在许多个夏天的傍晚，她挑着猪粪担子，穿梭于猪舍和连队菜地之间。她劳动的身影让他心动，因为劳动让她变得美丽。也是因为她他才改变了自己。

最初他参军时，并不是因为热爱。哥哥姐姐都参军，他从小在部队里长大，部队的一切他都经历过了，甚至连一点幻想都没有了，当时他参军是因为没有更好的选择。他高中毕业，父亲找他谈了一次话，明确告诉他，摆在他眼前的道路只有两条，第一条是下乡，第二条是参军。有同学的哥哥姐姐下过乡，那种艰苦他没经历过，但他听说过。他不想成为一个农民，于是他选择了参军这条路。他到部队时，对自己没有设想，就是服完役，马上回家，找份工作，这就是他当时的全部想法。刚到连队的日子里，他吊儿郎当，满眼的不在乎。干部战士都知道他是守备区司令员的儿子，无形的优越感，让人望尘莫及。别人不敢和他比，也没人能和他比，就连林连长和邱指导员，也只能在他面前摇头叹气。后来他们以连队党支部的名义给他父亲写了一封信，汇报了他的思想动态。父亲借休养的机会，专门到团里来了一趟。父亲借了团部的一间办公室，通知人把他叫到了自己的面前。父亲见他满不在乎地进门，上去就踢了他一脚，指着他的鼻子说：你就是这么当兵的？他收敛了一些，偏过头，不望父亲。父亲背着手踱了几步说：你把我的脸丢尽了，你能不能学学你的两个哥哥。那会儿两个哥哥都已经在部队提干了。受父亲之命，每个人都给他写来了信，在信中教育他要在部队的大熔炉里百炼成钢。他似乎还没过逆反期，父亲和两个哥哥越是这么说，他越反感，觉得自己长大了，有权利更有能力寻找属于自己的生活。后来父亲见他一副死猪不怕开水烫的样子，狠狠地瞪了他一眼，撂下一句狠话：你要是在部队混不出个样子，就不要回那个家。父亲说完摔上门就走了。

父亲走也就走了，他望着父亲的吉普车离开团部，还长松了一口气，甚至还做了个鬼脸，那会儿的他才不在乎父亲说什么呢。结果是董红梅改变了他，她劳动的样子是那么美好，她是全连唯一的女兵，她成了别人学习的榜样。董红梅的积极向上，让他对她怦然心动，从此改变了他的一切。从那以后，每次连队晚点名时，他的名字和董红梅的名字便一起频繁地出现在连长或指导员嘴里，对他们进行表扬时，他都感受到前所未有的幸福。

江雪毕竟是女人，在手术室门外，一次次搓着自己的手道：红梅的命这么苦，真不容易。她为救姐姐献出自己的肝，她还这么年轻，以后的日子该怎么过呀。说着说着，江雪又抹开了眼泪。

得知董红梅下决心为救姐姐要自己捐肝时，起初马平阳也震惊了，他从来没考虑过以后的生活，而是心疼她。这是一次移植手术，要经历多少痛苦，这是他无法想象的。他也知道她对姐姐的感情，不是用一两句话能够形容的。董红梅见他一时没有回应，便把他拉到自己的面前，仰起一张脸冲他说：平阳，我知道这样对你不公平，我现在活着不是一个人，还有你。也许因为捐肝会影响以后的生活，如果你同意，咱们就离婚。她是笑着冲他这么说的，透过她的目光，他看到了她的决心。姐从来北京住院开始，医生所有的办法都想过了，只剩下这一条路了，真的没有更好的选择了。自从他们结婚前，她说出了自己的身世，还有她和姐姐相依为命从小到大的经历，他已经深深地被震撼了。他从她的描述中开始敬重这个姐姐。当他第一次见到董红梅的姐姐时，也被她的病情惊骇到了。他下决心，要全力以赴救治姐姐。他选择了董红梅，就要和她同舟共济共同面对未来路上所有的磨难和困苦。

他选择和董红梅站在一起。以后董红梅是否因为捐肝留下后遗症的顾虑，已经被他抛到脑后了，此时他只有一个想法，就是手术成功，姐俩能够平安地从手术室里出来。望着面前手术室门口亮起的那几个字“手术中”，他想象着手术室内姐俩经受的痛苦，心就刀绞一样地疼了起来。

五

姐俩一大早进手术室，傍晚时分，手术室门上的指示灯突然熄灭了，又过了一会儿，一张病床从手术室里被推了出来。董红梅躺在床上，人已经从麻醉中苏醒了过来。她脸色苍白，一推出手术室的门，便迫不及待地用目光在寻找着什么，马平阳几乎第一个奔过去，叫了一声：红梅，我在这里。董红梅缓慢地把手从床单下伸了出来，和马平阳的手握在一起，便再也没有分开。她冲他笑了一下，笑容显然有些憔悴，却是温暖的。

回到病房，她才看到跟进来的江雪，江雪俯下身，小声地说：红梅，你受苦了。她望着江雪和马平阳，轻声说：活着真好，我几乎昏睡了一天，什么都不知道了。医生说手术很成功，我姐一会儿就会被推出来的。

姐第二天早晨才彻底清醒了过来，她身上插满了管子和输液的针头。窗外第一缕阳光射在她的脸上，她先是微微地睁开了眼睛，适应了这久违的一切，目光就定在邻床董红梅的身上，董红梅也努力撑起头望向姐姐，姐俩的目光相遇在了一起。直到这时，姐才明白眼前这一切意味着什么，她想挣扎着表达自己的心情。董红梅说：姐，你别动。姐就扭着头，久久地望着妹妹，先是湿了眼睛，泪水就像断了线的珠子从姐的眼角流了下来。她伸出手，姐明白了她的用意，也伸出手，两只手碰到了一起。她安慰着姐：姐，我们都活着。我第一次觉得，活着是件多么了不起，又多么幸福的事。

姐的情绪渐渐平息下来，喘息着，断续又轻声地说：红梅，是你给了姐一条命。她冲姐笑着说：姐，别这么说，从小到大你对我的恩情，我用这条命都还不清。姐俩就那么四目相视，似乎进入了亘古。

干爹干妈是第二天匆匆赶来的，干妈一进门就奔到病房，捧起她的脸叫了声：红梅，你还好吗？她软软地叫了一声“妈”，喉头哽咽，就说不出话来了。以前她多少次就想叫一声“妈”，可每次开口，她叫出的却是“干妈”。“妈”这个字眼，从小到大已经疏离了她，自从母亲从她们生活中消失，她便再也没有在现实中喊过一声“妈”。在以后的日子里，多少次在她梦里出现的妈妈，还是以前的妈妈，微笑着走近她，手里拿着从外面借来的一棵白菜或一根萝卜，温柔地说：咱们有菜吃了。简单的一句有吃的了，就让她雀跃，她兴奋地一迭声地叫着妈。后来，就连这样的梦境也少有了，每次在梦里出现的都是姐姐。梦见姐仍在灯下给她缝补衣服，还有姐姐流露出母亲般的笑容。

干妈捧着她的脸，久久凝视着，似乎母女俩已分别了许久，终于又一次重逢。干妈最后说：红梅，说好的手术前告诉我，要不是平阳给我们打电话，我们还不知道呢。

干爹站在门口，一脚门里一脚门外的样子，目光从她的脸上又落到腊梅的脸上。妹妹喊出那一声“妈”之后，姐就开始流泪了，似乎怕人发现，别过头，让泪无声地流出来。母亲消失那一年，她才十一岁，她带着妹妹寻找过母亲，从前村到后村，从山上到山下，一次次喊着“妈”，妈就像从人间消失了，再也没有出现过。她和妹妹在寻找母亲的那些日子，似乎把一辈子叫的“妈”都喊光了，以后再也没有机会喊一声“妈”了。此时她羡慕着妹妹。

干爹因为有工作在身，停留一天便走了，干妈一直留在医院，在医院附近的宾馆里把做好的吃食带到医院，喂给姐俩吃。姐似乎在自己的记忆里，从没受过如此待遇，每次面对如此这般的照顾，都忍不住流泪。有一次，她说：阿姨，我能叫你一声妈吗？干妈最初怔了一下，马上湿润了眼眶，她用力点了一下头，她就暖着声音叫了一声“妈”。先是试探地小声叫，后来她终于大声叫了出来。干妈手里的汤洒了出来。

董红梅拆线的第二天，送走了干妈。干妈执意要照顾她出院，她不肯，她知道，家里还有许多事需要干妈操持。在这之前，她就听说，二嫂快要生产了。干妈还要去照顾二嫂的月子。

虽然干妈有些恋恋不舍，可还是不得不走了。她把干妈送到病号楼的门口，干妈说什么都不让她再送了。回过身，又把她上下打量了一番，小声地说：红梅，身子不比以前了，要当心，有事就给妈打电话。妈过来照顾你。三叮四嘱之后，便走出住院楼。她立在门口目送着干妈走远，干妈走了一段，又回了一次头，不舍的目光停在她的脸上，朝她挥了一下手，又转身走去。她一直望着干妈的身影越走越远，干妈已经不再年轻了，背有点驼，已显出了老态。她的记忆似乎在一瞬间被唤醒了，猛然想起，妈离开家门的那天早晨，姐去上学，家里只有她。也是个春天的上午，树木刚刚发芽，对农村人来说，正是青黄不接的季节。妈和她说：小梅，在家等我，我出去讨口吃的。母亲说完把半截口袋抓在手里。她似乎已经习惯了母亲一次又一次地外出，她没叫也没动，就立在灶台前，嘴里叮咛着：妈，早点回来。母亲推开屋门，巨大的阳光洒到屋里来，母亲走了两步，想起了什么，又转身回来，扶着门又叮咛一句：听话，哪儿也别去，等妈回来。妈说完把屋门关上。春天的阳光被挡在了门外。她听见母亲的脚步声，先是犹豫着走到了大门外，停顿了片刻，后来就坚定地走远，越走越快，最后消失听不见了。可她再也没等回母亲，那会儿的母亲还很年轻，走路轻灵，腰身好看。

她拆完线之后，照顾姐姐的任务就落到了她的身上，马平阳每天下班都要到医院待上一阵子，每次都手提肩扛的，有从家里做好的饭菜，也有水果、营养品什么的，直到晚上病房清人了，马平阳才会离开。在马平阳离开时，姐都会望着病房门口说：小梅，你命好，能寻下马平阳这么好的小伙子。每次听姐这么说，她总是笑一笑，心里流过一种满足和幸福。姐每次在马平阳离开后都会这么说。

有一天晚上，她和姐躺在病房里，都没有睡着，就那么沉默着，姐突然说：小梅，你说妈到底去哪里了？许多年了，她们都不再议论妈的去向了。自从母亲从她们生活中消失，最初的几年，她们想过若干种可能，后来随着时间的流逝，母亲再也没能出现，甚至一点音信也没有。她们的种种设想和猜测便成了泡影。从那以后，两人再也没提起母亲，母亲的话题成了她们不敢触碰的禁区。她又想起，母亲在失踪半年后，姐有一天在睡梦中醒来，推醒了她，一张泪脸凑到她的眼前说：咱妈再也不会回来了。她听了姐的话就吓得大哭起来。那年她刚四岁，还不知道死亡的概念，母亲离开这半年时间里，她会天天走到家门口，站在土堆上，向远方眺望，她记得以前每次都是这样把母亲盼回来的。她一站就是半年，不论风雨，仿佛自己一离开，母亲就会迷路。有天晚上，姐冲她说，自己梦见了母亲，母亲在一个深坑里冲姐说，自己爬不上去了，再也回不了家了，让她照顾好妹妹……姐说完自己的梦，害怕地把她抱在怀里，浑身哆嗦着，一边哭一边说：妈再也回不来了，咱们是没人要的孩子了……那天晚上，姐俩哭成了一团，那也是她们最后一次说着母亲。从那以后，姐姐似乎一下子长大了，承担起了家庭的全部责任。在她以后成长的日子里，关于母亲的记忆似乎也随之淡去。

在这个夜晚，当姐又重新说到母亲时，不知是因为紧张还是激动，她浑身上下的汗毛都立了起来。她呆定地望着朦胧光线中的姐姐。姐姐似乎很平静，笃定地说：妈一定是不在了。在母亲消失后，曾有许多传言，说母亲曾和一个走街串巷的卖货郎走得很近，还有一个经常出现在村子里的锔锅匠。有村人说，曾经看见母亲在村口的大树下和两人说过悄悄话。因为母亲的失踪，各种传言就像春天回归的燕子，到处乱窜。胡叔就像是一位消防队员，谁要是说母亲的坏话，他都会找人吵架，那会儿胡叔的威信很高，长得又孔武有力，嗓门很大。胡叔用一己之力，平息着关于母亲的种种传说。后来直到卖货郎和锔锅匠又在村子里出现时，关于母亲的谣言才真正平息下去。但无论如何，母亲不明不白地失踪了。各种猜测和想象，仍然如雨后春笋般冒出来。她长大一些，也设想过母亲的种种可能，每一种的设想刚冒芽便被她掐死了。她觉得对母亲的每种设想都是对母亲的不敬。姐提出这个话茬儿便不再说话了，她从姐的脸上移开目光，望着模糊一片的天棚，过了半晌，又过了半晌，小心地说：母亲一定不在了。姐动了一下，她以为姐要说些什么，结果姐很快就安静了下来。她们早就想过母亲不在的结局，可活不见人，死不见尸，她们又不愿意承认这个事实。说到这个话题，两人再次沉默，凭着记忆的深浅回忆着母亲的过往。

终于出院了，出院前姐又做了一次检查，马医生告诉她们，她们手术都很成功。姐以前蜡黄的脸又有了血色，精神状态也好了起来，身体渐渐圆润。姐终于要踏上返乡的旅程了。她去车站送姐，在月台上，姐放下手里的包，望着火车道：红梅，姐又要坐火车了，要不是你，姐这辈子怕是连火车都坐不上一回。她复杂地叫了声：姐。姐笑着扭过脸，姐妹俩就那么凝视着，姐突然张开双臂紧紧地把她抱在怀里，在她耳边说：妹，有你真好。然后把脸贴在她的脸上。她又想哭，姐又说：姐这回身体好了，回去好好过日子，争取年底盖个大房子，想家了就回去住。她把姐送到车厢里，开车预备铃声响起时，她下了车，看着姐贴在车窗玻璃上的脸，姐开心地冲她笑着。

车终于开了，动了一下，便加快了速度，她冲姐挥起了手。她从姐的口型中看到姐在说：有空回家。她向前跑了两步，大喊了一声：姐——

第十二章

一

姐走后，来过几封信，每封信都在通报自己的身体。姐在信里说，自己的身体越来越好，能照顾自家的鸡鸭鹅狗了。姐还说，自家的菜园也能照顾了。姐还拍了几张近照，姐站在自家门前，脸色泛红，目光有神地望着远方……姐的身体在渐渐恢复，董红梅忧虑的心也渐渐地平静下来。

有一天，她突然接到了姐发来的电报，电报只有两个字：速回。她首先想到的是姐的身体，姐几天前还来信说，自己的身体越来越好，小东已经上初中了，难道姐的身体又发生了意外？她跑回到城里的家，匆忙换了件衣服，和马平阳交代了几句，马平阳送她到了火车站，突然想起什么似的说：如果我没猜错，应该是你妈有消息了。她听了这话，脑子轰了一声，她呆呆地望着马平阳，几乎窒息，半晌才说：我妈？我妈能怎样？马平阳这才告诉她，上次他陪她回老家时，他替她到派出所报了案。无论如何母亲都算失踪人口。派出所的人说只是报案晚了一些。

她将信将疑地踏上了火车，她第一次觉得火车是这么慢，她几乎眼皮不眨地熬到了下车，她恨不能插上双翅膀飞到姐的身边。一路上她做过各种设想，有好有坏，心悬起来，又落下，像块石头压在她的胸口。

她出现在姐的面前时，姐也是一副焦虑不安的样子。果然是关于母亲的消息。姐告诉她，邻村一个人在开荒，在一处山崖下竟发现了一片玉米地，最初以为是别人开荒种的地，却不见有人来侍弄。他下了悬崖来到那片平地上，在玉米地里，竟然发现了一具人的尸骨。然后是公安局的人到场，因马平阳以前替她们报过案，法医在姐的身上提取了DNA，让她等结果，于是就有了姐的那封电报。

又过了两天，她和姐迎来了两名公安人员。他们宣布，经过DNA的比对，在山崖下发现的那具尸骨，就是她们失踪多年的母亲。

那一处山崖距离她们居住的地方有十几公里，要爬两座山，山上有人踩出的小路。从山崖上往下看，一处平坦的地方果然有一簇长势茂盛的玉米地。她们绕了很远的路，来到半山腰那块地面时，长得又粗又壮的庄稼已经齐腰高了。她们抬头望去，悬崖上方距离地面足有几十米高。根据公安人员推测，母亲就是从悬崖上的小路跌落到此处，母亲身上应该带着玉米，撒落在此处，成了种子，玉米便年复一年在山腰间自生自灭地生长……

多少次想象，她们从来没有想到过母亲是这样的结果。二十多年前，母亲出门去借米，把孩子留在家里，母亲借来的是玉米，她欣喜地往家赶。家里有两个嗷嗷待哺的孩子，也许走到这里，母亲又饥又饿，晕倒在小路上，然后连同怀里揣着的玉米一起跌下悬崖。也许母亲从昏迷中曾经醒过来，她挣扎过，呼喊过，可是没人能听到她的声音，母亲连同她借来的玉米便隔绝在此地。

她站在那片半山腰处的玉米地旁。它们一年年在这里倒伏，果实又埋在泥土之下，第二年春天，它们又开始发芽，长出庄稼。生生不息，在自然中完成着自己顽强的生命，何尝又不是她和姐姐的命运？

母亲终于找到了，她和姐姐捧着母亲的骨灰盒，回到老村，打算把母亲安葬在父亲的坟前。那天，村里涌出了许多人，他们不靠近也不远离，就那么默默地注视着她们，当然也包括盛在骨灰盒里的母亲。墓穴是好心的村民帮忙挖好的，她和姐把母亲的骨灰盒放到墓穴里，姐突然喊了一声：爸，妈来了……她们的泪水如同汹涌着的洪水，从身体里迸发出来。这就是她们心心念念的母亲。她们在这二十多年的时间里，想象过母亲的各种结局，没想到，母亲竟是这种结局。她提议，在母亲安息了二十多年的山崖下的玉米地里，移植过来两株玉米，栽种在母亲的坟前。母亲有了玉米的陪伴，一定是踏实的。

二

董红梅收到胡婶托人写来的一封信，胡婶在信中说：你胡叔怕是不行了，总是说一些奇怪的话，不是打就是杀的，说得最多的是段师长的名字，说是要见他最后一面……董红梅不知道，糊涂的胡叔，怎么还会想起干爹的名字。她接到胡婶的信，便坐飞机回了省城。干爹半年前就已经退休了，住在省城的干休所里，干爹看完胡婶的来信，便急三火四地和她一起出发了。

胡叔似乎真的不行了，人都瘦脱相了，身上只有一层皮包着骨头了。胡叔仰躺在炕上，目光固执地盯着一个地方，一副心不甘情不愿的样子。干爹进门，立在胡叔面前，叫了声：胡大个子，我段玉龙来看你了。胡叔的目光从某一处寻移过来，最后定在干爹的脸上。在那一瞬间，胡叔似乎清醒了过来，嘴里喃喃道：排长，阵地上就剩下三个人了，给我子弹，阵地还能守住，子弹，快给我子弹……胡叔进入一种亢奋状态之中。他似乎又回到了朝鲜战场上，在阵地上坚守着。他的身子扭动着，做着某种挣扎，嘴里呼喊着：排长，带我们再打一次冲锋吧，阵地一定能夺回来。干爹握住了胡叔一只伸出的手，附和着胡叔道：胡大个子，上刺刀，我们冲锋，冲……胡叔的脸上呈现出一抹血色，刚才因痛苦扭曲的五官舒展开来。他的目光先是从散淡中聚集在一起，落到干爹的脸上，又移开盯着前方某一处，又一抹亮色挂在胡叔的脸上，然后长长地松了口气，断续地说：阵地……还在我们……手上。胡叔的目光盯着前方的某处，然后散开，身子也随之一软，放开了拉着干爹的手。她在一旁大叫了一声：胡叔哇……

胡叔走了，一副安详满足的样子。在他的梦里，阵地又失而复得，他完成了任务。

干爹举起了手臂，颤抖着给胡叔敬礼，半晌，从干爹嘴里吐出几个字：阵地还在！有一串泪在干爹脸上滑过。

晚年的干爹会经常发呆，目光也盯着某一处的远方，那里有他的战友，有硝烟，有一块又一块属于他们的阵地。

年底到了，全军三产单位被移交给地方的说法，终于有了下文，部队根据裁军和管理的需要，凡是属于部队三产的单位，一律移交给地方。总部农场自然也属于三产范围，上级领导和每名军人都谈了一次话，总之一句话，一颗红心两手准备。

董红梅和领导谈完话之后，不知为什么，心却出奇地宁静。她想到了姐姐和母亲，最近不知为什么，她总是做梦，每次做梦都是又回到了夹皮沟的老连队，还是那间猪舍，猪舍旁却多了两株玉米，玉米深深地扎根在地下。玉米的身体壮硕而又顽强地挺立在她的梦中。有时她在梦里醒来，竟惊奇自己会做这样的梦。她又想到了母亲坟前那两株移过来的玉米，地老天荒地陪在母亲身边。母亲从山崖上跌落那一刻开始，风霜雪雨中，只有那一片玉米相伴了。

农场移交地方的决定，无疑又一次在战友们中间掀起了巨浪，许多人又为自己的前途和命运而喧闹起来，他们四处寻找关系，以期能找到新的接收单位。

领导谈完话之后，她来到猪舍前，看到一排排一列列的猪舍，仿佛时空又穿越回了当年的连队，她每天都会站在猪舍前，看着猪们一日日地生长，日子就有了盼头。直到这时，她才意识到，从参军开始喂猪，是她最快乐也最幸福的一段时光。她突发奇想，决定自己和农场一起移交给地方，从此以后再也不离开。这么想过了，心便更加宁静了。

周末她回到军校的家里，把自己的打算告诉了马平阳。马平阳也早就得到这个消息了，显得并不吃惊，自从裁军开始，已经有太多的战友陆续转业回到了地方，他们已见怪不怪了。马平阳只是说：不论你怎么想，我都支持你。她得到农场要移交给地方政府的命令时，已经想好了，她要留在农场，连同编制一起移交给地方。她分管的是养猪场，养猪场还有几十名员工。自己从入伍就做饲养员，已经习惯了和猪打交道，就是离开连队，调到北京，似乎也没忘记连队的那些猪。有时逛街，走到书店，她还是下意识地走进去，去翻看那些关于养猪的书。时代不一样了，养猪的知识也在不断地更新，书里的内容，在吸引着她。她忍不住把书买回来，没事就捧着那些书看。江雪还嘲笑过她：什么时候都忘不了自己曾经是个猪倌。读完了，她便把这些书寄到老连队。林连长和邱指导员都离开了，小崔也早已复员回了老家，虽然没有一个人是她认识的了，关于她的传说，仍在连队流传着。在连队历史上，她是唯一的女饲养员，官兵们怎么能忘记她呢？她的书寄回连队，总能收到官兵们热情洋溢的来信，感谢她给连队树立了榜样。这些年她给连队陆续地寄去了几十本关于养猪的书。她也看了几十本。有许多战友因为裁军离开部队，转业到地方工作，不停地给她来信，诉说自己的失落，后悔在部队没有学到专业，回到地方一切都从零开始。当得知农场转交给地方政府时，她第一个念头就是，人要随着农场走，养猪不仅是她的喜好，更是她擅长的专业。

没想到，马平阳会对她无条件支持，但她马上要离开部队了，还是有种失落。她看着马平阳挂在衣架上的军装，舒了口气说：你要在部队继续干下去，看到这身军装，心里才踏实。她想起参军前一天，从武装部领来新军装，她就穿在身上，冲着镜子里的自己看了又看，心里一遍遍地说：我是军人了。那会儿她不知道这身军装能在她身上穿多久，到了现在，终于要脱下这身军装了，心怅然若失。一想到穿在马平阳身上的军装，似乎又得到了某种慰藉。

春节一过，农场很快移交给了地方。有的战友离开了农场，转业回到了地方；也有的和她一样，就地转业，还在农场工作。农场移交给地方后，便进行了改革，对农场进行了承包式的管理，签订了合同，有短期目标也有长期目标，盈利自然也有不同的分红标准。

从那天开始，她觉得自己肩上的压力一下子大了起来，养猪场有几百头猪，后来发展成了上千头，她每日都要计算各种成本。有时她一连几个星期，吃住都在农场里，一面琢磨着扩大养殖规模，一面筹谋着降低养殖的成本。

三

那一年南方洪灾，军校接到了奔赴前线抗洪的命令。已经是学员队队长的马平阳带领军校学员出发了，一列列军车整齐地排列，所有军官和学员登上了军车。出发的军号声在校园内响起，车队缓缓驶出军营。路两旁站满了送行的家属。

她牵着八岁儿子牛牛的手，也站在人群中。当马平阳乘坐的卡车驶过来时，她看见马平阳嘴角上挂着的那抹熟悉的微笑，她仿佛又回到了连队，站在猪舍旁，年轻的马平阳正阳光灿烂地向她走来……

牛牛举起了手，学着军人的模样，向车上的父亲和军人敬礼。所有卡车上的军人，也一起举起了手臂，向送行的亲人敬礼。

牛牛冲马平阳高喊：爸爸，你要早点回来。

军校的广播里一首熟悉的歌曲响了起来：我是一个兵，来自老百姓……

董红梅望着一辆又一辆军车在她眼前驶过，举起自己的手臂向车队敬礼，突然眼里涌出了泪水，泪水模糊了视线，军车和军人们的身影与天际融在了一起。